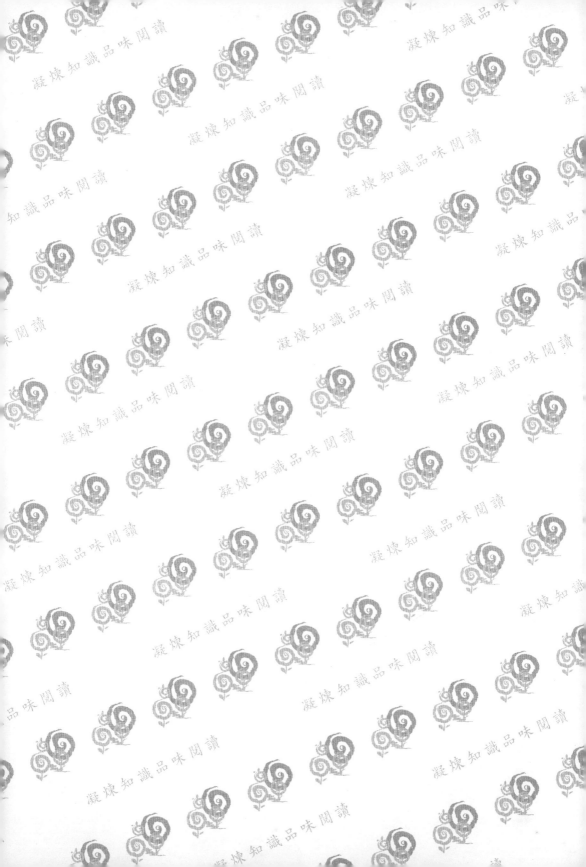

# 紅樓夢與曹雪芹

朱嘉雯講《紅樓夢》，就是那麼精彩！

朱嘉雯 著

五南圖書出版公司 印行

# 作者序

## 說來誰也不相信，但是它就是好看！

曹雪芹著書的意志有一大重點，在於有意識地引人入勝，希望讀者一面閱讀《紅樓夢》，一面睜大了眼睛，明知不可思議，卻依舊捨不得放下書本去做別的事情。這也是一部小說最成功的地方。

例如《紅樓夢》第七回提到「冷香丸」的做法，薛寶釵道：「不用這方兒還好，若用了這方兒，真真把人瑣碎死！東西藥料一概都有限，只難得『可巧』二字：要春天開的白牡丹花蕊十二兩，夏天開的白荷花蕊十二兩，秋天的白芙蓉花蕊十二兩，冬天的白梅花蕊十二兩。將這四樣花蕊，於次年春分這日曬乾，和在藥末子一處，一齊研好。又要雨水這日的雨水十二錢……。」

周瑞家的不等說完，忙感嘆道：「噯喲！這麼說來，這就得三年的工夫。倘或雨水這日竟不下雨，這卻怎處呢？」寶釵笑道：「所以說哪裏有這樣可巧的雨，便沒雨也只好再等罷了。白露這日的露水十二錢，霜降這日的霜十二錢，小雪這日的雪十二錢。把這四樣水調勻，和了藥，再加十二錢蜂蜜，十二錢白糖，丸了龍眼大的丸子，盛在舊瓷壇內，埋在花根底下。若發了病時，拿出來吃一丸，用十二分黃柏煎湯送下。」

這麼耗費工夫又意境美麗無雙的一味藥，說是能夠治療薛寶釵的怪病——胎裡帶來的一股熱毒。說來誰也不會相信，但是它就是好看！這樣的文章令人嘖嘖稱奇！愛不釋手！

到了第四十一回，又出現了一道複雜的菜餚——茄鯗。我們看鳳姐兒指稱這道菜的做法時，先笑說：「這也不難。」然而在具體的說明之下，讀者將個個瞠目結舌，不由得嘆道：「這也未免太難了！」

鳳姐兒就像個口技表演家，一瀉千里地說道：「你把才下來的茄子把皮籤了，只要淨肉，切成碎釘子，用雞油炸了，再用雞脯子肉並香菌、新筍、蘑菇、五香腐干、各色乾果子，都切成釘兒，拿雞湯煨乾，將香油一收，外加糟油一拌，盛在瓷罐子裏封嚴。要吃時拿出來，用炒的雞爪子一拌就是了。」

其實曹雪芹就是希望讀者們像劉姥姥一樣，聽了這繁瑣的做法之後，連連搖頭吐舌說道：「我的佛祖！倒得十來隻雞配它，怪道這個味兒！」

《紅樓夢》的精彩性，有很大一部分來自曹雪芹將他淵源的家學，轉化為小說的創意，使我們在閱讀之際，連聲驚呼：「真是聞所未聞！」

美好的文學作品，開啓我們一連串的畫面感，以及無窮的想像空間，使我們穿越時空馳騁在意境優美、樂趣橫生的文字天地裡，逐漸增長智識，乃至樂而忘憂！但願這部書能將讀者帶進廣闊無垠的紅樓世界，一窺其間的歷史滄桑與美學新境，進而將一切綿渺無盡的文化內涵，轉變為自我提升的動力，將來也向曹雪芹借鏡，從典籍中吸取養分，開創出令人驚呼連連的璀璨人生！

朱嘉雯

二〇一四年十一月二十三日

# 目錄

# 第一章

# 曹雪芹的身世與詩筆

# 一 千「紅」一窟

若有人問起：《紅樓夢》的「紅」該如何解釋？清宮史料專家給我們的答覆將是「鑲紅旗旗主——福彭」。

福彭是曹雪芹的表兄。雍正六年，賈府被抄家，同年舉家返回北京。雖然曹家已經敗落了，可是曹雪芹的祖父曹寅早在康熙年間，就將他的大女兒嫁給了平郡王納爾蘇。到了雍正四年，納爾蘇犯案被削爵，於是平郡王的爵位由他的兒子福彭襲爵。

雍正皇帝非常地欣賞福彭！任他爲大將軍，入軍機處，同時福彭又與寶親王相與甚厚，過從甚密。當寶親王即位爲乾隆皇帝後，福彭權傾一時，其地位僅次於莊親王。當時曹府雖然已遭抄家，福彭仍然提攜曹雪芹的父輩曹頫，因此曹頫曾經一度起復爲工部郎中。這段曹家中興的歷史，一直維繫到乾隆十三年年底，福彭中風薨逝。第二年正月，曹頫就因爲督工修繕和親王府，卻不慎失火，曹家因而遭到再度罷職抄家的嚴譴。

我們看《紅樓夢》第一回說道甄士隱夫婦見女兒一夜不歸，便知有些不妥，再使幾人去尋找，回來皆云：「連影響皆無。夫妻二人半世只生此女，一旦失落，豈不思想，因此晝夜啼哭，幾乎不曾尋死。看看一月，士隱先得了一病，夫人封氏也因思女構病，日日請醫療治。

不想這日三月十五，葫蘆廟中炸供，那和尚不加小心，致使油鍋火起，便燒著窗紙：此方人家都用竹籬木壁者甚多，大抵也因劫數，於是接二連三，牽五掛四，將一條街燒得如火焰山一般！彼時雖有軍民來救，那火已成了勢，如何救得下？直燒了一夜，漸漸地熄下去，也不知燒了幾家？只可憐甄家在隔壁，燒成一片瓦礫場了，只有他夫妻並幾個家人的性命不曾傷了，急得士隱惟跌足長歎而已。只得與妻子商議且到田莊上去安身，偏值近年水旱不收，鼠盜蜂起，無非搶奪田地，鼠竊狗偷，民不安生。因此官兵剿捕，難以安身，只得將田地都折變了，便攜了妻子與兩個丫鬟，投他岳丈家去。

他岳丈名喚封肅，本貫大如州人氏，雖是務農，家中都還殷實，今見女婿這等狼狽而來，心中便有些不樂，幸而士隱還有折變的銀子未曾用完，拿出來託他隨分就價薄置些須房地，為後日衣食之計；那封肅便半哄半賺的，與他些須薄田朽屋。士隱乃讀書之人，不慣生理稼穡等事，勉強支持了一、二年，越發窮了下去。封肅每見面時，便說些現成話兒，且人前人後，又怨他不善過活，只一味好吃懶動等語。士隱知投人不著，心中未免悔恨，再兼上年驚唬急忿，怨痛已傷，暮年貧病交攻，竟漸漸地露出那下世的光景來。可巧這日拄了拐掙挫地到街前散散心，忽見那邊來了一個跛足道人，瘋癲落拓，麻履鶉衣，口內念著幾句言詞道：

世人都曉神仙好，惟有功名忘不了！古今將相在何方，荒冢一堆草沒了。
世人都曉神仙好，只有金銀忘不了！終朝只恨聚無多，及到多時眼閉了！
世人都曉神仙好，只有嬌妻忘不了！君在日日說恩情，君死又隨人去了。
世人都曉神仙好，只有兒孫忘不了！癡心父母古來多，孝順子孫誰見了？

士隱聽了，便迎上來道：「你滿口說些甚麼。只聽見些『好了』、『好了』。」那道人笑道：「你果聽見『好了』二字還算你明白；可知世上萬般，好便是了，了便是好；若不了，便不好；若要好，須是了。我這歌兒便名『好了歌』。」士隱本是有宿慧的，一聞此言，心中早已悟徹，因笑道：「且住。待我將你這『好了歌』解出了何如？」道人笑道：「你解，你解。」士隱乃說道：

陋室空堂，當年滿笏床；衰草枯揚，曾爲歌舞場；蛛絲兒結滿雕樑，綠紗兒今又糊在蓬窗上。說甚麼脂正濃粉正香，如何兩鬢又成霜？昨日黃土隴頭送白骨，今宵紅綃帳裡臥鴛鴦。金滿箱，銀滿箱，轉眼乞丐人皆謗；正歎他人命不長，哪知自己歸來喪？訓有方，保不定日後作強梁。擇膏梁，誰承望流落在煙花巷！因嫌紗帽小，致使鎖枷扛；昨憐破襖寒，今嫌紫蟒長：亂烘烘你方唱罷我登場，反認他鄉是故鄉；甚荒唐，到頭來都是爲他人作嫁衣裳。

那瘋跛道人聽了，拍掌大笑道：「解得切。解得切。」士隱便說一聲「走罷」，將道人肩上的搭褳搶了過來背著，竟不回家，同了瘋道人飄飄而去。

曹雪芹將一場督工修繕和親王府所引發的大火，進而牽連出家族末世的悲劇，都寄託在佛道境界裡，在寫作中尋求心靈的解脫，家道至此，曹家乃寄望於曹雪芹能赴科舉，第三度爲曹家中興。可惜雪芹鄉試僅中副榜，不能重振家聲。曹雪芹於是進入八旗中的正黃旗義學，擔任教席。他感嘆這段由平郡王福彭提攜的中興歲月，於是花了十年的光陰，將這親歷親聞的前半生故事，寫成了《紅樓夢》。

《紅樓夢》這部家族回憶錄裡，充滿了中國十八世紀貴冑仕宦之家，富麗繁華的生活藝術。這些具備了皇家規模的陳設與飲饌描寫，無疑是來自曹寅以降，連續三代四人擔任江寧織造長達六十年光陰的累積。曹寅是康熙皇帝的近臣，由他所主持的織造署管轄下的織造廠，不僅特別供應皇室御用的頂級織錦，此外，曹寅任江寧織造還有兩項特殊的任務，一是作爲皇帝在江南的耳目，持續監視漢人的政治動態；二是皇帝南巡時，奉旨接駕。前者是檯面下的工作，後者乃臨時性的指派職務，但實際上這兩項工作都非常重要。皇帝每一次到江南巡視，從籌辦伊始到善後工作，都費時大半年的時間。而且康熙南巡的間隔很短，因此織造署的接駕工作幾乎成為常態性的事務。

因為曹家織造署隨時充當皇帝行宮所在，於是署中的布置陳設，乃至一應烹調技術、戲班排演等等，都得具備皇室的水準。因此，曹雪芹雖然年齡太小，來不及親歷接駕的盛典，然而他自出生以來，到第一次抄家為止，其生活物質條件確乎是超越了一般官宦人家之上。在這段時間裡，曹雪芹耳濡目染，再加上他的興趣極廣，天份很高，因此他在很短的時間裡便學習了許多「雜學」，諸如：金石篆刻、織錦紋樣、飲饌烹飪、印染技藝、園林陳設、紮製風箏……等等，不一而足。

同時，曹雪芹的雜學還來自曹家豐富的藏書。他的祖父曹寅，不僅能寫詩填詞作文，而且是當時著名的藏書家，從曹家藏書的目錄中可以歸納出「雜部類」的書籍最多，例如：醫藥、占卜、星象、曆算、金石花鳥、文房四寶、膳食茶點……等等，無書不收，況且其中還有大量的珍奇鈔本。曹雪芹從童蒙時期直到少年時代，不斷地吸收雜學，其實純屬個人興趣。只是沒想到，日後家道中落，這些獨門藝術一方面成為他創作過程中，源源不絕的養分，同時還能發揮淑世的功能。

以曹雪芹尊貴的身分，當初向家裡的老師傅們求教燒菜的技巧、編織與結花的要訣、醫藥、繪畫等技藝……，那時誰敢藏私？而日後曹雪芹確實曾經悔恨當年浪費了這麼多寶貴的時光，只顧著學習一大堆無用而博雜的藝術，因此稱這些技藝為

「廢藝」。只不過沒想到這些獨家絕活兒有一天也能發揮濟世濟民之用。

事實上，曹雪芹在《紅樓夢》裡已經常提及各種巧藝，第三十五回寶玉挨打之後，想吃蓮蕊羹，這卻是一道宮廷才有的御膳，在寶玉口中成了「那小荷葉兒小蓮蓬兒的湯」。鳳姐聽說了，在一旁笑道：「都聽聽！口味倒不算高貴，只是太磨牙了。巴巴兒的想這個吃！」賈母便一疊連聲地叫：「做去！」鳳姐笑道：「老祖宗別急，等我想一想這模子是誰收著呢？」回頭便吩咐個婆子去問管廚房的要去。

那婆子去了半天，來回說：「管廚房的說：『四付湯模子都交上來了』」鳳姐聽說，又想了想，道：「我也記得交上來了，就只不記得交給誰了。多半是在茶房裏。」又遣人去問管茶房的，也不曾收。次後還是管金銀器的送了來。

薛姨媽先接過來瞧時，原來是個小匣子，裏面裝著四付銀模子，都有一尺多長，一寸見方。上面鑿著栗子大小，也有菊花的，也有梅花的，也有蓮蓬的，也有菱角的，共有三、四十樣，打得十分精巧。因笑向賈母王夫人道：「你們府上也都想絕了！吃碗湯，還有這些樣子，要不說出來，我見了這個，也不認得是做什麼用的。」鳳姐兒也不等人說話，便笑道：「姨媽不知道，這是舊年備膳的時候兒，他們想的法兒，不知弄什麼麵印出來，借點新荷葉的清香，全仗著好湯，我吃著究竟也沒什麼意思。誰家長吃他？那一回呈樣，做了一回。他今兒怎麼想起來了！」說著，接過來遞與個婦人：「吩咐廚房裏立刻拿幾隻雞，另外添了東西，做十碗湯來。」

除了飲食美點之外，《紅樓夢》裡也經常出現精巧的工藝品，展現了曹雪芹對於此類物件的熟稔與喜愛。第六十七回薛蟠從蘇州經商回來，特地給母親和妹妹帶了禮物，薛姨媽母女二人看時，卻是些筆、墨、紙、硯，各色箋紙，香袋、香珠、扇子、扇墜、花粉、胭脂等物；外有虎邱帶來的自行人、酒令兒、水銀灌的打觔斗小孩子、沙子燈、一齣一齣的泥人兒戲，用青紗罩的匣子裝著；又有在虎邱山上泥捏的薛蟠的小像，與薛蟠毫無相差。寶釵見了，別的都不理論，倒是薛蟠的小像，拿著細細看了一看，又看看他哥哥，不禁笑起來了。

曹雪芹擅長繪畫，這一點在《紅樓夢》裡也表露無遺，第四十二回大觀園眾人爲了惜春即將描繪花園而向詩社請假一事，爭論擾攘。薛寶釵持平論道：「我有一句公道話，你們聽聽：肚子裏頭有些邱壑的，如何成畫？這園子卻是像畫兒一般，山石樹木、樓閣房屋，遠近疏密，也不多，也不少，恰恰的是這樣。你若照樣兒往紙上一畫，是必不能討好的。這要看紙的地步遠近，該多該少，分主分賓，該添的要添，該藏的要藏，該減的要減，該露的要露，這一起了稿子，再端詳斟酌，方成一幅圖樣。第二件：這些樓臺房舍，是必要界畫的。一點兒不留神，欄杆也歪了，柱子也塌了，門窗也倒豎過來，階砌也離了縫，甚至桌子擠到牆裏頭去，花盆放在簾子上來，豈不倒成了一張笑話兒了！第三：要安插人物，也要有疏密，有高低。

衣褶裙帶，指手足步，最是要緊；一筆不細，不是腫了手，就是瘸了腳，染臉撕髮，倒是小事。依我看來，竟難得很。如今一年的假也太多，一月的假也太少，竟給了他半年的假；再派了寶兄弟幫著他。並不是爲寶兄弟知道教著他畫，那就更誤了事；爲的是有不知道的，或難安插的，寶兄弟好拿出來問問那會畫的相公，就容易了。」

寶玉聽了，先喜得說：「這話極是。詹子亮的工細樓臺就極好，程日興的美人是絕技，如今就問他們去。」寶釵道：「我說你是『無事忙』，說了一聲，你就問他去！也等商議定了再去。如今且說拿什麼畫？」寶玉道：「家裏有雪浪紙，又大，又托墨。」寶釵冷笑道：「我說你不中用！那雪浪紙，寫字，畫寫意畫兒，或是會山水的畫南宗山水，托墨，禁得皴染；拿了畫這個，又不托色，又難烘：畫也不好，紙也可惜。我教給你一個子：原先蓋這園子就有一張細緻圖樣，雖是畫工描的，那地步方向是不錯的。你和太太了出來，比著那紙大小，和鳳丫頭要一塊重絹，交給外邊相公們，叫他照著這圖樣刪補，立了稿子，添了人物，就是了。就是配這些青綠顏色，並泥金泥銀，也得他們配去。你們也得另攏上風爐子，預備花膠，出膠，洗筆。還得一個粉油大案，鋪上氈子。你們那碟子也不全，筆也不全，都重新再弄一分纔好。」

惜春道：「我何曾有這些畫器？不過隨手的筆畫畫罷了。就是顏色，只有赭石、廣花、藤黃、胭脂，這四樣。再有不過是兩枝著色的筆就完了。」寶釵道：「你何不早說？這些東西我卻還有，只是你用不著，給你也白放著。如今我且替你收著，等你用著這個的時候我送你些。也只可留著畫扇子；若畫這大幅的，也就可惜了。今兒替你開個單子，照單子和老太太要去。你們也未必知道得全，我說著，寶兄弟寫。」寶玉早已預備下筆硯了，原怕記不清白，要寫了記著，聽寶釵如此說，喜的提筆起來靜聽。

寶釵說道：「頭號排筆四支，二號排筆四支，三號排筆四支，大染四支，中染四支，小染四支，大南蟹爪十支，小蟹爪十支，鬚眉十支，大著色二十支，小著色二十支，開面十支，柳條二十支，箭頭珠四兩，南赭四兩，石黃四兩，石青四兩，石綠四兩，管黃四兩，廣花八兩，鉛粉四匣，胭脂十帖，大赤飛金二百帖，青金二百帖，廣勻膠四兩，淨礬四兩，礬絹的膠礬在外，別管他們，只把絹交出去，叫他們礬去。這些顏色，咱們淘澄飛著，又玩了，又使了，包你一輩子都夠使了。再要頂細絹蘿四個，粗蘿二個，擔筆四支，大小乳缽四個，大粗碗二十個，五寸碟子十個，三寸粗白碟子二十個，風爐兩個，沙鍋大小四個，新磁缸二口，新水桶四只，一尺長白布口袋四個，浮炭二十斤，柳木炭一二斤，三屜木箱一個，實地紗一丈，生薑二兩，醬半斤……。」黛玉忙笑道：「鐵鍋一口，鐵鏟一個！」

寶釵道：「這做什麼？」黛玉道：「你要生薑和醬這些作料，我替你要鐵鍋來，好炒顏色吃啊。」衆人都笑起來。寶釵笑道：「齉兒，你知道什麼！那粗色碟子保不住不上火烤，不拿薑汁子和醬預先抹在底子上烤過，一經了火，是要炸的。」衆人聽說，都道：「原來如此。」

以上這些例子，都可見曹雪芹將早年對於各種技藝的接觸與學習，是極爲精到的，而日後也一一轉化爲文學創作的養分，充實了《紅樓夢》裡的人物風貌與美學世界。

## 二 剎那芳華

大約在一七五〇年，乾隆十五年前後，那時曹雪芹恐怕已爲內務府所逐，連最後一份公家的錢糧都領不到了。因此乾脆移居到西山，過起離群索居的隱士生活。

曹雪芹由兩度繁華，終於淪落到蓬牖茅椽、繩床瓦灶的地步。其內心滄桑淒涼之嘆可以想見。《石頭記》的書寫，因而寄託了作者家傳式的總體回憶，也完美地呈現出曹雪芹心目中的幻想樂園。

這番「樂園式」的撰述，其實也可以說是一種「夢華體」。原來在北宋時期，經濟發展得十分迅速，百姓生活富裕繁榮，尤其是在當時全世界最繁華的大都會——汴京城，街巷酒肆日日熱鬧非凡，商品店鋪中陳設著各式酒肉果品、珍珠布疋、香料藥材，以及花環領襪……等等，可說是琳瑯滿目，不一而足。

儘管帝國繁華景象不減，然而金國仍屢屢進犯，終至半壁江山淪陷，無數的北方人一夕之間家破人亡，因而展開了遷徙的流亡歲月。大家一路逃難，最後終於在杭州臨安城落腳。

宋室南渡之後，許多文人滿腹懷舊的感傷，寫下了對逝去的繁華勝景，滿腹感慨淒涼的追憶。從孟元老的《東京夢華錄》起，到周密的《武林舊事》，其間還有

《都城紀勝》、《西湖老人繁盛錄》、《夢粱錄》、《如夢錄》……等等一系列南渡文人，透過往日風華的追述，抒遣了命運中流亡離散的悲涼心境。

孟元老在《東京孟華錄》紀載了不勝記數的飲食情境，尤其是當時最有名的兩處夜市——州橋夜市與馬行街夜市，街市每天營業到三更，只休息一會兒，才五更復又開張。

夜市裡的食品種類繁多，從朱雀門一直到龍津橋，有類似今天清粥小菜水飯鋪，也有王樓賣的獾兒、野狐等特殊的野味餐，梅家、鹿家的鵝鴨雞兔、肚肺鱔魚、包子雞皮、腰腎雞碎等風味各異的小吃，幾乎都非常便宜，每個不過十五文錢。

走到朱雀門附近，還有煎羊白腸、鑽凍魚頭、批切羊頭、辣腳子、薑辣蘿蔔。麻腐雞皮、細粉、沙糖、冰雪圓子、生醃木瓜、綠豆甘草、廣芥瓜兒、鹹菜、杏片、梅子薑、細料餶飿兒、香糖果子、間道糖荔枝、越梅、紫蘇膏、金絲黨梅……，多種蜜餞乾果，都用梅紅匣兒盛貯。

這些名稱繁複的飲食果品，不僅記錄了家國都城昌明鼎盛的盛世風光，同時也是落難文人望梅止渴，撩撥鄉愁的記憶圖譜。寫到熱鬧華麗之處，孟元老還記得：「車馬闐擁，不可駐足」，而「市井經濟之家，往往只於市店旋買飲食，不置家蔬」，竟和我們現代人的生活相仿，到處都是餐館飯店，一般上班族或小康以上人家，已經都不自己做飯了。

而且每到隆冬臘月，即使風雪陰雨，汴京城的新豐丘門大街兩邊綿延十多里的各式商家，依然營業到三更。那時大家特別喜愛兔肉、豬皮肉、野鴨肉、煎餃、生魚片等等，至一路直到龍津橋爲止，謂之雜嚼。孟元老曾用「縱橫萬數，莫知紀極」八個字，來形容當時汴京商店街的繁榮景象，眞使人驚嘆不已！

不僅如此，北宋時期東京汴梁城五星級的酒樓眞是多到不可勝數：豐樂樓、宜城樓、班樓、劉樓、八仙樓、戴樓、長慶樓……等等，「彩樓相對，繡旆相招，掩翳天日」。除了大酒樓之外，還有無數小店家，而且無論是店主人，抑或是每日穿流不息的顧客，人人都穿戴整齊，注重禮儀，各色飲食也都非常精緻講究，而且乾淨衛生：「凡百所賣飲食之人，裝鮮淨盤合器皿，車簷動使，奇巧可愛。食味和羹，不敢草略。其賣藥賣掛，皆具冠帶。其士農工商、諸行百戶，衣裝各有本色，不敢越外。」

離散漂泊的文人，在筆端追憶昔日繁華熱鬧的場景，遙想生活中富庶精彩的片段，轉念一想，當時剎那芳華，如今已如夢雲煙，徒惹情牽。曹雪芹著《紅樓夢》也是一種自我找尋抒發的窗口，藉此興嘆人世間的巨大變化，豈是滄海桑田所能比擬？

試看《紅樓夢》裡的繁華家宴，如第三十八回寫道「螃蟹宴」：一時進入榭中，只見欄干外另放著兩張竹案，一個上面設著杯箸酒具，一個上面設著茶筅茶具各色盞碟，那邊有兩三個丫頭搧風爐煮茶；這邊另有幾個丫頭也搧風爐燙酒呢。賈母忙笑問：「這茶想得很好，且是地方東西都乾淨。」湘雲笑道：「這是寶姐姐幫著我預備的。」賈母道：「我說那孩子細緻，凡事想的妥當。」說著，又看見柱上掛的黑漆嵌蚌的對子，命湘雲念道：芙蓉影破歸蘭槳，菱藕香深瀉竹橋。賈母聽了，又抬頭看匾，因回頭向薛姨媽道：「我先小時，家裡也有這麼一個亭子，叫作什麼枕霞閣。我那時也只像他們姊妹們這麼大年紀，同著幾個人，天天玩去。誰知那日一下子失了腳掉下去，幾乎沒淹死，好容易救了上來，到底那木釘把頭蹦破了。如今這鬢角上那指頭頂兒大的一個窩兒，就是那碰破的。眾人都怕經了水，冒了風，說『了不得了』；誰知竟好了。」鳳姐兒不等人說，先笑道：「那時要活不得，如今這麼大福可叫誰享呢？可知老祖宗從小兒福壽就不小：神差鬼使，蹦出那個窩兒來，好盛福壽啊！壽星老兒頭上原是個窩兒，因爲萬福萬壽盛滿了，所以到凸出些來了。」

未及說完，賈母和眾人都笑軟了。賈母笑道：「這猴兒慣的了不得了，只管拿著我也取起笑兒來了！恨的我撕你那油嘴！」鳳姐道：「回來吃螃蟹，怕存住冷在心裏，慪老祖宗笑笑兒，就是高興多吃兩個，也無妨了。」賈母笑道：「明日叫你黑家白日跟著我，我倒常笑笑兒，也不許你回屋裏去。」王夫人笑道：「老太太因為喜歡他，纔慣的他這麼樣；還這麼說，他明日越發沒禮了。」賈母笑道：「我倒喜歡他這麼著，況且他又不是那真不知高低的孩子。家常沒人，娘兒們原該說說笑笑，橫豎大體不錯就是了。沒的倒叫他們神鬼似的做什麼！」

說著，一齊進入亭子。獻過茶，鳳姐忙放下杯箸，上面一桌：賈母、薛姨媽、寶釵、黛玉、寶玉。東邊一桌：湘雲、王夫人、迎、探、惜。西邊靠門一小桌：李紈和鳳姐，虛設坐位，二人皆不敢坐，只在賈母王夫人兩桌上伺候。鳳姐吩咐：「螃蟹不可都拿來，仍舊放在蒸籠裏，拿十個來，吃了再拿。」一面又要水洗了手，站在賈母跟前剝螃蟹肉。頭次讓薛姨媽，薛姨媽道：「我自己剝著吃香甜，不用人讓。」鳳姐便奉與賈母；二次的便與寶玉。又說：「把酒燙的滾熱的拿來。」又命小丫頭們去取了菊花葉兒桂花蕊兒薰豆麵子來，預備著洗手。

湘雲陪著吃了一個，就下坐來讓人，又出至外頭，命人盛兩盤子給趙姨娘、周姨娘送去。又見鳳姐走來道：「你張羅不慣，你吃你的去，我先替你張羅，等散了，我再吃。」湘雲不肯，又命人在那邊廊上擺了兩桌，讓鴛鴦、琥珀、彩雲、彩霞、平兒等去坐。鴛鴦向鳳姐笑道：「二奶奶在這裏伺候，我可吃去了。」鳳姐道：「你們只管去，都交給我就是了。」說著，湘雲仍入了席。

鳳姐和李紈也胡亂應了個景兒。鳳姐仍是下來張羅，一時出至廊上，鴛鴦等正吃的高興，見他來了，鴛鴦等站起來道：「奶奶又出來做什麼？讓我們也受用一會子！」鳳姐笑道：「鴛鴦小蹄子越發壞了！我替你當差，倒不領情，還抱怨我，還不快斟一鍾酒來我喝呢！」鴛鴦笑著，忙斟了一杯酒，送至鳳姐脣邊，鳳姐一挺脖子吃了。平兒早剔了一殼子黃子送來，鳳姐道：「多著些薑醋。」一回子也吃了，笑道：「你們坐著吃罷，我可去了。」

鴛鴦道：「好沒臉！吃我們的東西！」鳳姐笑道：「你少和我作怪，你知道你璉二爺愛上了你，要和老太太討了你做小老婆呢。」鴛鴦紅了臉，咂著嘴，點著頭道：「哎！這也是做奶奶的說出來的話！我不拿腥手抹你一臉算不得！」說著，站起來就要抹。鳳姐道：「好姐姐！饒我這遭兒罷！」琥珀笑道：「鴛丫頭要去了，平丫頭還饒他？你們看看，他沒吃兩個螃蟹，倒喝了一碟子醋了！」

平兒手裏正剝了個滿黃的螃蟹，聽如此奚落他，便拿著螃蟹照琥珀臉上來抹，口內笑罵：「我把你這嚼舌根的小蹄子……。」琥珀也笑著往旁邊一躲。平兒便空了，往前一撞，恰恰的抹在鳳姐臉上。鳳姐正和鴛鴦嘲笑，不妨唬了一跳，「噯呀」一聲，眾人掌不住都哈哈大笑起來。鳳姐也禁不住笑罵道：「死娼婦！吃離了眼了！混抹你娘的！」平兒忙趕過來替他擦了，親自去端水。鴛鴦道：「阿彌陀佛！這纔是現報呢！」

賈母那邊聽見，一疊連聲問：「什麼了，這麼樂？告訴我們也笑笑。」鴛鴦等忙高聲回道：「二奶奶來搶螃蟹吃，平兒惱了，抹了他主子一臉螃蟹黃子：主子奴才打架呢！」賈母和王夫人等聽了，也笑起來。賈母笑道：「你們看他可憐見的，把那小腿子、臍子、給他點子吃罷了。」鴛鴦等笑著答應了，高聲說道：「這滿桌子的腿子，二奶奶只管吃就是了。」鳳姐笑著洗了臉，走來又伏侍賈母等吃了一回。

黛玉弱，不敢多吃，只吃了一點黃子，就下來了。賈母一時也不吃了，大家都洗了手。也有看花的，也有弄水看魚的，遊玩一回。王夫人因向賈母道：「這裏風大，纔又吃了螃蟹，老太太還是回屋裏去歇歇罷。若高興，明日再來逛逛。」賈母聽了，笑道：「正是呢。我怕你們高興，我走了，又怕掃了你們的興；既這麼說，偺們就都去罷。」回頭囑咐湘雲：「別讓你寶哥哥多吃了。」湘雲答應著。又囑咐寶釵湘雲二人說：「你們兩個也別多吃了。那東西雖好吃，不是什麼好的，吃多了肚子疼。」

二人忙應著，送出園外，仍舊回來，命將殘席收拾了另擺。寶玉道：「也不用擺，偺們且做詩。把那大團圓桌子放在當中，酒菜都放著，也不必拘定坐位，有愛吃的去吃，大家散坐，豈不便宜？」寶釵道：「這話極是。」湘雲道：「雖這麼說，還有別人。」因又命另擺一桌，揀了熱螃蟹來，請襲人、紫鵑、司棋、侍書、入畫、鶯兒、翠墨等一處共坐。山坡桂樹底下鋪下兩條花毯，命支應的婆子並小丫頭等也都坐了，只管隨意吃喝，等使喚再來。

接著湘雲取了詩題，用針綰在墻上，衆人看了，都說：「新奇！只怕做不出來。」湘雲又把不限韻的緣故說了一番，寶玉道：「這纔是正理。我也最不喜限韻。」黛玉因不大吃酒，又不吃螃蟹，自命人掇了一個繡墩，倚欄坐著，拿著釣竿釣魚。寶釵手裡拿著一枝桂花，玩了一回，俯在窗檻上，掐了桂蕊，扔在水面，引得那游魚浮上來唼喋。湘雲出一會神，又讓一回襲人等，又招呼山坡下的衆人只管放量吃，探春和李紈、惜春正立在垂柳陰中看鷗鷺。迎春獨在花陰下，拿著針兒穿茉莉花。寶玉又看了一回黛玉釣魚；一回又擠在寶釵旁邊說笑兩句；一回又看襲人等吃螃蟹，自己也陪他喝兩口酒，襲人又剝了一殼肉給他吃。

黛玉放下釣竿，走至坐間，拿起那烏梅銀花自斟壺來，揀了一個小小的海棠凍石蕉葉杯，丫環看見，知他要吃酒，忙著走上來斟，黛玉道：「你們只管吃去，讓我自己斟纔有趣兒。」說著，便斟了半盞，看時，卻是黃酒，因道：「我吃了一點子螃蟹，覺得心口微微的疼，須得熱熱的吃口燒酒。」寶玉忙接道：「有燒酒。」便命將那合歡花浸的酒燙一壺來。

這一段有趣的宴飲文字道盡了大觀園衆人的風貌和情態，此外，第六十三回則是描寫賈寶玉的私人生日宴會，他與襲人商議：「晚間吃酒，大家取樂，不可拘泥。如今先想好晚間吃什麼，我們早說給他們備辦去。」

好不容易到了晚間掌燈時分，林之孝家的和幾個巡夜的女人都走了以後，衆人聽了，都先不上坐，且忙著卸妝寬衣。

一時間，大家將正妝卸去，頭上只隨便挽著髻兒，身上皆是長裙短襖。寶玉只穿著大紅棉紗小襖子，下面綠綾彈墨袷褲，散著褲腳，倚著一個各色玫瑰芍藥花瓣裝的玉色夾紗新枕頭，和芳官兩個先划拳。當時芳官滿口裡嚷熱，只穿著一件玉色紅青酡三色緞子的水田小夾襖，束著一條柳綠汗巾，底下水紅撒花夾褲，也散著褲腿。頭上眉額編著一圈小辮，總歸至頂心，結一根鵝卵粗細的總辮，拖在腦後。右耳眼內只塞著米粒大小的一個小玉塞子，左耳上單帶著一個白果大小的硬紅鑲金大墜子，越發顯得面如滿月猶白，眼如秋水還清。引的眾人笑說：「他兩個倒像是雙生的弟兄。」

襲人等一一斟了酒來，大家方團圓坐定。那四十個碟子，皆是一色白粉定窯的，不過只有小茶碟大，裏面都是山南海北，中原外國，或乾或鮮，或水或陸，天下所有的酒饌果菜。寶玉因說：「咱們也該行個令才好。」襲人道：「斯文些的才好，別大呼小叫，惹人聽見。二則我們不識字，可不要那些文的。」麝月笑道：「拿骰子咱們搶紅罷。」寶玉道：「沒趣，不好。咱們占花名兒好。」晴雯笑道：「正是早已想弄這個玩意兒。」襲人道：「這個玩意兒雖好，人少了沒趣。」小燕笑道：「依我說，咱們竟悄悄地把寶姑娘、林姑娘請了來玩一會子，到二更天再睡不遲。」襲人道：「又開門喝戶的鬧，倘或遇見巡夜的問呢？」寶玉道：「怕什麼？咱們三姑娘也吃酒，再請她一聲才好。還有琴姑娘。」衆人都道：「琴姑娘罷了，他在大奶奶屋裡，恐怕太打擾了！」寶玉道：「怕什麼！妳們就快請去。」小燕、四兒忙命開了門，遂分頭去請。

這裡晴雯、麝月和襲人三人又說：「他兩個去請，只怕寶、林兩位姑娘不肯來，須得我們請去，死活拉了她們，才請得來。」於是襲人和晴雯忙又命老婆子打個燈籠，二人又去。果然寶釵說夜深了，黛玉說身上不好，他二人再三央求說：「好歹給我們一點體面，略坐坐再來。」探春聽了卻也歡喜。因想：「不請李紈，倘或被她知道了倒不好。」便命翠墨同了小燕也再三的請了李紈和寶琴二人，會齊，先後都到了怡紅院中。襲人又拉了香菱來。炕上又多擺了一張桌子，大家方坐開了。

寶玉忙說：「林妹妹怕冷，過這邊靠板壁坐。」又拿個靠背墊著些。襲人等都端了椅子在炕沿下陪坐。黛玉卻離桌遠遠地靠著，晴雯拿了一個竹雕的簽筒來，裏面裝著象牙花名簽子，搖了一搖，放在當中。又取過骰子來，盛在盒內，搖了一搖，揭開一看，裏面是五點，數至寶釵。寶釵便笑道：「我先抓，不知抓出個什麼來？」說著，將筒搖了一搖，伸手掣出一根，大家一看，只見簽上畫著一支牡丹，題著「艷冠群芳」四字，下面又有鐫的小字一句唐詩，道是：「任是無情也動人。」又注著：「在席共賀一杯，此爲群芳之冠。」衆人看了，都笑說：「巧得很，妳也原配牡丹花。」說著，大家共賀了一杯。寶釵吃過，便笑說：「芳官唱一支曲子給我們聽罷。」芳官便唱：「壽筵開處風光好。」眾人都道：「快打回去。這會子很不用你來上壽，揀你極好的唱來。」芳官只得細細地唱了一支《賞花時》。唱罷。寶玉卻只管拿著那簽，口內顛來倒去念著：「任是無情也動人」。湘雲忙一手奪了，擲與寶釵。寶釵又擲了一個十六點，數到探春，探春笑道：「我還不知得個什麼呢。」伸手掣了一根出來，自己一瞧，便擲在地下，紅了臉，笑道：「這東西不好，不該行這令。這原是外頭男人們行的令，許多混話在上頭。」眾人不解，襲人等忙拾了起來，眾人看上面畫著一枝杏花，那紅字寫著「瑤池仙品」四字，詩云：「日邊紅杏倚雲栽。」注云：「得此簽者，必得貴婿，大家恭賀一杯，共同飲一杯。」眾人笑道：「我說是什麼呢。這簽原是閨閣中取戲的，除了這兩三根有這話的，並無雜話，這有何妨？我們家已有了個王妃，難道你也是王妃不成！大喜，大喜！」說著，大家來敬。探春那裡肯飲，卻被史湘雲、香菱、李紈等三、四個人強死強活灌了下去。

湘雲又拿著她的手強擲了個十九點出來，便該李紈掣。李氏搖了一搖，掣出一根來一看，笑道：「好極。你們瞧瞧，這勞什子竟有些意思。」眾人瞧那簽上，畫著一枝老梅，是寫著：「霜曉寒姿」四字，那一面舊詩是：「竹籬茅舍自甘心。」注云：「自飲一杯，下家擲骰。」紈笑道：「眞有趣！你們擲去罷。我只自吃一杯，不問你們的廢與興。」說著，便吃酒，將骰過與黛玉。黛玉一擲，是個十八點，便該湘雲掣。湘雲笑著，揎拳擄袖地掣了一根出來。大家看時，一面畫著一枝海棠，題著「香夢沉酣」四字，那面詩道是：「只恐夜深花睡去。」黛玉笑道：「『夜深』兩個字，改『石涼』兩個字。」眾人便聯想起她日間醉臥的事，都笑了。因看注云：「既云『香夢沉酣』，掣此籤者不便飲酒，只令上、下二家各飲一杯。」湘雲拍手笑道：「阿彌陀佛，眞眞好籤！」恰好黛玉是上家，寶玉是下家。二人斟了兩杯只得要飲。寶玉先飲了半杯，瞅人不見，遞與芳官，芳官端起來便一揚脖。黛玉卻只管和人說話，將酒全折在漱盂內了。

接著湘雲綽起骰子來一擲，是個九點，數去輪到麝月。麝月便掣了一根出來。大家看時，這面上一枝荼蘼花，題著「韶華勝極」四字，那邊寫著一句舊詩，道是：「開到荼蘼花事了。」注云：「在席各飲三杯送春。」麝月問：「怎麼講？」寶玉愁眉忙將籤藏了說：「咱們且喝酒。」說著大家吃了三口，以充三杯之數。麝月一擲個十九點，該香菱。香菱便掣了一根並蒂花，然後是黛玉掣。黛玉默默地伸手取了一根，只見上面畫著一枝芙蓉，題著「風露清愁」四字，那面一句舊詩，道是：「莫怨東風當自嗟。」注云：「自飲一杯，牡丹陪飲一杯。」眾人笑說：「這個好極！除了她，別人不配作芙蓉。」黛玉也自笑了。於是飲了酒，便擲了個二十點，該著襲人。襲人便伸手取了一支出來，卻是一枝桃花，題著「武陵別景」字，那一面舊詩寫著道是：「桃紅又是一年春。注云：「杏花陪一盞，坐中同庚者陪一盞，同辰者陪一盞，同姓者陪一盞。」眾人笑道：「這一回熱鬧有趣！」大家算來，香菱、晴雯、寶釵三人皆與他同庚，黛玉與他同辰，只無同姓者。芳官忙道：「我也姓花，我也陪他一鐘。」於是大家斟了酒，黛玉因向探春道：「命中該著招貴婿的，你是杏花，快喝了，我們好喝。」探春笑道：「這是個什麼？！大嫂子順手給她一下子。」李紈笑道：「人家不得貴婿反挨打，我也不忍的。」說得眾人都笑了。

大夥兒一直玩到二更，鐘打過十一下了。寶玉猶不信，要過錶來瞧了一瞧，已是子初初刻十分了。黛玉便起身說：「我可撐不住了，回去還要吃藥呢。」眾人也就該散了。襲人等將黛玉、寶釵等人直送過沁芳亭河那邊方回來。

這樣一段生日宴會，以及眾人夜宴掣花簽的往事，是曹雪芹遙想當年繁華的過往，將生命中親歷親聞的美麗女子一一寫來，書寫的當下，如同夢回金陵，成爲南宋以來「夢華體」的餘緒。宋代周密的《武林舊事》裡，還曾經記載了一段清河郡王張俊府邸接待聖駕的事蹟，可與曹雪芹家族爲康熙南巡六度接駕，以及《紅樓夢》裡的元妃省親並列對照。

那是發生在南宋高宗紹興二十一年的事。當時清河郡王張俊府邸爲了接駕，僅就飲食部分，書中便記載道：「繡花高飣八果壘」、「樂仙乾果」與「縷金香藥」

各十幾種，那雕花蜜餞、砌香鹹酸、臘也有十幾種，在垂手八盤子、各式新鮮時新的水果之後，才是下酒菜十五盞，每盞兩道菜，都是山珍海味，接著是插食十盞、勸酒果子庫十番、廚勸酒十味、對食十盞，然後是晚食五十分、大碟下酒、合子食，以及時果十隔碟等等。可知早於《紅樓夢》五百年之前，儘管在南渡偏安的局面下，文人已經藉由「夢華體」的記載，使人們見識到貴族之家接待皇室的盛大規模與華麗排場。

# 第二章

# 曹雪芹的個人才華與家族興亡

## 一 濟人以藝

曹雪芹自乾隆十三年（一七四八年）起，至乾隆二十三年（一七五八）年止，整整十年，他將滿腹的感慨，都化為《紅樓夢》這一場辛酸淚。他自己在小說的開篇寫道：「十年辛苦不尋常。」這段期間曾經歷了五次艱苦的改寫，第五次改寫稿是在一七五九年謄清的，這個版本並附有脂硯齋的第四次評閱，這便是「己卯四月定本」。事實上，在這一年年終歲末之時，脂硯齋又進行了第五次評閱，因此我們可以看到此本脂評中還有「己卯冬」的簽署字樣。

此後，曹雪芹遷居到白家，他的寫作生活戛然而止，因為在己卯本之後，我們已看不到他有任何繼續增刪和修改的痕跡，甚至連幾段很單純殘缺的待補處，都未見其補寫。可知曹雪芹寫作十年之後，到此時，已經立意要改變生活的方式。而這個嶄新階段的展開，得從一個早幾年所發生的故事開始追溯。

曹雪芹有一個朋友名喚于叔度，他本是江寧人，只因當年從軍出征，傷了腿部，從此走路不方便。有一天，他來拜訪曹雪芹，兩人站著談了幾句話，這于叔度突然掉下眼淚來。原來他告訴曹雪芹，他家裡已經三天沒有開伙了。那時正值寒冬，于叔度到處去借貸，都沒有著落。他的幾個孩子還很小，整天牽著他的衣角，圍繞在他身邊，哭哭啼啼地說：好餓！好冷！

于叔度眞是求死不得！痛不欲生！曹雪芹聽了，也與他相對哽咽，心中滿是悽愴。那段時間曹雪芹的生活也相當窘困，雖然傾囊相助，但還是杯水車薪，於事無補。不得不勸他轉往其他地方，再想想辦法。當天晚上，他們聊得很晚，于叔度突然說起近來京城的景況，他提到有一位貴族府邸的公子，一擲數十金，就爲了買一只風箏！「他所花的這筆錢，足夠我一家子活好幾個月了！」于叔度感嘆地說。

曹雪芹恰好早年曾學家裡的老師傅練習過紮風箏的技巧。於是當他用家裡的一點竹枝和紙張，半開玩笑地做了幾只風箏，送給于叔度。沒想到這一年的除夕夜，于叔度又來了。他這一番不僅冒雪來訪，而且帶來烤鴨、醇酒，以及許多可口的菜餚，用一頭驢子滿載而來。

于叔度很高興地告訴曹雪芹：「沒想到那幾只風箏，竟然賣了很高的價錢！我們家總算是可以好好地過一個年了。這一切都是你帶給我們的，我自然不會忘了你！」曹雪芹回想起于叔度當初來告急的時候，那麼無奈！到處奔走求助，也只是碰壁。卻不料小小的風箏，可以爲他解決生計的問題。「因思古之世，鰥寡孤獨廢疾者有養也，今則如老于其人，一旦傷足，不能自活，其不轉乎溝壑也幾稀。」「風箏之爲業，眞足以養家乎？」看來這確乎是眞的。此後數年之間，老于受教於曹雪芹而逐漸變成一位小有名氣的風箏師傅！他做風箏所賺來的錢，也足以養家活口了。

自從于叔度經常催促曹雪芹將腦海中所記得的風箏圖譜式樣，以及製作風箏的技巧寫下來，以便造福那些身有殘疾，卻仍須養家活口的人。曹雪芹便逐漸意識到自己應該要逐漸擺脫「夢華體」寫作的束縛，從追憶過往的夢境裡走出來，轉而面對前瞻式的人生新境界。而曹雪芹正是在《紅樓夢》停筆的那一年，寫下了《南鷂北鳶考工志》這本關於手工藝技術的實用書。

其實曹雪芹早就深刻地體驗到社會上存在著貧富間巨大的差異，他在《紅樓夢》第六回裡寫到劉姥姥這積年的老寡婦，膝下又無兒子，只靠兩畝薄田度日。後來女婿願意贍養她，劉姥姥遂一心一計，幫趁著女兒女婿過活起來。因這年秋盡冬初，天氣冷將上來，家中冬事未辦，狗兒未免心中煩慮，吃了幾杯悶酒，在家裏閒尋氣惱，劉氏也不敢頂撞，因此劉姥姥看不過，因勸道：「姑爺，你別嗔著我多嘴：咱們做莊人，那一個不是老老誠誠的守多大碗兒吃多大的飯呢？你皆因年小時候，託著你那老人家的福，吃喝慣了，如今所以把持不住，有了錢就顧頭不顧尾，沒了錢就瞎生氣，成個什麼男子漢大丈夫呢？如今咱們雖離城住著，終是天子腳下。這長安城中，遍地都是錢，只可惜沒人會去拿罷了。在家跳蹋會子不中用。」狗兒聽說，便急道：「你老只會炕頭上混說。難道叫我打劫偷去不成？」劉姥姥說道：「誰叫你偷去呢？也到底大家想方法兒裁度。不然，那銀子會自己跑到偺家來不成？」狗兒冷笑道：「有法兒還不等到這會子呢！我又沒有收稅的親戚、做官的朋友，有什麼可想的？便有，也只怕他們未必理我們呢。」

劉姥姥道：「這倒不然，『謀事在人，成事在天』，偺們謀到了，靠菩薩的保佑，有此機會，也未可知。我倒替你想出一個機會來。當日你們原是和金陵王家連過宗的，二十年前，他們看承你們還好，如今自然是你們拉硬屎，不肯去親近他，故疏遠起來。想當初我和女兒還去過一遭。他家的二小姐，著實爽快會待人，倒不拿大，如今現是榮國府賈二老爺的夫人，聽得說，如今上了年紀，越發憐貧恤，最愛齋僧道捨米捨錢的。如今王府雖陞了邊任，只怕這二姑太太還認得偺們，你何不去走動走動？或者他念舊，有些好處也未可知。只要他發一點好處，拔一根寒毛比偺們腰還粗呢！」劉姥姥的女兒在一旁接口道：「你老說的是，但只是你我這樣一個嘴臉，怎麼好到他門上去？先不見他那些門上的人也未必肯去通信，沒的去打嘴現世！」

誰知狗兒心裡最靈，聽如此一說，心下便有些活動，只是礙於面子，最終不得不讓劉姥姥帶著小板兒去哭窮。不久之後，劉姥姥順利地進入賈府王熙鳳的廳堂，卻爲富貴人家堂皇巍峨的氣派所震懾驚嚇地無地自容。使讀者們不得不感慨現實社會中一直存在著偌大的貧富差距。

及至第七十回，曹雪芹更是將後來傳授給于叔度的絕活兒寫進了書裡：「一語未了，只聽窗外竹子上一聲響，恰似窗屜子倒了一般，衆人唬了一跳。丫頭們出去瞧時，簾外丫環子們嚷道：『一個大蝴蝶風箏，掛在竹梢上了。』衆丫環笑道：『好一個齊整風箏！不知是誰家放的，斷了線。偺們拏下他來。』寶玉等聽了，也都出來看時，寶玉笑道：『我認得這風箏，這是大老爺那院裡嫣紅姑娘放的。拏下來給他送過去罷。』紫鵑笑道：『難道天下沒有一樣的風箏，單他有這個不成？二爺也太死心眼兒了！我不管，我且拏起來。』探春道：『紫鵑也學小氣了，你們一般的，也有這會子拾人走了的，也不嫌個忌諱？』黛玉笑道：『可是呢。把偺們的拏出來，偺們也放放晦氣。』

丫頭們聽見放風箏，巴不得一聲兒，七手八腳，都忙著拏出來：也有美人兒的，也有沙雁兒的。丫頭們搬高墩，綑剪子股兒，一面撥起籰子來。寶釵等都立在院門前，命丫頭們在院外敞地下放去。寶琴笑道：『你這個不好看，不如三姐姐的那一個軟翅子大鳳凰好。』寶釵回頭向翠墨笑道：『你去把你們的拏來也放放。』

寶玉又興頭起來，也打發個小丫頭子家去，說：『把昨兒賴大娘送的那個大魚取來。』小丫頭子去了半天，空手回來，笑道：『晴姑娘昨兒放走了。』寶玉道：『我還沒放一遭呢。』探春笑道：『橫豎是給你放晦氣罷了。』寶玉道：『也罷，把大螃蟹拏來。』丫頭去了，同了幾個人，扛了一個美人並籰子來，回說：『襲姑娘說：昨兒把螃蟹給了三爺了，這一個是林大娘才送來的，放這一個罷。』寶玉細看了一回，只見這美人做的十分精緻，心中歡喜，便叫：『放起來。』

此時探春的也取了來了，丫頭子們在那山坡上已放起來。寶琴叫丫頭放起一個大紅蝙蝠來，寶釵也放起過一連七個大雁來，獨有寶玉的美人兒再放不起來。寶玉說丫頭們不會放，自己放了半天，只升到屋頂的高度，就落下來了，急得寶玉頭上的汗都出來了！衆人又嘲笑他，他便恨得將風箏摔在地下，說道：『要不是個美人兒，我一頓腳跺個稀爛！』黛玉笑道：『那是頂線不好，拏去叫人換好了，就好放了。再取一個來放罷。』

不久，大夥兒都仰面看天上，這幾個風箏都起在半空中。一時風緊，衆丫環用絹子墊著手放。黛玉見風力緊了，過去將籰子一鬆，只聽『豁剌剌』一陣響，登時線盡，風箏隨風去了。衆人都道：『林姑娘的病根兒都放了去了，偺們大家都放了罷。』於是丫頭們拏過一把剪子來，鉸斷弓線，那風箏飄飄遙遙隨風而去。一時只有雞蛋大小，一展眼只剩了一點黑星兒，再展眼便不見了。衆人仰面說道：『有趣！有趣！』」

曹雪芹原本是以「無才可去補蒼天」的自憐自嘆之情，寫下《紅樓夢》一書，後來竟無意間發現他早年雜學旁搜的各項技藝，也能濟世活人。於是他開始著手編寫一系列授藝之書，這一套叢書稱為《廢藝齋集稿》，共八卷。卷一是《蔽芾館鑑印章金石集》，這一部書專講怎樣挑選印石，怎麼樣製鈕、製印，同時還有刻邊款的章法以及刀法等等。

卷二就是《南鷂北鳶考工志》，專講如何紮、糊、繪、放風箏，書中還附有各式各樣的風箏彩圖，以及紮風箏的歌訣。卷三是一部專講編織的書，而且是專爲盲人設計的編織書，當時以口訣來傳授。卷四是一部教授雕塑的書，然而不是談舊有的泥製胎模，而是以榆皮、紙漿、桃膠混和製成的新式雕塑品。卷五和卷六分別是講述織品與印染技術的專書。卷七爲《岫裏湖中瑣藝》，講述園林布置的藝術。卷八稱爲《斯園膏脂摘錄》，乃是一部烹飪之書。

這一套書奠定了曹雪芹爲中國工藝導師的地位，他是各種工藝品的製作專家，是風箏圖譜的祖師爺，是編織與泥塑的一代宗匠，同時還是一位不可多得的名廚。儘管這一套書今多不存，然而我能仍可以從《紅樓夢》這部中國文學史上最佳的一部長篇小說裏，一窺這位工藝大師博大精深的學問堂奧。

例如：小說第十七回專寫大觀園的建築之美，顯現出曹雪芹對園林藝術獨到的審美意識。作者特別寫道賈政從大門開始逐步欣賞這座園林，他命賈珍：「且把園門都關上，我們先瞧了外面再進去。」賈珍聽說，命人將門關了。賈政先秉正看門。只見正門五間，上面桶瓦泥鰍脊，那門欄窗槅，皆是細雕新鮮花樣，並無朱粉塗飾；一色水磨群牆，下面白石臺磯，鑿成西番草花樣。左右一望，皆雪白粉牆，下面虎皮石，隨勢砌去，果然不落富麗俗套，自是喜歡。遂命開門，只見迎面一帶翠嶂擋在前面。眾清客都道：「好山，好山！」賈政道：「非此一山，一進來，園中所有之景悉入目中，則有何趣？」眾人道：「極是。非胸中大有邱壑，焉想及此。」說著，往前一望，見白石峻嶒，或如鬼怪，或如猛獸，縱橫拱立；上面苔蘚成斑，藤蘿掩映，其中微露羊腸小徑。賈政道：「我們就從此小徑遊去，回來由那一邊出去，方可遍覽。」

說畢，命賈珍在前引導，自己扶了寶玉，逶迤進入山口。抬頭忽見山上有鏡面白石一塊，正是迎面留題處。賈政回頭笑道：「諸公請看，此處題以何名方妙？」眾人聽說，也有說該題「疊翠」二字，也有說該提「錦嶂」的，又有說「賽香爐」的，又有說「小終南」的，種種名色，不止幾十個。原來眾客心中早知賈政要試寶玉的功業進益如何，只將些俗套來敷衍。寶玉亦料定此意。賈政聽了，便回頭命寶玉擬來。寶玉道：「嘗聞古人有云：『編新不如述舊，刻古終勝雕今。』況此處並非主山正景，原無可題之處，不過是探景一進步耳。莫若直書『曲徑通幽處』這句舊詩在上，倒還大方氣派。」眾人聽了，都贊道：「是極！」

接著，眾人進入石洞來。只見佳木蘢蔥，奇花閃灼，一帶清流，從花木深處曲折瀉於石隙之中。再進數步，漸向北邊，平坦寬豁，兩邊飛樓插空，雕甍繡檻，皆隱於山坳樹杪之間。俯而視之，則清溪瀉雪，石磴穿雲，白石爲欄，環抱池沿，石橋之港，獸面銜吐，橋上有亭。至此，寶玉所擬「沁芳」二字，不僅辭意新雅，而且具體題點出這一帶景致的特色，因此賈政聽了，點頭微笑。衆人也都稱讚不已！

接著，大家出亭過池，一山一石，一花一木，莫不著意觀覽。忽抬頭看見前面一帶粉垣，裏面數楹修舍，有千百竿翠竹遮映。衆人都道：「好個所在！」於是大家進入，只見入門便是曲折遊廊，階下石子漫成甬路。上面小小三間房舍，一明兩暗，裏面都是合著地步打就的床杌椅案。從裏間房內又得一小門，出去則是後院，有大株梨花兼著芭蕉。又有兩間小小退步。後院牆下；忽開一隙，得泉一派，開溝僅尺許，灌入牆內，繞階緣屋至前院，盤旋竹下而出。

賈政笑道：「這一處倒還罷了。若能月夜坐此窗下讀書，不枉虛生一世。」寶玉在此題道：「有鳳來儀」四字。衆人都哄然叫妙！賈政點頭。寶玉又念出對聯道：「寶鼎茶閑煙尚綠，幽窗棋罷指猶涼。」眞把日後林黛玉在瀟湘館的清雅生活如實概括地展現在讀者面前。

偌大一座園林，除了匾、聯等文人情趣點染之外，還有許多細節需要講究，因此賈政忽又想起一事來，便問賈珍道：「這些院落房宇並几案桌椅都算有了，還有那些帳幔簾子並陳設的玩器古董，可也都是一處一處合式配就的麼？」賈珍回道：「那陳設的東西早已添了許多，臨期自然合式陳設。帳幔簾子，昨日聽見璉兄弟說，還不全。那原是一起工程之時就畫了各處的圖樣，量准尺寸，就打發人辦去的。想必昨日得了一半。」賈政聽了，便知此事不是賈珍的首尾，便命人去喚賈璉。

一時，賈璉趕來，賈政問他共有幾種，現今得了幾種，尚欠幾種。賈璉見問，忙向靴桶取靴掖內裝的一個紙折略節來，看了一看，回道：「妝蟒繡堆、刻絲彈墨，並各色綢綾、大小幔子一百二十架，湘妃竹簾二百掛昨日得了八十架，下欠四十架。簾子二百掛，昨日俱得了。外有猩猩氈簾二百掛，金絲藤紅漆竹簾二百掛，墨漆竹簾二百掛，五彩線絡盤花簾二百掛，每樣得了一半，也不過秋天都全了。椅搭、桌圍、床裙、桌套，每分一千二百件，也有了。」

一面說，一面走，倏爾青山斜阻。轉過山懷中，隱隱露出一帶黃泥築就矮牆，牆頭皆中稻莖掩護。有幾百株杏花，如噴火蒸霞一般。裏面數楹茅屋。外面卻是桑、榆、槿、柘，各色樹稚新條，隨其曲折，編就兩溜青籬。籬外山坡之下，有一土井，旁有桔槔、轆轤之屬。下面分畦列畝，佳蔬菜花，漫然無際。

賈政笑道：「倒是此處有些道理。固然係人力穿鑿，此時一見，未免勾引起我歸農之意。我們且進去歇息歇息。」說畢，方欲進籬門去，忽見路旁有一石碣，亦為留題之備。眾人笑道：「更妙，更妙！此處若懸匾待題，則田舍家風一洗盡矣。立此一碣，又覺生色許多，非范石湖田家之詠不足以盡其妙，只是還少一個酒幌。明日竟作一個，不必華麗，就依外面村莊的式樣作來，用竹竿挑在樹梢。」賈珍答應了，又回道：「此處竟還不可養別的雀鳥，只是買些鵝、鴨、雞類，才都相稱了。」

在這座充滿田園風味的稻香村裡，賈寶玉癡性不改，竟與父親爭論起「天然」二字的意境來！可知在種竹引泉等設計中，讓人看不出斧鑿痕跡的創作精神，亦是古典園林藝術中所應講究的重要環節。說著，衆人一面走人出來，轉過山坡，穿花度柳，撫石依泉，過了荼蘼架，再入木香棚，越牡丹亭，度芍藥圃，入薔薇院，出芭蕉塢，盤旋曲折。忽聞水聲潺湲，瀉出石洞，上則蘿薜倒垂，下則落花浮蕩。衆人都道：「好景，好景！」從衆清客所題「武陵源」、「秦人舊舍」等語，可知這一帶景致直追文人理想中的世外桃源之境！

待衆人要進港洞時，忽又想起無船。賈珍道：「采蓮船共四隻，座船一隻，如今尚未造成。」賈政笑道：「可惜不得入了。」賈珍道：「從山上盤道亦可以進去。」說畢，在前導引，大家攀藤撫樹過去。只見水上落花愈多，其水愈清，溶溶蕩蕩，曲折縈迂。池邊兩行垂柳，雜著桃杏，遮天蔽日，眞無一些塵土。忽見桃柳中又露出一個條折帶朱欄板橋來，度過橋去，諸路可通，便見一所清涼瓦舍，一色水磨磚牆，清瓦花堵。那大主山所分之脈，皆穿牆而過。

賈政道：「此處這所房子，無味得很！」可是才剛進門，忽迎面突出插天的大玲瓏山石來，四面群繞各式石塊，竟把裏面所有房屋悉皆遮住，而且一株花木也無。只見許多異草：或有牽藤的，或有引蔓的，或垂山巔，或穿石隙，甚至垂檐繞柱，縈砌盤階，或如翠帶飄颻，或如金繩盤屈，或實若丹砂，或花如金桂，味芬氣馥，非花香之可比。賈政不禁笑道：「有趣！只是不大認識。」有的說：「是薜荔藤蘿。」賈政道：「薜荔藤蘿不得如此異香。」寶玉道：「果然不是。這些之中也有藤蘿薜荔；那香的是杜若蘅蕪，那一種大約是茝蘭，這一種大約是清葛，那一種是金簦草，這一種是玉蕗藤，紅的自然是紫芸，綠的定是青芷。想來《離騷》《文選》等書上所有的那些異草，也有叫作什麼藿納薑蕁的，也有叫作什麼綸組紫絳的，還有石帆、水松、扶留等樣，又有叫什麼綠荑的，還有什麼丹椒、蘼蕪、風連。如今年深歲改，人不能識，故皆象形奪名，漸漸的喚差了也是有的。」古人徜徉在園林之間，以身旁各種形形色色的花草來印證文學作品中的知識，亦頗得風雅之趣！

賈政因見兩邊俱是超手游廊，便順著游廊步入。只見上面五間清廈連著捲棚，四面出廊，綠窗油壁，更比前幾處清雅不同。賈政嘆道：「此軒中煮茶操琴，亦不必再焚名香矣！可見園林生活中，對於香氛藝術的重視，也是曹雪芹所關注的焦點。

說著，大家出來。行不多遠，則見崇閣巍峨，層樓高起，面面琳宮合抱，迢迢複道縈紆；青松拂檐，玉欄繞砌，金輝獸面，彩煥螭頭。賈政道：「這是正殿了，只是太富麗了些。」眾人都道：「要如此方是。雖然貴妃崇節尚儉，天性惡繁悅樸，然今日之尊，禮儀如此，不爲過也。」一面說，一面走，只見正面現出一座玉石牌坊來，上面龍蟠螭護，玲瓏鑿就。衆人都指望寶玉慢慢思考一合適的題匾，以博得元妃的讚譽。

然後，大夥兒一路行來，沿途或清堂，或茅舍；或堆石爲垣，或編花爲牖；或山下得幽尼佛寺，或林中藏女道丹房；或長廊曲洞，或方廈圓亭，賈政皆不及進去。因說半日腿酸，未嘗歇息。忽又見前面又露出一所院落來，賈政笑道：「到此可要進去歇息歇息了。」說著，一徑引人繞著碧桃花，穿過一層竹籬花障編就的月洞門，俄見粉牆環護，綠柳周垂。賈政與衆人進去，一入門，兩邊俱是游廊相接。院中點襯幾塊山石，一邊種著數本芭蕉，那一邊乃是一棵西府海棠，其勢若傘，絲垂翠縷，葩吐丹砂。衆人贊道：「好花，好花！從來也見過許多海棠，哪裏有這樣妙的。」賈政道：「這叫作『女兒棠』，乃是外國之種。俗傳係出『女兒國』中，云彼國此種最盛，亦荒唐不經之說罷了。」衆人笑道：「然雖不經，如何此名傳久了？」寶玉道：「大約騷人詠士，以此花之色紅暈若施脂，輕弱似扶病，大近乎閨閣風度，所以以『女兒』命名。想因被世間俗惡聽了，他便以野史纂入爲證，以俗傳俗，以訛傳訛，都認眞了。」衆人都搖身贊妙。

一面說話，一面都在廊外抱廈下打就的榻上坐了。賈政因問：「想幾個什麼新鮮字來題此？」一客道：「『蕉鶴』二字最妙。」又一個道：「『崇光泛彩』方妙。」賈政與衆人都道：「好個『崇光泛彩』！」寶玉也道：「妙極！」又嘆：「只是可惜了。」衆人問：「如何可惜？」寶玉道：「『處蕉、棠兩植，其意暗蓄『紅』、『綠』二字在內。若只說蕉，則棠無著落；若只說棠，蕉亦無著落。固有蕉無棠不可，有棠無蕉更不可。」賈政道：「依你如何？」寶玉道：「依我，題『紅香綠玉』四字，方兩全其妙。」

說著，大家進入房內。只見這幾間房內收拾得與別處不同，竟分不出間隔來的！原來四面皆是雕空玲瓏木板，或「流雲百蝠」，或「歲寒三友」，或山水人物，或翎毛花卉，或集錦，或博古，或卍福卍壽，各種花樣，皆是名手雕鏤，五彩銷金嵌寶的。一槅一槅，或有貯書處，或有設鼎處，或安置筆硯處，或供花設瓶、安放盆景處。其槅各式各樣，或天圓地方，或葵花蕉葉，或連環半璧。眞是花團錦簇，剔透玲瓏。倏爾五色紗糊就，竟係小窗；倏爾彩凌輕覆，竟係幽戶。且滿牆滿壁，皆係隨依古董玩器之形摳成的槽子。諸如琴、劍、懸瓶、桌屏之類，雖懸於壁，卻都是與壁相平的。衆人都讚：「好精緻想頭！難爲怎麼想來！」

原來賈政等走了進來，未進兩層，便都迷了舊路，左瞧也有門可通，右瞧又有窗暫隔，及到了跟前，又被一架書擋住。回頭再走，又有窗紗明透，門徑可行；及至門前，忽見迎面也進來了一群人，都與自己形相一樣，卻是一架玻璃大鏡相照。及轉過鏡去，越發見門子多了。賈珍笑道：「老爺隨我來。從這門出去，便是後院；從後院出去，倒比先近了。」說著，又轉了兩層紗櫥錦槅，果得一門出去，院中滿架薔薇、寶相。轉過花障，則見青溪前阻。衆人吒異：「這股水又是從何而來？」賈珍遙指道：「原從那閘起流至那洞口，從東北山坳裏引到那村莊裏，又開一道岔口，引到西南上，共總流到這裏，仍舊合在一處，從那牆下出去。」衆人聽了，都道：「神妙之極！」說著，忽見大山阻路。衆人都道「迷了路了。」賈珍笑道：「隨我來。」仍在前導引，衆人隨他直由山腳邊忽一轉，便是平坦寬闊大路，豁然大門前現。衆人都道：「有趣，有趣，眞搜神奪巧之至！」

此處以怡紅院類似迷宮式的造景，無形中暗示我們賈寶玉未來的人生，將進入全新的階段。在這段大觀園中的青春歲月裡，他經歷著愛情的糾葛、慾望的誘惑，以及來自本性的召喚，那一連串擺脫不掉的糾紛與煩惱，在在牽動他的情懷。何時能夠走出這座「迷宮」，他的人生視野才能逐漸地清晰透亮！

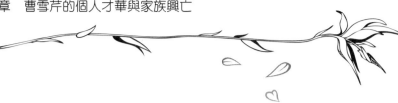

## 二　親歷親聞

《紅樓夢》開篇處有：

作者自云：因曾經歷一番夢幻之後，故將眞事隱去，而借「通靈」之說，撰此《石頭記》一書也……。忽念及當日所有之女子，一一細考較去，覺其行止見識，皆出於我之上。我堂堂鬚眉，誠不若彼裙釵哉？實愧則有餘，悔又無益之大無可如何之日也！當此，則自欲將已往所賴天恩祖德，錦衣紈絝之時，甘饜肥之日，背父兄教育之恩，負師友規談之德，以至今日一技無成、半生潦倒之罪，編述一集，以告天下人：我之罪固不免，然閨閣中本自歷歷有人，萬不可因我之不肖，自護己短，一併使其泯滅也。

以上這段話，說明了曹雪芹曾經經歷過由錦衣紈絝到落敗潦倒的重大變故，因此希望能將家族自富貴榮華到抄家敗亡的歷史，編述成書。此外，在故事伊始，作者亦曾設計了「石頭」開口與二位仙師的對話，但見石頭云：

「適聞二位談那人世間榮耀繁華，心切慕之。……如蒙一點慈心，攜帶弟子得入紅塵，在那富貴場中，溫柔鄉裏受享幾年，自當有佩洪恩，萬劫不忘也。」二位仙師聽畢，齊憨笑道：「善哉！善哉！那紅塵中有卻有些樂事，但不能永遠依恃；況又有『美中不足，好事多魔』八個字緊相連屬，瞬息間則又樂極生悲，人非物換，究竟是到頭一夢，萬境歸空。」

由上述對話，讀者也可以清楚地意識到，《紅樓夢》的作者本人確實曾經在「富貴場中，溫柔鄉裏受享幾年」。

此外，在大量的脂硯齋批語中，亦可證明《紅樓夢》中的許多故事情節，與作者本人的親身經歷有關。例如：第五回，在「勢敗休云貴，家亡莫論親」一句之上，《甲戌本》有批語云：「非經歷過者，此二句則云紙上談兵，過來人那得不哭？」在同一回裡，有「若非個中人」一句，《甲戌本》夾批即云：「三字要緊。不知誰是個中人。寶玉即個中人乎？然則石頭亦個中人乎？作者亦係個中人乎？觀者亦個中人乎？」

到了第八回：「賈母又與了一個荷包並一個金魁星。」此處《甲戌本》眉批云：「作者今尚記金魁星之事乎？撫今思昔，腸斷心摧。」第十三回：「若應了那句『樹倒猢猻散』的俗語」，《甲戌本》眉批云：「『樹倒猢猻散』之語，今猶在耳，曲指三十五年矣。傷哉，寧不慟殺！」

第十四回：「早有人端過一張大圈椅來，放在靈前，鳳姐坐了，放聲大哭！」《庚辰本》夾批云：「誰家行事？寧不墮淚？」第十六回：「罪過可惜四個字，竟顧不得了。」《庚辰本》夾批：「眞有是事，經過見過。」

第十七回：「寶玉聽了，帶著奶娘小廝們一溜煙就出園來。」此句《庚辰本》夾批云：「不肖子弟來看形容。余初看之下，不覺怒焉，蓋謂作者形容余幼年往事，回思彼亦自寫其照，何獨余哉？信筆書之，供諸大衆同一發笑。」第十八回，「三個人滿心裡皆有許多話，只是俱說不出，只管嗚咽對泣。」《庚辰本》夾批：「非經歷過，如何寫得出？壬午春。」賈政說：「臣草莽寒門，鳩群鴉屬之中，豈意得徵鳳鸞之瑞。」《庚辰本》此句旁有夾批：「此語猶在耳。」

第十九回，賈寶玉說：「我說往咱們家來，必定是奴才不成？說親戚就使不得？」這句話有《王府本》夾批云：「這樣妙文，何處得來？非目見身行，豈能如此的確？」第二十回：「叫我問誰去？」《庚辰本》夾批：「眞有是語。」「誰不幫著你呢？」《庚辰本》夾批：「眞有是事。」「前兒我和寶爺頑，他輸了那些也沒著急。」《庚辰本》夾批：「倒捲簾法，實寫幼時往事，可傷。」

第二十一回：「誰知四兒是個聰敏乖巧不過的丫頭。」《庚辰本》批語道：「又一個有害無益者，作者一生爲此所誤，批者一生亦爲此所誤……。蓋四字誤人甚矣！被誤者深感此批。」

第二十三回：「金釧一把拉住寶玉」，《庚辰本》夾批：「有是事，有是人。」「忽見丫鬟來說老爺叫寶玉。寶玉聽了，好似打了個焦雷，登時掃去興頭，臉上轉了顏色。」此句，《庚辰本》有夾批云：「多大力量寫此句，余亦驚駭，況寶玉乎！回思十二三時曾有是病來，想時不再至，不禁淚下。」

第二十五回，馬道婆對賈母說：「祖宗老菩薩哪裡知道，那經典佛法上說的厲害！」《甲戌本》夾批云：「一段無倫無理信口開河的渾話，卻句句都是耳聞目睹者，並非杜撰而有。作者與余時時經過。」第二十六回：「若論銀錢喫穿等類的東西，究竟還不是我的，惟有或寫一張字，畫一張畫，纔眞是我的。」《甲戌本》夾批：「誰說得出？經過者方說得出。」

第二十八回：「太太倒不糊塗，都是叫金剛菩薩支使糊塗了！」《甲戌本》夾批：「是語甚對！余幼時可聞之語合符，哀哉傷哉！」

第四十三回：「李紈又向衆姊妹道：『今兒是正經社日，可別忘了。』」《庚辰本》的批語道：「看書者已忘，批書者已忘，作者竟未忘，忽寫此事，眞忙中愈忙，緊處愈緊也。」

第四十八回薛蟠要出去經商，薛姨媽不放心，寶釵說道：「只怕比在家裡省了事也未可知。」此句《庚辰本》批云：「作者曾吃此虧，批書者亦曾吃此虧，故特於此注明，使後人深思默戒。脂硯齋。」第七十八回迎春乳母獲罪，邢夫人數落迎春，下人們卻趁機挑撥：「他們明知姐姐這樣，他竟不顧恤一點兒。」《庚辰本》批語云：「殺殺殺，此輩專生離異，余因實受其蠹。今讀此文直欲拔劍劈紙，又不知作者多少眼淚灑出此回也。又問不知如何顧恤些，又不知有何可顧恤之處，直令人不解。愚奴賤婢之言，酷肖之至！」

第七十四回賈璉欲向鴛鴦借當，平兒對鳳姐說：「老太太因怕孫男弟女多，這個也借，那個也要，到跟前撒個嬌兒，和誰要去？因此只裝不知道。」句下批語云：「奇文神文！豈世人想得出者？前文云『一箱子』若私自拿出，賈母其睡夢中之人矣。蓋此等事，作者曾經，批者曾經，實係一寫往事，非特造出，故弄新筆，究竟不記不神也。」

以上所舉脂評批語，可使讀者明瞭《紅樓夢》確實是曹雪芹本人的身世感傷之書，其中寫盡了家破人亡之痛！

曹雪芹的淒涼之慨，來自雍正六年之後，家族不變的命運。

康熙晚年，諸皇子之間的奪位政爭，以及日後四皇子胤禛正是登基成爲雍正皇帝。對於曹府的家運，興起了重大的影響。

康熙皇帝一共有三十五個兒子，早殤者有十五人。清朝的祖宗家法是子以母貴。當時二皇子胤礽的母親身分高貴，再加上他的儀表與學問具有可觀，因此甚受康熙的寵愛。然而在康熙四十七年九月，當皇帝行圍塞外的時候，居然傳出太子有弒父的意圖。康熙每晚不得安寢，於是決定親自祭告於太廟，將廢太子。

此後，太子被監禁在上駟院，並命皇長子胤禔與四子胤禛看守。不久，皇三子胤祉提出證據來舉發這件意圖弒父案，其實是胤禔唆使喇嘛以邪術鎮魘太子。康熙乃根據胤祉所提出來的事證，將胤禔削爵，幽禁在私第。這件事情也同時牽連到十三子胤祥，因此到了康熙四十八年，皇帝大封成年皇子時，胤祥並未在列。更大的內幕是，這次的「厭勝事件」，實際上是胤禔和皇四子胤禛（日後的雍正）合謀茶害太子，事發之後，卻由胤祥頂罪。因此，雍正即位後，立即冊封胤祥爲怡親王。雍正六年初，曹雪芹家族被抄家之後，即交由怡親王看管。當《紅樓夢》一書出現之後，怡親王府即派出九名抄手，日夜趕工抄書，因爲怡親王急迫地想要看看《紅樓夢》裡究竟寫了些甚麼。這個版本便是著名的「己卯本」。

在這場王位爭奪戰中，與四皇子胤禛對立的，是八皇子胤禩、九皇子胤禟與十四皇子胤禵。因此，當雍正即位後，便將胤禩改名爲「阿其那」，將胤禟改名爲「塞思黑」，此二人不久之後即被害死。雍正又將胤禵幽禁，派他去看守墳墓。

雍正元年六月，曹雪芹的舅祖李煦因與胤禟關係密切，而先被抄家，李家的人盡交由崇文門監督發賣。雍正五年二月，李煦被查出當年曾爲九皇子胤禟買女子並贈送其銀兩，因而判爲「斬監候，秋後斬決」。後來又改爲「著寬免處斬，發往打牲烏拉」。身為與雍正對立的臣僚，曹雪芹家族的財產就在雍正五年年底遭到查封，雍正六年二月正式抄家。七月又查出「塞思黑」曾將一對鍍金獅子交付曹頫，寄頓在江寧織造衙門左側廟內。

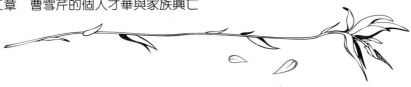

當初在厭勝事件中替罪的胤祥，不僅受封為怡親王，雍正待他恩寵有加，其爵位可以世襲，同時他的兒子還加封寧郡王。至於廢太子胤礽的兒子弘晳，雍正也予以照顧。只不過，當雍正崩殂，寶親王乾隆帝即位，弘晳便有催促乾隆讓位之意。乾隆的出身寒微，他的母親是一名熱河行宮的宮女。雍正曾遣平郡王福彭（曹雪芹的表兄）擔任玉牒館總裁，著他修改乾隆的出身。因此乾隆與福彭的關係也就非比尋常了。在乾隆即位前所刊刻的詩集中，僅福彭一人為之作序。日後在王位繼承正統性的問題上，乾隆也有賴福彭擔任紓解各親王之間心結的任務。然而政變還是爆發了，結果福彭大負所託，聖眷漸趨衰弛，終於在乾隆十三年十一月因驚悸中風而死。乾隆十四年正月，曹頫就因修繕和親王府不慎失火而遭嚴懲，曹家再度抄家。

奪嫡政爭結束後，被雍正處罰看守陵墓的十四皇子胤禵，他的孫子愛新覺羅永忠後來懵懵懂懂愛上了《紅樓夢》。他在閱讀之餘，還寫下了幾首詩來抒發他對於書中愛情故事的戀慕。例如〈因墨香得觀《紅樓夢》小說吊雪芹三絕句姓曹〉詩云：

傳神文筆足千秋，不是情人不淚流。
可恨同時不相識，幾回掩卷哭曹侯。

永忠自恨無緣結識曹雪芹，可見他對曹雪芹的仰慕之情，以及對於《紅樓夢》的欣賞。這組絕句第二首詩云：

顰顰寶玉兩情癡，兒女閨房語笑私。
三寸柔毫能寫盡，欲呼才鬼一中之。

永忠最愛看的部分是寶玉和黛玉閨闈之中的綿綿私語。他盛讚曹雪芹能有這樣的才華，寫下許多愛情生活中雋永深長的時刻。詩中最後說道：

都來眼底復心頭，辛苦才人用意搜。
混沌一時七竅鑿，爭叫天不賦窮愁。

在永忠欽羨曹雪芹乃文學奇才的同時，永忠的叔叔弘旿卻很慎重地提醒他：只怕這部書裡有不見容於當世的地方，恐怕將來還會興起文字獄，因此他要姪兒在閱

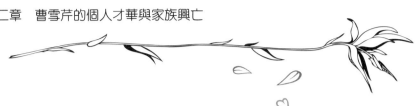

讀時多留意愛情之外的部分。他說：「此三章詩極妙！第《紅樓夢》非傳世小說，余聞之久矣，而終不欲一見，恐其中有礙語也。」

曹雪芹在這部小說裡雖然用了許多隱曲之筆，然而敏感的人還是可以看出故事中牽連到許多雍正奪嫡案裡的關係人物，同時其背景也影射了當時的政治環境。除了以元春影射福彭之外，雍正曾經指責過寧郡王弘晈，說他：「乃毫無知識之人，不過飲食讌樂，以圖嬉戲而已。」此人與《紅樓夢》中寧國府裡的賈珍、賈璉、賈蓉等人的行徑又非常相似。

乾隆二十年後，文網更密，因此愛新覺羅弘旿才會提醒永忠注意《紅樓夢》裡的「礙語」。舉例而言，小說第二回「冷子興演說榮國府」時，當賈語村說到秉正邪二氣所生之人，則舉出唐明皇、宋徽宗、倪雲林等人物，這時冷子興接語道：「依你說『成則王侯敗則賊』了？」雨村道：「正是這意。……方才你一說這寶玉，我就猜著了八九，亦是這一派人物。」

上述「成則王侯敗則賊」一句，在早期個抄本中存在著兩種版本：甲戌本和庚辰本都寫作：「成則王侯敗則賊」；然而自蒙古王府本起，諸如：戚序本、楊藏本、列藏本、甲辰本、程甲本等等，都改成了「成則公侯敗則賊」。最奇怪的是，連著名的早期抄本「己卯本」，都改成了「成則公侯敗則賊」。爲甚麼要將「王」改爲「公」，主要原因就在於「王」字直接發洩了對雍正當時的政權爭奪的不滿。

曹雪芹認爲「王」與「賊」的區別，僅在於是否奪權成功。尤有甚者，即使奪權成功的「王」，本質上還是「賊」。這套論述背後的思想基礎，來自清初黃宗羲《明夷待訪錄》云：「爲天下之大害者，君而已矣！」此外，唐甄在《潛書》中也曾明確指出：「自秦以來，凡爲帝王者皆賊也。」

清初政治思想界出現如此大膽的言論，讓曹雪芹剛好借用來放在冷子興與賈雨村的閒言之間，以此抒發內心的憤懣與感懷。只是像這一類的「礙語」，極有可能爲曹雪芹帶來新的政治風暴，因此構成了《紅樓夢》一再修改的重要原因。而乾隆年間流傳著兩個版本，分別是八十回本的《石頭記》，與百二十回本的《紅樓夢》，則此書原名「紅樓夢」，然而八十回後的記述將難逃文網的追究，因此僅保留前八十回，更名爲「石頭記」，用石頭城之金陵舊夢暗示故事背景實指京城。

# 第二章 《紅樓夢》的語言意境

我們常說，好的文學作品其語言含蓄渾厚，詞句耐人細細品味。而《紅樓夢》之所以成爲文學經典，其中道理便可從原作者最爲人所稱誦之經典名句的修辭意境中，尋求解答。

例如第十一回作者描述秦可卿病危，在尤氏道出病情之後，「鳳姐兒聽了，眼圈兒紅了半天，半日方說道：眞是天有不測風雲，人有旦夕禍福。」其後的續書本，在這段話上做了約略的調整，刪去了「半天」、「半日」二詞，使鳳姐兒的動作改爲：「眼圈紅了一會子，方說道……。」所刪語詞看似無關宏旨，其實蘊含了王熙鳳當時十分傷感的情緒。她有好長的時間說不出一句話來，那哽咽難言的神情，就是在這兩個看似不經意的修辭中透露出來的。程高本的改動，表面上使得語句趨於精鍊，卻反而失去了人物傳神的意態。於此也就大致可以說明，文學家精心錘鍊的字句，捕捉了潛藏在生活裡，許多眞情流露的動人時刻。

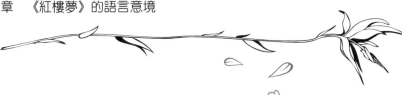

## 一 是瘋話？還是真話？

《紅樓夢》開卷詩云：「滿紙荒唐言，一把辛酸淚。都云作者癡，誰解其中味？」書中那些看似無理的呆話、瘋話，在我們讀完通篇，掩卷慨嘆之餘，卻也同時得到很深的體會。尤其是「女兒是水作的骨肉，男人是泥作的骨肉。我見了女兒，我便清爽；見了男子，便覺濁臭逼人。」這出於第二回的一段名言，是整部書提綱挈領的樞紐。我們對於賈寶玉性格特色的掌握，以及書中反對當時男尊女卑等新觀念的體驗，無非都是從這段表達方式奇特怪異的荒唐言語中開展出來的。它不僅給予我們深刻的印象，同時也使人沉思：世俗之見是多數人的觀念，卻未必是最高明或不可動搖的信念。作家以豐富的情感與其主觀的意志，表達出超越世俗的生命智慧，便是文字世界裡一顆顆千金重的橄欖，耐人品嘗其間豐富的滋味，也啓發讀者重新思考現實中一切既有的成規。其價值珍貴無比，受益者因而在無形而深沉的歷史黑夜裡，瞥見了人類文化思想中深藏著變化不盡的璀璨繁星。

繪形傳神確乎是《紅樓夢》作者用詞點鐵成金的特色之一。曹雪芹擅於以意義相近之語詞，分別體現個別人物的精神面貌。例如：第八回賈寶玉和薛寶釵正初次認識著彼此的通靈寶玉和金鎖，「話猶未了，林黛玉已搖搖的走了進來。」脂硯齋夾批寫道：「搖搖二字畫出身。」作爲讀者，我們也彷彿看到了林黛玉窈窕的身段，和走路時娉婷柔弱的輕盈姿態。後世程高本將之改爲「林黛玉已搖搖擺擺的走了進來。」加上「擺擺」二字，徒使林黛玉的形象失了端雅。在語言的比較中，我們發現了原作者一字不可更改的非凡實力，能夠精確細膩地表達小說人物的形象與性格特質。

故事到了第二十一回，寫平兒整理被褥，發現了賈璉與多姑娘私通時遺留下來的一綹青絲，「平兒指著鼻子，晃著頭笑道：『這件事怎麼回謝我呢？』」平兒雖然不能苟同賈璉的行徑，然而當她指著自己的鼻子，晃著頭說話時，我們卻都可以想見，她因爲抓到了賈璉的把柄，因而對賈璉微微地撒嬌著。這下意識的可愛動作，透露了她非常得意而又俏麗的一面。既有別於林黛玉大家閨秀的氣度，又適當地體現了作爲一個小妾，夾在貪淫如賈璉和威淫如王熙鳳之間的眞實處境。只是程高本將「晃」字改成了「搖」，平兒搖著頭，意思也是不予認同，只是這麼做反而拿捏不準平兒這個丫頭的地位與立場了。

曹雪芹著一「搖」字，盡得林黛玉風流裊娜之體態；又以一個「晃」字，摹擬出平兒在特定時刻，嬌俏多情的神貌。可知小說家用字遣詞的經營，但求熨貼於每一人物的地位、形象、性格與當下處境，同時也力求以精確的語言，施展角色恆常性與片刻間所盡有的一切風情。那也便是脂硯齋批語中曾經指出的文學標準：「一字不可更改，一字不可增減，入情入神之至。」作家於文字的高度敏銳，對讀者而言也具有潛移默化的效果。我們在《紅樓夢》裡所得到的美感經驗，往往是透過經典名句與篇章情節的賞析，進而逐漸掌握到人情之美，以及語文的價值，甚至因此通透了文本背後博大的哲思。因此我們可以說，領略了文學世界的廣袤與深細，同時也就通達了個人所身處的時代環境、天地乾坤與世俗倫常，這正是《紅樓夢》第五回裡的一句對聯：「世事洞明皆學問，人情練達即文章。」它說明了經典閱讀與體驗生命之間相輔相成的關係。

## 二 勿作閑文看

在小說的天地裡，流暢圓美的文學境界首先來自作者對世事人情的融通與體會。清代二知道人在《紅樓夢說夢》裡云：「太史公紀三十世家，曹雪芹只紀一世家。……然曹雪芹一世家，能包括百千世家。」不僅是百千世家，從賈雨村到王熙鳳，《紅樓夢》也寫進了自來熱中躁進、躊躇滿志，終又失意栽了筋斗的芸芸眾生。早在四大家族登場之前，作者便以賈雨村和冷子興的偶遇，提醒世人滾滾紅塵多爲利慾所驅的事實。這些文字與情節的穿插安排，初讀之，使人以爲只是作者信手拈來的幾段閑文，事實上，它與林黛玉進賈府以後的正文具有一致的行文特色：其結構佈局的綿密流暢，令人看不出斧鑿痕跡，似乎作者寫來毫不費力，便使眾多人物與情節安插得天衣無縫。其深刻處，依舊令人回味無窮。

那段閑文是這樣開始的：雨村一日閑居無聊，在風日晴和的飯後，出外閑步。這天偶然間來到了郊外，他便信步欣賞著山環水漩、茂林修竹的村野風光。忽然看見一座隱藏在林間的廟宇，其門巷傾頹，牆垣剝落，匾額題曰：智通寺，兩旁又有一幅破舊的對聯寫道：「身後有餘忘縮手，眼前無路想回頭。」賈雨村心裡想著：「這兩句文雖甚淺，其意則深。也曾遊過些名山大刹，倒不曾見過這話頭。其中想必有個翻過筋斗來的，也未可知。何不進去一訪？」走入看時，原來破廟裡只有一個老僧在煮粥。賈雨村問了他兩句話，那老僧既聾又昏，答非所問。

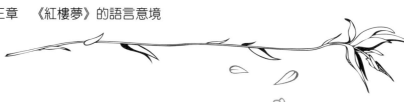

中國傳奇小說自來有煨芋的嬾殘一流人物，又像是《紅樓夢》裡的一僧一道，其貌雖不揚，而隻字片語已飽含了無窮的智慧。賈雨村生平遊過名山大剎，能領略村野風光和對聯的深意，他便是自古以來無數文人士大夫的表徵。生命長期涵泳於人文與自然所交織的朗朗乾坤，同時宦海的載浮載沉也多少給予他們世事滄桑的歷練，因此他並不是愚蠢無知、眼界狹窄的人。只是終究與翻過筋斗的老僧失之交臂，這也說明了世人在現實功名之前，多不能醒悟的眞實景況。如此，則又是作者行文之際，對人生最深的慨嘆。

「身後有餘忘縮手，眼前無路想回頭。」此語和太虛幻境裡形容王熙鳳的曲子詞〈聰明累〉互爲呼應：「機關算盡太聰明，反算了卿卿性命。」到頭來，翻過筋斗的人所說的話，仍舊得翻過筋斗的人才能深切體認。世人都必須走一回相同的路，才不枉一生，也才能明白生命的意義與全部過程。閱讀像《紅樓夢》這樣的一部經典鉅制，如果不是以自我的生命長河與之交流，至少我們所領會的人世風光，是遠遠超過書中人物表面的幾度愛恨情仇與幾場悲歡離合。《紅樓夢》作者對現實人生的刻畫與反映，其細微處有個人情緒與精神形象的剖析；通篇格局的恢弘則又似江海，濤濤不盡地傾洩出全幅生命由迷惘而至豁然通達的具體歷程。

名句的賞析是我們登上這座綺麗殿堂的層層玉階，單看《紅樓夢》裡關於場景的描繪，就教人領略了文字花園的美景妙境。作者寫炎夏長晝時，用了「烈日炎炎、芭蕉冉冉」；寫秦可卿的出喪，說道：「寧府大殯浩浩蕩蕩，壓地銀山一般從北而至。」形容大觀園裡的落花清溪：「溶溶蕩蕩，曲折縈紆。」而迎接元妃的美麗夜晚，則更是：「香烟繚繞，花影繽紛，處處燈光相映，時時細樂聲喧。」此外，還有許多詩詞、曲文、諺語、對白……，是小說藝術廣納各種文體與百態人生的精緻展現。這說不盡的太平景象，富貴風流，歷來不知撩撥了多少讀者的慾望，讓他們重新回到文學故鄉溫柔的懷抱。

## 二 所謂夢幻，所謂歷劫

「卻說那日我重遊紅樓夢，也不知是何天氣，只見大觀園裡景象依舊，瀟湘館翠竹依舊，蘅蕪苑開軒迎風，花廊下走過幾名女子，喜洋洋地往怡紅院去了……。」一九九六年臺灣中華電視公司製作出「紅樓夢」連續劇，其劇本作者丁亞民便是七〇年代編寫《三三集刊》時的成員，他在〈屬於我的紅樓夢〉一文裡，曾抒發擁抱前八十回的熱切襟懷，但願「大觀園裡風光依然，一個個都好端端的，就連黛玉依然是挑著花鋤花帚在對過小岸坡葬花呢！依然是歌，說什麼：儂今葬花人笑癡，他年葬儂知是誰？——又是大太陽底下的喪氣話！」而寶二爺呢？若不是自蘅蕪苑惹了無趣，就是在瀟湘館找奚落，要不就是在兩者之間的某條小徑上，閒逛盪。

提起續書中的「金玉良緣」，丁亞民以戲筆慨嘆：「黛玉亦和我一樣是不信的，我說起那謠傳，她慣是眉兒一蹙，笑道：『是麼？這謊兒也實在不高明，那旁人且不提，就寶玉即使是以起了呆症作幌兒，豈能將我跟寶姐姐分不清楚呢？』」文末，作者又讓寶玉一派閒逸地說起：「大家都知道，大觀園這一干人都讓續書者給弄得家破人亡，不管它也罷。」然而，這樁公案終究該如何解決呢？「寶玉詭詐一笑，說：『你呆瓜，不解決不就成了嗎？！』」

現實生活裡，存在的本身或許僅體現在無始無終的當下；然而以文學爲經緯所編織的圖譜，果眞能使《紅樓夢》反覆吟詠成一首綿綿無終曲的「未央歌」嗎？這個故事若未能發揮到黛死、釵嫁、玉瘋的緊要關頭，全盤結構若不能上升到賈府繁華落盡、賈寶玉斬斷情緣、大觀園各人「春夢隨雲散，飛花逐流水」的悲劇下場……，則所有的風花雪月，僅僅成就了曹雪芹細緻描寫閨閣閒情的半才，一切草蛇灰線的伏筆，若無由見於千里之外，則所謂夢幻，所謂歷劫，毋寧是一場更大的落空，徒使人們對於作者的全能抱持無終始的憾恨。那麼，茜紗窗下，青春兒女的多情與任性，也就顯得無足觀了。

面對《紅樓夢》乃至世界許多重大藝術作品的「未完成」，我們容或可以視之爲一種新的創作理念，那是作家將其意志和人生狀態，投注到他所營造的情境中，終身與之相周旋，也許還曾下定決心懸崖撒手，以深入其間去探一個究竟。他們意志清晰，視線朦朧，作品留有空白，卻白得令人炫目；他們每走一步都像是做了一個準備動作，卻又不見其繼續收尾的蹤跡，作家在感受最強烈的地方來回著力地經營，直到反覆皴染成爲具有體積感的厚實存在爲止。至於其他地方雖然只是先打開了一定的格局，使人看得出來它還有繼續發展的無限可能，卻也因而使得整部作品躍升成爲一個已完成的虛像。

一九七〇年代，「三三文學」同好：朱天文、朱天心、馬叔禮、丁亞民、仙枝、盧非易等人，因受到胡蘭成與張愛玲的影響，偏愛《紅樓夢》。當年的「三三群士」彷彿是大觀園內眾兒女青春雅集的重現，眾人以《補天遺石》為專輯，記述了個人的紅學閱讀經驗，當時仙枝道出了「紅學」的迷人之處：「《紅樓夢》一書像水面倒影，我們在從這個倒影推究出水邊的眞相來，永遠只差一點點就破解了。有破解的可能性，可是總破解不開，結果就永遠迷人。」

若從局部的角度欣賞《紅樓夢》原著，許多片段都寫得精彩、優美而有力量，這些豔麗的水波倒影使人企圖索隱、連綴岸上的眞實風光。二〇一一年《劉心武續紅樓夢》新著裡，速寫了一座「倒亭」：「從池中倒影上看，恰是一攢尖頂在上、厚亭基在下的尋常亭子，但若正面望去，每每令人瞠目結舌，幾疑是幻——攢尖頂倒栽在地下，亭柱伸上去，撐著個厚厚的平頂，且由那平頂上吊下一張腿兒朝上的圓桌，周遭還吊著四個反放的繡墩，並有一圈反置的圍欄。」誠然，實體是虛，色相是實。《紅樓夢》的底色即使是在最逼近呼之欲出的狀態下，也還是一個創作意識清晰，而作品卻是一片氤氳寫意的美學組合。「未完成」的藝術概念，給予世人如此獨特的心理刺激！它的價值也許就在於隨處照見作家思維，同時也頻頻召喚讀者參與。

## 四 不敢纂創？

《紅樓夢》一書自程高本的補續問世以來，時代每往前走一步，《紅樓夢》的閱讀者、研究者，以及文學批評家們，便在各自的時代氛圍裡，主動構設出填補文本空白的詮釋與改寫。清代中期陸續出現了《後紅樓夢》、《秦續紅樓夢》、《綺樓重夢》、《海續紅樓夢》、《紅樓復夢》、《紅樓圓夢》、《紅樓夢補》、《補紅樓夢》……等等，這些道不盡的兒女情長，半數以上多從林黛玉死後還魂、轉世，以及寶黛復合的各種可能性上盤桓流連，爲數驚人的續書隊伍顯是用以彌補廣大讀者集體閱讀記憶中的黯然與失落。只是，重回人間的林黛玉，既幹練又富裕的女強人形象和相夫教子的美滿充實人生，恐怕教讀者失去的更多，她在諸續作中所喪失的是靈魂中最是風露清愁的素質之美。於是世人紛紛拋卷，重回了程刻本的懷抱。

至晚清吳趼人的《新石頭記》等具有科幻性質的續書和改寫本出，則女媧石的涵意與補天遺志的文學使命，賦與國族命脈維繫相連。此時期續書者的寫作側重於賈寶玉的淑世理想，作者讓他這個「老少年」一夢驚醒在一百五十年後國難殷憂、喪權辱國的重重壓力之下，迫使讀者共同思考古國文明新境何時到來。至此，賈寶玉終於體現了「補天濟世、利物濟人」的理念與本旨。然而在意外滑落的結局裡，賈寶玉仍舊是「一生惆悵」，徒留生命與時代層疊的悲劇幻影。

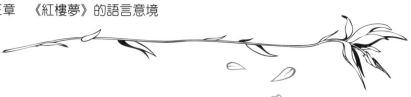

自《新石頭記》以來，吳趼人以百二十回程高本為續書前提，將賈寶玉與通靈寶玉二合一，因無端惹動凡心，而再度步下青埂峰，並且乘坐新式輪船初登富麗繁華的新都會。時勢所趨，大觀園眾人捨金陵而奔上海。及至一九三四年，少女時代的「民國女子」張愛玲，更以充滿時尚、夢幻與刺激的十里洋場為舞台，寫作一篇僅五回的純粹鴛鴦蝴蝶派小說《摩登紅樓夢》，寫賈璉升任鐵道局長、賈元春主持新生活時裝表演、芳官藕官加入歌舞團、寶玉鬧著要和黛玉一同出洋……。自高鶚續補後的一百四十年間，《紅樓夢》的續書發展，體現了閱讀活動本身的積極構設意義，以及一代又一代的讀者在特定的時空情境下，與作品不斷地進行對話的學思歷程。

在參與文本對話的過程中，讀者始終居於主導地位。每一位積極從事詮釋工作的讀者，其背後都可能擁有一個隱形的文化圈，以促成他/她的詮釋系統與美學風格。這些無形的文化圈提醒我們注意到，閱讀活動並不是為了尋求唯一眞正的答案，也絕非任由個人自由地詮釋，而個人也往往是在特殊的時代情境和語境中，將多元觀點加以彙整，進而評斷、修正與吸收，同時還必須微觀原著本身所提供的各種語言與結構上的豐富訊息，以促成整體文化脈動與個人知識背景所縮合而造就的讀者迴響。

二〇一一年春天，大陸著名作家劉心武的二十八回續《紅樓夢》正式出版。作爲新一代的續書者，牽引他對《紅樓夢》產生一連串探索的無形大手，來自號稱「紅學」這位時代巨人。它不僅推動了海內外索隱派研究的流風餘韻，也攪動一池春水，教世人對秦可卿這謎樣的美人，發動「上窮碧落下黃泉」的追索，於是有所謂「秦學」的轉進。更有繼胡適、蔡元培以降，考證「曹學」的各方評騭，以爲持續性的作用，而其間「探佚學」的興起，又是一股突破續書寫作困頓的催化劑。探佚學的成立而且成爲紅學研究的重要分支，原因在於後四十回非曹雪芹本人所撰。而八十回後的殘稿，據庚辰本畸笏叟在第二十一回的眉批指稱，雪芹死後「余只見一次謄清時，與獄神廟慰寶玉等五六稿，被借閱者迷失，嘆嘆……。」學界因而產生探索佚稿原貌的研究工作，希望能夠解析曹雪芹原著全璧。

探佚學的主要依據之一，是來自第五回薄命司對人物命運、情節歸趨和主題預示的特殊安排，它是整部大書的一個縮小版稿本，然其間筆意縱橫，無論詞曲書畫、人物情貌，均是既抽象，又教人彷彿可以猜得出來！如：「三春去後諸芳盡，各自需尋各自門」，對於前八十回中迎春已嫁「中山狼」，探春有官媒提親，而惜春也終要出家爲尼，以及後續情節的推演，都必須在有所依據的縝密前提下，進行延伸與勾勒。研究的過程中，對於前八十回所深藏的底蘊，亦須參酌脂硯齋等人的批語，及「脂學」的既有研究成果，以發掘原著的神髓，例如：柳湘蓮的日後「作強梁」；賈府落敗後，賈寶玉過著「寒夜噎酸虀，雪夜圍破氈」的窮困生活，最終「懸崖撒手」；王熙鳳知命強英雄，也只落得「掃雪」、「拾玉」，和心碎、送命；賈赦、雨村一干人應了〈好了歌〉所云「致使鎖枷扛」；妙玉「它日瓜州渡口，各示勸懲」，以致「紅顏固不能不屈從枯骨」……。更有劉姥姥搭救巧姐的經過，以及史湘雲的麒麟姻緣與衛若蘭射圃之間的糾葛等等。探佚者將佚稿中的零星片段，佐證曹雪芹的生平、家史與康雍乾的時代背景，爲八十回後的結局進行連綴與填補，使得《紅樓夢》原貌逐漸逼現，而又不可能完整復原。

於是當代的紅學小說，以及根據前八十回而寫成的續書，便是進一步在歷史考證與版本探佚的研究基礎上，依靠讀者的想像以試圖完成這項「不可能的任務」！劉心武自二十世紀九十年代起，逐步探究紅學，尤以循繹秦可卿身世之謎著力甚深。且在續書正式完成之前，已對元春和妙玉的結局有所定論。另外，針對義忠親王、北靜王和老太妃等宮廷秘辛的考察，以及第四十回牙牌令中「雙懸日月照乾坤」一語，乃藉唐玄宗時的安史之亂，與肅宗擅立爲隱喻，指射政治風波與賈府命運休戚相關等文史議題，亦曾與周汝昌先生書信往還。回顧歷來《紅樓夢》續書與探佚小說的特殊文學現象，此間無疑地展現出文學的接受過程，乃是一個不斷地建立、修正與再建立的過程。人們對於作品的期待視野由歷史與社會所間接形構，於是讀者也就在歷史中完成了集成型的解讀。

作爲續書，於前八十回原著細微處的縫合與接榫上，劉心武也展現了對於傳世手抄古本的熟稔。早期抄本包括甲戌、蒙府、戚序、舒序諸本，均曾多次以石頭爲第一人稱觀點主述故事情節。例如：第六回石頭自稱：「按榮府中一宅人合算起來，人口雖不多，從上至下也有三四百丁；事雖不多，一天也有一二十件，竟如亂麻一般，並無個頭緒可作綱領。正尋思從那一件事自那一個人寫起方妙，恰好忽從千里之外，芥荳之微，小小一個人家，因與榮府略有些瓜葛，這日正往榮府中來，因此便就此一家說來，倒還是頭緒。你道這一家姓甚名誰，又與榮府有甚瓜葛。——諸公若嫌瑣碎粗呢，則快擲下此書，另覓好書去醒目；若謂聊可破悶時，待蠢物逐細言來。」石頭自稱「蠢物」，爲讀者解說石上書，並在第八回將通靈寶玉的形制放大描繪，以便觀者「燈下醉中可閱」。更在第十五回向大衆道歉，由於「寬衣安歇的時節，鳳姐在裏間，秦鐘、寶玉在外間，滿地下皆是家下婆子，打鋪坐更。鳳姐因怕通靈玉失落，便等寶玉睡下，命人拿來塞在自己枕邊。寶玉不知與秦鐘算何帳目，未見眞切，未曾記得，此係疑案，不敢纂創。」因此，秦鯨卿如何得趣饅頭庵，一切均停留在讀者的想像之中。

劉心武的續書曾多處模擬原稿，以石頭爲敘事觀點，展現創作者自我意識的覺醒，以及對於「作家到底是誰」的徹底解構。他在第一百零四回至一百零五回先後寫道：「因石頭未待後事呈現便歸天界青埂峰下，此系疑案，不敢纂創。」以及「就是石頭知道，亦不願詳細道出，實在那嬌豔海棠，不該遭那般刀風劍雨！」這些語句一方面將事件的邏輯因果交割清楚，同時留予讀者盡情的想像空間，因而完成了曹雪芹超前的文學創作意識與後設性自白文本的進一步確立。除了藝術技巧的銜接，人物性格發展的順勢與流暢性，也是我們省視續書的重要環節。在曹雪芹的原稿中，賈寶玉爲世人所不容，他「偏僻乖張」、「迂闊怪詭」、「癡呆傻狂」、「無能不肖」……，但其眞性情卻隱藏著「世法平等」、博愛自由與多情感性的基調。劉心武在續書中直陳賈寶玉「五毒不識，永葆赤子之心」。賈寶玉主動走向惡勢力，自願替換甄寶玉而重陷牢獄之災時，曾懇切地對焙茗道出心聲：「我一生到此刻作錯不少事情，然多是無意的。倘若我此刻不去自首，不去將甄寶玉解救出來，那就是頭一回故意作錯事，且是大錯特錯。我不能夠的。你跟我多年，最知道我的。你須也不忍。」賈寶玉至此脫卻膏粱紈袴習氣，靈性自現，無形中回應了原著第五十六回，賈寶玉夢中聽見甄寶玉對自己的問詢：「好容易找到他房裡頭，偏他睡覺，空有皮囊，眞性不知那去了？」

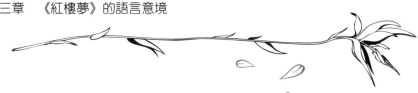

## 五 總算活過……

循此，進一步探討《劉心武續紅樓夢》中的死亡美學，則更能玩味他對原著的承襲與回應。迎春臨死前，「眼裡並無淚水，只發冷光。」取出象徵心境的《太上感應篇》，丟進池塘，緩緩地走向江南園林黃楊木素構的遊廊前端，回憶起大觀園裡往事歷歷，在投環之前，一句內心獨白：「總算活過。」使人盪氣迴腸！黛玉臨終，則是來到當年與史湘雲中秋聯吟的凹晶館外水塘，在讀者紛紛追索「冷月葬花魂」的詩韻中，看見她從容走近水中，落下的披風，彷彿從前葬花處「落紅成陣」飄飄蕩蕩，流出沁芳閘，徒留「一朝春盡紅顏老，花落人亡兩不知」的淒涼感慨。原著第二十三回林黛玉當時聽戲文聯想所及的詩句：「流水落花春去也，天上人間。」「花落水流紅，閒愁萬種。」也一時湊聚到讀者心頭，使人怔忡神馳！

鳳姐苦撐，直到看見寶貝女兒巧姐兒的繡花肚兜，知她已爲劉姥姥所救。到那時，也只是「哭裡帶笑，無限悽慘！」亦是投江自盡。她的死亡，全寫在艙板底下的陰暗中，空間感和景深，少得可憐！對照她的一世英雄，滾滾濤濤的河水似爲她一路「哭向金陵」。妙玉爲搭救賈寶玉，爲忠順親王所玷污，「寶玉心如刀剜，妙玉竟並無狼狽之色。」只見「將九連環鎖拚力一拉，裡面早已安裝好的機括，擊出火花，將滿箱的煙花爆竹頓時點燃，轟隆一聲，箱蓋炸得粉碎，火線四射……。」再將鏡頭拉遠：「岸上不少百姓，被火光聲響驚動，披衣上街，湧到碼頭附近觀看，一時議論紛紛，衆說不一。」雖說「天下水總歸一源」，然而各人走到生命的盡頭時，劉心武展現了「水」的文學意象與死亡書寫的多重變化姿態，這是林黛玉的哀悼美學，當然其中也包含了賈寶玉「女兒是水作的骨肉」，那清爽潔淨的女性審美意識。

林黛玉的沉湖與升天，突顯她「孤標傲世偕誰隱」、「圃露庭霜何寂寞」的終極回眸，以高空視角俯視，將大觀園裡的水塘，化爲一杯水酒，直指她所回歸的清靜女兒國「太虛幻境」裡，警幻曾命人端出那隱喻世間女子薄命如斯的仙醪。同爲萍踪浪影的水域孤魂，妙玉卻是毀滅在漫天璀璨的煙火中，「有更多的煙花爆裂，那些煙花升騰到夜空，或如孔雀開屏，或似群鶯鬧樹，或賽秋菊怒綻，或勝珊瑚亂舞，此滅彼亮、呼嘯相繼，眞是奇光異彩、迷離閃爍，倒映在滔滔江水中，更幻化出光怪陸離、詭譎莫測的魑光魅影……。岸上的觀火者，幾疑置身在元宵佳節，每一種煙火騰空爆綻，都引出一陣拊掌歡呼。」

倒映的幻影，色彩如此鮮豔濃烈！回過頭來，才看到「銀潤潔白的光焰」，緩緩升空，妙玉的空、疏、清、淡，是連水波也沒有，雲朵都消散了的，只剩下很靜很靜，卻節節升高的敘事節奏。故事進入尾聲，寶玉、湘雲劫後重逢，兩人一同笑傲江湖，也曾瘋狂地遊歷，也曾瘋狂地乞討度日，直到湘雲在睡夢中的海棠花下，聽見寶玉輕輕道出：「雲妹妹，我要別過了！」似又將讀者迷濛的雙眼帶回到第六十二回，果見湘雲臥於山石僻處一個石凳子上，業經香夢沉酣，四面芍藥花飛了一身，滿頭臉衣襟上皆是紅香散亂，手中的扇子在地下，也半被落花埋了，一群蜂蝶鬧嚷嚷地圍著她……。只是，這回夢醒，與自己白首雙星的寶玉已經翩然離去，留下「情教」，卻不見任何足印。湘雲出門尋找，「只見門外一片白茫茫大地眞乾淨」！這是協奏曲的最終和弦，音域很廣大、很輕渺，使人得到一個印象。

我們恍如置身一片水域，眼前閃耀著粼粼的波光，水上的勾紋，有寫意，有金碧……。猛一回頭，才看見那雙始終在我們背後凝視一切的眼眸。到頭來，她和我們一樣是讀者！「你走後，我將找到那悼紅軒去，先睹爲快。讀到興起處，我說不定還要用硃砂研出海棠般墨色，大寫批語哩！」史湘雲是唯一歸結總書的人，這結論也是當代知名紅學家周汝昌的得意考證：原來，《脂硯齋重評石頭記》中的脂硯齋，便是史湘雲。她是最終穿梭來往於書裡書外的知音。而劉心武的續書文脈，也始終與現代紅學等時代議題，聲氣相連。

# 第四章

# 賈寶玉的感官之旅

電影「濃情巧克力」（Chocolat）的女主角薇安羅雪帶著女兒在一座景色優美的法國鄉間小鎮，開了一家可愛的巧克力店。香濃綿密、口感紛呈的巧克力，通往人們內心深處的慾望之宮，填補了小鎮上每一個因長期壓抑而逐漸僵化虛空的靈魂。這些生命裡的枯枝一旦點染了青春與愛慾的氣息，寂寥的生活也會隨之翩然起舞，發生令人醺然迷炫的變化。於是，精巧的甜品意外地掀起了保守小鎮上新舊價值觀的衝突，在鎮民與吉普賽人的緊張對峙中，滑順而纏綿的口感分明是一種價值取向，誘惑著人們擺脫束縛，重新回到情人的懷裡……。

口感甜美的飲食在積年穩定枯寂的文化與政治水澤裡，輕輕地攪揉起溫柔的漣漪，使那些潛伏在靜止表情下不安寧的感情急流，漸漸地由心頭移上了眉梢，有時雖僅帶來意緒的煩擾，偶爾也竟會導致無可收拾的波瀾。

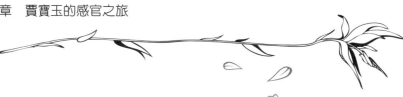

## 一　玉露雕酥的豐美意象

《紅樓夢》裡由賈寶玉轉贈出去的許多樣點心，也都帶有少許魔幻寫實的能量，在女孩兒們的身上悄悄地灑上了一點愛情的夢幻金粉，同時金粉的微粒也折射出寶玉的眼中情，心中意。寶玉在女孩子身上所下的工夫，也就是他對於禮教僵化的大環境的一種周旋姿態。他曾經將兩道皇宮御用的點心——糖蒸酥酪和玫瑰清露——轉送給身分地位並不相稱的女奴——花襲人與柳五兒。寶玉志在不使佳人落魄、花柳無顏，而佳人也就當得起這樣的餽贈，即使在奶娘與母親爲首的巨大家族壓制下，怡紅公子也一應承當，面不改色。

《紅樓夢》第十九回的前半回目是「情切切良宵花解語」，這朵善解人意、會說話的花現正在自己家裡，爲了母兄說要贖她回去的話而哭鬧著：「當日原是你們沒飯吃，就剩我還値幾兩銀子，若不叫你們賣，沒有個看著老子娘餓死的理。如今幸而賣到這個地方，吃穿和主子一樣，又不朝打暮罵。況且如今爹雖沒了，你們卻又整理得家成業就，復了元氣。若果然還艱難，把我贖出來，再多淘澄幾個錢，也還罷了，其實又不難了。這會子又贖我做什麼?權當我死了，再不必起贖我的念頭。」爲此寶玉看見襲人的時候，正是「兩眼微紅，粉光融滑」，楚楚可人的模樣。可是這朵解語花回到了賈府卻又換了一副口吻：「我今兒聽見我媽和哥哥商議，教我再耐煩一年，明年他們上來，就贖我出去的呢。」聽得寶玉越發怔了，既急又氣，淚痕滿面：「只求你們同看著我，守著我，等我有一日化成了飛灰，——飛灰還不好，灰還有形有跡，還有知識。——等我化成一股輕煙，風一吹便散了的時候，你們也管不得我，我也顧不得你們的時候，那時憑我去，我也憑你們愛那裡去就去了。」襲人忙握他的嘴：「正爲勸你這些，倒更說得狠了。」寶玉道：「改了，還有什麼？」於是襲人接二連三地要求寶玉起碼在老爺面前做出個喜讀書的樣子，不要再毀僧謗道、調脂弄粉，也不許再吃人嘴上的胭脂，還有改掉那愛紅的毛病兒……。「都改，都改。再有什麼，快說。」「你若果都依了，便拿八人大轎也抬不出我去了。」

襲人深知寶玉放縱恣情的一面，所以使用騙詞溫言軟語探其情、壓其氣，徐徐導引，使他慢慢地轉化性情。她的話就像早晨元妃御賜的蓋碗蒸糖酥酪，濃稠滑膩的奶酪，吃在嘴裡甜在心裡，使得情意猶如一朵初綻的蓓蕾，經歷了雨絲風片的催化，逐漸開放成正大仙容的嬌姿，寶玉讓柔酥的慾念圍攻得淹沒了胸襟，早在不知不覺中心甘情願地說出願爲她改變自己的一切。只是襲人的勸說徒然彰顯了她不懂寶玉。賈寶玉之所以不近人情，就在他「天分中生成的一段癡情」，這「意淫」二字只可意會不能言傳，也就是因爲這兩個字，他成爲獨一無二的閨閣良友，卻是世道中百口嘲謗，萬目睚眥的怪胎。襲人只希望他改悟前情，留意於孔孟之間，委身於經濟之道。而寶玉之妙更在於他對襲人立下誓言之後，隨即釋懷，在同一回的後半部「意綿綿靜日玉生香」裡，對林黛玉說盡了世俗不容的傻話、童話，卻是出自本性的情話。

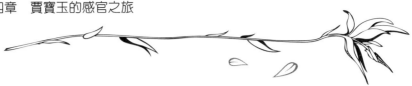

寶玉和襲人的互相辜負，也是情愛的一種，而且更接近於現實人生的夫妻常態。他們的相愛多是在於感官的層次。《紅樓夢》第五回賈寶玉夢中接受了警幻密授的雲雨之事，恍恍惚惚間在可卿的懷裡柔情繾綣，軟語溫存，卻忽然見到荊榛遍地，狼虎同群，不久即將墮入萬丈迷津，嚇得失聲叫喊，夢境外的襲人立刻上來摟住：「寶玉別怕！」

## (一)金盤點酥山

酥酪之美，在於它予人柔軟綿密如肌膚之親的觸感，寶玉夢裡的可卿與夢外的襲人，帶給他同樣美好的觸覺。頗像一場春雨，潤滑細膩地降臨在身體的每一部分，輕輕地撫慰著身心，唐朝詩人韓愈有：「天街小雨潤如酥」的名句，想像詩人在春日皇城中感受到的雨露恩澤，如同一場春情蕩漾的綿綿細雨。事實上，「點酥」一直是隋唐以來閨中的獨門技藝，五代詞人和凝在所做的一系列《宮詞》裡，揭開了女性的肌膚、儀態與酥酪之間的親密關係：「紅酥點得香山小，卷上珠簾日未西。」「誰人築損珊瑚架，仔細看時認瀝酥。」南北朝時期的農業科學家，同時也是高陽郡（今山東一帶）太守賈思勰，曾在《齊民要術》中說明了中國人的「做酪法」。原來每年三月末，四月初，正是春光無限，牛羊吃飽了草之後，酪農便可準備做酪了，這一項工作在農場裡持續到八月末，從九月一日起，天寒草枯使牛羊變瘦，乳量銳減，於是結束了這一年的抨酥業。

《齊民要術．卷第六》提到酥酪有三種，每天日暮時分，放牧的牛羊回家後，讓小羊跟著母羊，如此乳量就會增多。用緩火將鍋子裡的羊奶慢慢地煎煮，火急則容易焦底，而且也不需要圓攪或口吹，等它漸漸收乾後，略去上面的一層乳皮，再以生絹做成的袋子過濾，然後直接放入瓶中，等它發酵，第二天早上便成爲甜酪。如果不等發酵而持續加溫，並不斷地略去上層的乳皮，甚至用稍大的火快炒一會兒，直到它收縮成像梨子一般大小的酪團時，再將它拿到太陽下曝曬，將可經年不壞，提供給即將遠行的人，才堪方便，這就是乾酪。

在賈思勰的年代裡，人們拿一團乾酪像刀削麵一樣地削入粥、湯汁之中，其美味的程度並不亞於湯麵，只是宮廷吃法則更講究一些，因而有所謂的「抨酥」。他們將一把榆木作成的杷子，形狀頗像圓木勺，只是圓匙處必須剜出四個洞。將杷子伸進預熱過的甜酪裡急打，直到牛奶浮成鮮奶油爲止。奶油就是這樣地從牛、羊、馬，甚至於駱駝的乳汁裡提煉出來的菁華，它呈現出自然潤澤的瑩白，有詩爲證，唐人王泠然的〈蘇合山賦〉云：

隱映陸離，疑雪岫之座窺；乍輝乍煥，其色璀璨，灼爍皓旰，與玉台兮相亂。

蘇合山是經過冷凍後裝飾而成的奶油裱花，詩中說明雪白的奶油做成了險峻的山形，在賓客們的眼瞳中反映出晶瑩的光輝，像雪山，又像是玉鏡台。而擠奶油做出各種造型的工作則落在擁有纖纖玉指的女性身上：

素手淋瀝而象起，玄冬涸沍而體成。足同夫霜結露凝，不異乎水積冰生。盤根趾於一器，擬崖萼於四明。

女性將奶油握在手裡，運用勁道淋瀝滴點出各式各樣的酥山，在唐代稱之爲「滴酥」或「瀝酥」（亦作蘇），製作過程中還加入了蔗漿或蜜，於是人們爲了這鬆鬆軟軟、甜甜涼涼的口感而著迷了。

吮其味則峰巒入口，玩其象則瓊瑤在顏。隨玉箸而必進，非固非絺；觸皓齒而便消，是津是潤。倘君子之留賞，其捐軀而自徇。

唐人用筷子夾起美玉般的濃稠的酥酪，入口即化，既甜蜜又滑膩，如果有人做這道美食以饗賓客，為了這極大的享受，死了也甘心。王洽然出名的愛官愛女人載於史籍（《全唐詩》、《新唐書》及《唐摭言》），為了蘇合山欲仙欲死的理由恐怕還有一層來自對於女性的幻想，五代詞人和凝的〈春光好〉可以解釋這層幻念：

紗窗暖，畫屏閑。嚲雲鬟。睡起四肢無力，半春間。玉指剪裁羅勝，金盤點綴酥山。窺宋深心無限事，小眉彎。

春天剛過半，美人睡起慵懶無力地倚在紗窗後、畫屏間，雪白的玉手剪出彩色的紙花，妝點著金盤上的一座酥山，心底的秘密，「生怕離懷別苦，多少事，欲說還休。」可能都與這座金盤點酥山，以及即將展開的宴會有關。《新唐書》同時提到大臣拜官之初，獻食於帝王，其中就有幾樣奶酪點心，可知雪樣的酥酪本身一直閃爍著皇室御用的光采。而這道象徵宮廷女性潤白如霜、華麗氣派的食品，在歷代詩人眼中早已是名花的化身。唐代王建形容嬌嫩凝豔的白牡丹為：「月光裁不得，蘇合點難勝。」皮日休詠白蓮則云：「向日但疑酥滴水，含風渾訝雪生香。」於是，糖蒸酥酪白雪生香的意象就這樣一步步與女性「不融酥、渾如醉」，「唯有春風獨自扶」的慵懶體態綰合成不分彼此的一體了，其中當然也寄託了多少男性詩人對性感的遐想。《紅樓夢》第二十八回寫寶釵左腕上籠著紅麝串，見寶玉問她，少不得要褪下來給寶玉瞧瞧，只是她生得肌膚豐澤，一時卻褪不下來，寶玉在旁看著雪白的胳膊，不覺動了心，忽然想起金玉良緣的事來，再看看寶釵臉若銀盆，眼同水杏，唇不點而含丹，眉不畫而橫翠……，這樣的嫵媚風流，讓寶玉不覺又呆了。

李白曾以三首〈清平調〉將牡丹與楊貴妃交織成一幅錦繡笑靨，君王笑看名花與傾國，最終欣賞的還是妃子的紅豔與凝香，以及雲雨巫山的無限暢美。楊妃作為玄宗賞玩的對象，自然也就蒙受君主的恩澤，於是沉香亭北春風吹拂的綺麗豔情，演成了一場千古以來最為風流富貴、露濕花濃的感官盛宴。《紅樓夢》第六十三回眾女兒為賈寶玉慶生的一場「夜宴」，富泰的薛寶釵抽到的花籤上畫的正是一枝牡丹。那是閨閣中精緻的遊戲，也是曹雪芹設下的人生讖語。話說晴雯拿了一個竹雕的籤筒來，裡面裝著象牙花名籤子，搖了一搖，放在當中。又取過骰子來，盛在盒內，搖一搖揭開一看，是六點，數至寶釵。寶釵笑著說：「不知抓出個什麼來。」說著伸手抽出一籤，大家一看，只見籤上畫著一枝牡丹，旁邊寫著「豔冠群芳」，下面又鐫的一行極富詩意的小字：「任是無情也動人」，於是寶釵依從籤上指示，以群芳之冠可隨意命人詩詞雅謔，或吟唱新曲一支以為賀。眾人也都笑道：「巧得很！妳原也配牡丹花。」只是寶玉卻又傻了，拿著籤反覆沉吟，總還是無言的禮讚。

其實早在第二十七回，作者已經明白地寫道滴翠亭「楊妃」戲彩蝶，薛寶釵以傾國之姿戲弄著一雙玉色的蝴蝶。牠們大如團扇，一上一下，迎風翩躚，忽起忽落，十分有趣。美人撲著蝶兒玩耍，躡手躡腳一路跟到池邊，隨著一雙蝴蝶高高低低，款款飛舞，自己也不覺玩得香汗淋漓，嬌喘細細。今番這幅「牡丹圖」確實為曹雪芹描繪得生動活潑。而最遲到了宋代，許多繪畫卷軸中都繪有退紅（粉紅）的牡丹造型酥酪。也許是佛像藝術比較容易受到保存與傳世，現存的唐宋時期佛像繪畫中經常出現菩薩隨著佛祖侍立，手中捧著金盤，盤裡正是盛著綠葉襯托的酥酪牡丹。現藏於法國吉美東方美術館的唐代〈供養菩薩立像〉，以及五代〈不空羂索觀音菩薩坐像〉等作品，都呈現了紅酥點出的牡丹圖樣。可知這道出於女性之手，又象徵性感女體的甜點，已經與花中之王牡丹的型制相結合，形成了莊重而又嫵媚的豐美意象。《紅樓夢》裡秦可卿閨房中的「海棠春睡」正是一幅展現貴妃慵懶姿態的畫軸，它與賞賜襲人的蒸糖酥酪，以及香汗淋漓、嬌喘細細的薛寶釵複合成重重性慾的化身。因而形成寶玉眼中心中的性感女神，同時也是性愛、性幻想的對象。

李清照〈玉樓春〉云：「紅酥肯放瓊苞碎……但見包藏無限意。」酥酪從純白到粉紅，世人對它的賞愛已經又進一步將之與女性粉嫩的肌膚聯想成一體，在雲鈿花紋的淺薄羅紗衣衫下，若隱若現、溫潤瑩潔的前胸與雙肩，詩人們曾經以為看到的是清麗的湖面上映照著淡淡的霞影，這淺柔的色澤又宛如退紅酥酪，柔膩而逗引人浮想連翩。也是在宋代，《清異錄》記載著這冰涼的奶油甜點，添加了緋紅色彩而經過雕琢，能夠在皇家宴會中受到矚目，它的另外一個名字正是「貴妃紅」。

## ㈡愛情的香濃滋味

早在酥酪浸染成粉紅色之前，國人已經為它的皎潔賦彩。辛棄疾的〈菩薩蠻〉：「香浮乳酪玻璃碗，年年醉裡嘗新慣。」玻璃、琉璃、水晶等手工藝術的發展，使它離開了金盤，被盛進透亮晶瑩的器皿中，距離我們現代人對冰淇淋的享用樂趣彷彿又趨近了一步。然而賈寶玉如果只是個貪戀「冰淇淋」的鬚眉濁物，那就當不起警幻的推崇了。寶玉對於意象豐潤如紅酥一般的女子一往情深，也是他愛情生活的一維面向，前身可追索至唐人傳奇〈崑崙奴〉與〈李娃傳〉。前者為蔣鉶的作品，敘述男主角崔生奉父命拜謁當朝的一品勛臣。沒想到大官命紅衣家妓將金碗裡的去核新鮮櫻桃淋上甜乳酪，一口一口地餵給崔生，崔生紅了臉，紅綃女則被他的單純逗笑了。崔生從此忘不了紅綃，少男的情愫在一碗紅櫻酥酪裡發酵了。往後他們在奇異的武俠世界裡冒險，在崑崙奴異國情調的神秘魔毯中享受愛情，那碗甜蜜的甘酪櫻桃何嘗不是始作俑者？

而白行簡的〈李娃傳〉則告訴我們，愛情的浪漫國度裡也有責任與義務。《紅樓夢》第三十四回，賈寶玉為了蔣玉菡和金釧遭受父親的一頓笞刑，當晚第一個來見他的是薛寶釵。她不似林黛玉眼中擁有無數晶瑩欲滴的淚明珠，寶釵則是手裡托著一丸藥，走進來向襲人說道：「晚上把這藥用酒研開，替他敷上，把那瘀血的熱毒散開，可以就好了。」唐代的李娃見到淪爲乞兒的滎陽生「枯瘠疥厲，殆非人狀」，心中十分感傷，於是抱著他的脖頸，以繡襦擁他回到西廂，然後爲他沐浴，餵食湯粥，並且慢慢地給他酥乳，使他的五臟六腑得到潤澤……。漸漸地「殆非人狀」的滎陽生又活過來了。繼而上登甲科，聲振禮闈，男女主角從此過著幸福快樂的生活。寶玉的挨打據茗煙的臆測是出於薛蟠的口舌風波，那是最讓薛寶釵過意不去的事，這次賈政氣極了，喝命家人將寶玉「堵起嘴來，著實打死！」小廝們不敢違，賈政卻還嫌打得輕，「一腳踢開掌板的，自己奪過板子來，狠命的又打了十幾下」，還要拿繩來勒死。

滎陽公在西杏園訓子，則更加兇狠：「去其衣服，以馬鞭鞭之數百。生不勝其苦而斃。父棄之而去。」這場爲了平康東門嗚珂曲的美麗佳人所引發的父子反目，和賈寶玉爲了琪官、金釧而遭父親毒打的理由一樣。寶玉聲稱：「我便爲這些人死了，也是情願的。」他們爲美人死過一次，又在美人的手裡重獲新生。愛情在人們的心中留下了不尋常的印象，使人通過它而突顯了生命中可貴的本質。法國現代小說大家普魯斯特，也曾在《追憶似水年華》裡提到一種貝殼形狀的瑪德蘭點心餅。他靠著小圓餅連繫起過去曾有過的相同經驗，將生命中的不同時空縮結在一起，「就在混雜著圓餅屑的那一口茶觸及上顎時，我顫抖了，一面專注地感知發生在我身上非比尋常的事情。一種美妙的樂趣向我襲來……我感覺到它和茶的味道、小餅的味道有關聯。可是那歡樂超過那種滋味，也可能不屬於同樣的性質。它來自何方？」這道「肥肥的，很感官」的瑪德蘭蛋糕（les Petits Madeleines）是用麵粉、奶油、雞蛋、砂糖，以及蜂蜜與鹽調製成原料，再放入貝殼狀的模型裡，高溫烘烤而成。它的模樣不僅可愛，而且性感，是普魯斯特幾經改易後才定稿的特殊象徵意義的奶油甜點。書中將它描繪成「小小的，圓嘟嘟的」，使人聯想起義大利文藝復興全盛時期的名畫家波提切利的〈維納斯的誕生〉。這位從海上泡沫裡誕生的亭亭少女，擁有雪白肌膚和金黃頭髮，不需打扮即美豔無比，與薛寶釵「唇不點而含丹，眉不畫而橫翠」的天然美神似。她是乘著貝殼降臨的愛與美的女神。而貝殼狀的瑪德蘭發音又很接近《聖經》故事裡從良的妓女「抹大拉的瑪利亞」。李娃是從良的妓女，蔣玉菡當然也希望藉助寶玉而從良，因此關於奶油甜心的愛情記事，多少帶有既神聖又褻瀆的複雜情懷。

# 二 天香花露的多層疊影

普魯斯特不但要使事物的表面在文字中重現，而且還要試圖超越它。因爲眞正的景象不在表面輪廓，而是那些與回憶有關的情景。於是他在創造的過程中，運用了感情記憶的方式捕捉到那些與過去相關聯，並足以暗示往日情愫的事物。在《斯萬的一段戀情》中有一節關於「畫中美人」的故事。那位酷似波提切利畫中的可愛女孩，同時具有西斯丁教堂壁畫上傑佛拉的無神大眼睛，使得斯萬漸漸地將眼前原本不甚欣賞的女孩視爲「一團纖巧美妙的線條之綜合體」。《紅樓夢》裡的主人公也對美人畫情有獨鍾。第十九回當東府裡大擺宴席，唱著「丁郎認父」、「黃伯央大擺陰魂陣」、「孫行者大鬧天宮」，以及「姜太公斬將封神」等熱鬧戲文時，寶玉簡直被這些鬼神亂出、妖魔畢露的景象擾得不得安寧，於是想起小書房內的一軸美人，畫得傳神，「今日這般熱鬧，想那裡自然無人，那美人也自然是寂寞的，須得我去望慰她一回。」賈寶玉和斯萬都在美學上得到了肯定的理由，然後愛情才得以穩固。柳五兒便如同斯萬的女友歐德特，賈寶玉在她身上看到了一團纖巧美妙的綜合線條，於是確定了她的美麗可貴。

## (一)香氛圍繞的情人天堂

五兒是大觀園裡廚娘的小女，年方十六歲，雖然出身低微，卻兼有平兒、襲人、鴛鴦、紫鵑的綜合姿色，又因天生的弱疾，情態上恐怕也大有黛玉之風。故事到了八十回後，某晚五兒聽見寶玉叫人，因而上前伺候，先剪了蠟花，又倒了一鍾茶來給寶玉漱口。「卻因趕忙來的，身上只穿著一件桃紅綾子小襖兒，鬆鬆的挽了一個髻兒。寶玉看時，居然晴雯復生。忽又想起晴雯說的『早知擔了虛名，也就打個正經主意了。』不覺獃獃的呆著，也不接茶。」寶玉以愛惜晴雯的心看得五兒羞紅了雙頰，猶如斯萬以傑特洛的女兒潔佛拉看待歐德特，而晴雯「春睡捧心」的美人姿態又令王夫人聯想起林妹妹。這一組風露清愁的美人像一併疊影到柳五兒的身上，惹起賈寶玉纏綿不絕的情意。她就是當日御用玫瑰清露的眞正主人。原來在賈寶玉的嗅覺世界裡，縷縷飄香的氣息是他用顫抖的鼻翼深深地捕捉著花間細緻微妙的菁華，彷彿耳中聽到了不同聲部的交響曲，寶玉眼中的五兒也是心中的黛玉和晴雯，那些清柔芬芳交織融溶的多部和聲，在他的腦中變幻跳躍，其感受是極樂，也是痛苦。

《紅樓夢》第三十四回寶玉挨打之後，襲人告訴王夫人，二爺想喝酸梅湯，可是怕積存熱毒，所以給他糖醃的玫瑰滷，其實他卻又不愛吃。王夫人說：「唉呦！你何不早來和我說？前日倒有人送了幾瓶子香露來，原要給他一點子，我怕胡糟蹋了，就沒給。既是他嫌玫瑰膏子吃絮了，把這兩瓶子拿去。一碗水裡，只用挑上一茶匙就香得了不得呢。」只見這「玫瑰清露」用三寸大小的玻璃瓶裝盛，上面螺絲銀蓋，鵝黃的封箋顯示了皇家的尊貴。王夫人了解兒子「糟蹋」的習性，卻不能體會兒子幾度慾海浮沉的掙扎。但是玫瑰清露的香氣，恰似一縷芳魂遊走於大觀園的每個角落，即使在晴雯、黛玉身後。第十九回「意綿綿靜日玉生香」，賈寶玉才剛丟開了觸感柔滑，卻又有點嫌膩的酥酪事件，不經意地滑入了黛玉歇午的床上。滿屋內靜悄悄的，寶玉揭起繡線軟簾，進入裡間，只見黛玉睡在那裡，「好妹妹，纔吃了飯，又睡覺！」「我不睏，只略歇歇兒。你且別處去鬧會子再來。」寶玉推著她：「我往哪裡去呢？見了別人就怪膩的。」黛玉將自己的枕頭推給他，自己又再拿了一個枕上，兩人相對躺下。寶玉忽然聞到一股幽香，從黛玉袖中發出，聞之令人「醉魂酥骨」。寶玉一把將黛玉的衣袖拉住，要瞧瞧籠著何物：「這香的氣味奇怪……。」

德國作家赫曼．赫塞在《納西瑟斯與歌德曼》一書中大嘆：「女人與愛情是多麼奇妙啊！一切盡在不言中……她如何表達愛情呢？以她的雙眸，是的，還有她那囈語般的聲音，再加上自肌膚散出一種細微、小心翼翼的香氣，也許是香氣的氛圍吧，讓女人與男人相互渴求對方時，能立刻知道。這很奇妙，像是種細微、奇特的秘密語言。」在《追憶似水年華》裡，普魯斯特也說道：氣味和芳香像幽靈，卻依然存在，只是更纖弱，卻更有活力。它們是無形的，然而卻能更持久、更充實於天地之間。它們的存在，是爲了追憶，爲了等待，爲了在一切的廢墟之上，承載巨大的回憶之宮。

爲了實現他以香氣寫就的時間哲學，普魯斯特描述了一段初戀與白色山楂花結合的故事。在貢布雷這個小鎮上，馬賽爾一家人的散步路線總是繞遠路避開了斯萬的住宅，直到一個天氣晴朗的日子，大家聽說斯萬一家會離開幾天，所以他們就放心地抄近路穿越鄰家玉米田小徑。落後的馬賽爾沉醉在白色山楂花的美豔柔情之中，那繁密的樹叢在小男孩眼裡幻化爲散發香氣的歌德式教堂。然後他在拱頂下與一個棕髮、雀斑的小女孩相遇，馬賽爾無法離開她的黑眼睛，儘管小女孩只留給他一個鄙夷的手勢。從此，馬賽爾分秒不停地夢想著希爾貝特，而他童年的初戀也就與白色山楂花的香氣結下了不解之緣，那氣味與初戀情懷，多少年後依舊在身旁縈繞徘徊。

愛戀芳香，有時也與夢境有關，宋朝文人陶穀在《清異錄》中記載了五代名士舒雅製作的一對青紗枕，枕中塡入荼蘼、木樨與瑞香三種花瓣，當時還有詩記錄了枕上人夢裡的一場三色繽紛的花雨。恰巧怡紅院裡也有「各色玫瑰芍藥花瓣裝的玉色夾紗新枕頭」，寶玉枕著它或讀書，或閒談，或是不知不覺地入睡，香花的枕芯使夢裡也增添了詩意的清新氣息。寶玉和黛玉的枕上清香，指涉著揮之不去的嗅覺與情愛相互繚繞糾葛的纏綿意境。

在西方，徐四金的德文小說《香水》描述一個嗅覺特別敏感的人，他採集各種不同的花草樹木，提煉出歐洲皇室趨之若鶩的頂級香水，小說重新開啓讀者的嗅覺經驗，於此可見一班。其實記憶未曾消失，當寶玉和五兒打開玻璃瓶上的鵝黃箋子與螺絲銀蓋，我們也彷彿嗅到了記憶中的玫瑰花香。在情愛的王國裡，萬物皆拜倒於玫瑰的雍容，它的花瓣與身型能誘惑情人的感官，特別是鼻與唇。一朵嬌豔自信的玫瑰往往比女性本身更加感性。明清時期的花露，誠如《大清會典則例》所述，是由荷蘭等歐洲國家進獻給宮廷后妃的禮物。西方人將鮮花置於特定器皿中蒸餾，再蒐集出純淨的蒸氣水，而形成了薔薇、茉莉、素馨等各種花露。花露的製作技術傳入中國後，國人在飲食情境上的超凡創意，可以李漁《閑情偶寄》裡的「花露拌飯」爲例：「宴客者有時用飯，必較家常所食者稍精。精用何法？曰：使之有香而已矣。予嘗授意小婦，預設花露一盞，俟飯之初熟而澆之，澆過稍閉，拌勻而後入碗。」這一碗薔薇花露飯滿足了我們對晚明文士生活美學的窺探。

### ㈡此平兒非彼瓶兒

寶黛二人對著臉兒躺下的時候，寶玉聞到了黛玉身上的奇香，黛玉卻分明看到了寶玉臉上淘澄胭脂膏子時濺上的小紅點。「你又幹這些事了。幹也罷了，必定還要帶出幌子來。就是舅舅看不見，別人看見了，又當作奇怪事新鮮話兒去學舌討好兒。」淘澄胭脂是寶玉喜愛做的事，在《紅樓夢》第四十四回「平兒理妝」一段故事裡，賈寶玉再度爲了一個通房丫頭獻上了頂級的尊榮。

寶玉忙走至妝臺前將一個宣窯磁盒打開，裡面盛著一排十根玉簪花棒兒，拈了一根，遞與平兒，又笑說道：「這不是鉛粉，這是紫茉莉花種，研碎了，對上料製的。」

平兒倒在掌上看時，果見輕白紅香，四樣具美，撲在面上，也容易勻淨，且能潤澤，不像別的粉澀滯。然後看見胭脂也不是一張，卻是一個小小的白玉盒子，裡面盛著一盒，如玫瑰膏子一樣。寶玉笑道：「鋪子裡賣的胭脂不乾淨，顏色也薄。這是上好的胭脂擰出汁子來，淘澄淨了，配了花露蒸成的。只要細簪子挑上一點兒，抹在唇上，足夠了，用一點水化開，抹在手心裡就夠拍臉的了。」

平兒依言妝飾，果然新鮮異常，且又甜香滿頰。

原來甜香滿頰的不僅是花露拌飯，還有花露胭脂，賈寶玉對平兒的盡心是出於對賈璉與鳳姐的不滿，賈璉夫婦是淫樂悅己的俗人，在感官歡愉的體認上只能停留在低等的層次，不由得使寶玉爲平兒傷心。「理妝」一事顯露賈寶玉對女性純淨心靈的嚮往，他以奇馥的花香帶來靈幻的美感，建立起有情人之間的鵲橋。如同米蘭・昆德拉在《生命中不能承受之輕》對芳香的「輕薄體驗」：「絕對的免於負擔，使得人比空氣還輕、昇騰於高處，離開了土地，脫離了塵世，變得完全不真實，他的漂泊驛動，就如同這一切都沒什麼大不了。」這段超現實的心理體驗落實在賈寶玉的身上，便是對平兒盡心之後，隨著玫瑰香氛飄飄然的欣喜之感：「寶玉因自來不曾在平兒前盡過心，且平兒又是個極聰明極清俊的上等女孩兒……今日……竟得在平兒前稍盡片心，也算是今生意想不到之樂。因歪在床上，怡然自得。」在他的一生中，來自空氣中無所不在的馨香感官體驗與香濃滑膩的奶香口感，不斷地形成鮮明而參差的對照，賈寶玉在情、慾之間擺盪游移，生命也像是陷入層層迴繞的迷宮網住了自己的一片心。也許情慾的流動本身就像一張廣大而綿密的網，教人從彼處出來又陷入了此處，終身纏擾，綿綿無絕。

《紅樓夢》裡的平兒在玫瑰香露的妝點下，散發著充滿靈氣的香氛，她在書中也是個公平、善良而且溫婉的人，只是處處受制於王熙鳳的淫威；《金瓶梅》裡的瓶兒倒擁有一雙巧手，專能製作醍醐奶酥。這項絕技成了西門慶六房妻妾中的獨門。李瓶兒能將粉紅、純白兩色冰凍的酥酪繞成兩股交纏在一起的螺旋紋路，從北宋以來，這道從女性手中旋轉出來的雙色螺旋奶酪通稱「泡螺兒」。兩色交纏、勢盡美人之情的甜膩奶酥能使西門慶看在眼裡，含進口裡，隨之產生慾望的遐想。只是這美人也算命苦，終身被刁潑的潘金蓮欺凌。兩部大書裡的瓶/平兒性格命運相近，卻在雙色泡螺與玫瑰胭脂之間，拉開了迴異的美學造型，她們分屬於象徵身體感官與內在冥想的天平兩端，在古典小說的世界裡，也像是春日庭園裡美麗的鞦韆，一來一往，都盪到了極致的美的高度，這也許大致說明了《金瓶梅》與《紅樓夢》塑造女性美的價值分野。

## 二 芳香冥想與潛意識的對話

《紅樓夢》第十七回賈政等人驗收了大半個園子，不覺又來到了一個新的院落。入口處是竹籬花障編就的月洞門，兩邊遊廊相接，一邊種芭蕉，另一邊是西府海棠，眾人對這株「其勢若傘，絲垂金縷，葩吐丹砂」的進口「女兒棠」稱賞不止。沒想到進入房內，「未到兩層，便都迷了路，左瞧也有門可通，右瞧也有窗隔斷。即到跟前，又被一架書擋住；回頭又有窗紗明透門徑。又至門前，忽見迎面也進來了一起人，與自己的形象一樣，卻是一架大玻璃鏡。轉過鏡去，一發門見多了。」幸而有賈珍出來帶路，眾人才得以走出迷宮。只是將從門口出去的時候，眼前又是一座「滿架薔薇」的花障。

如此令人心眼迷亂欲醉的院落，正是日後賈寶玉的住所——怡紅院，它暗示了入主其間的人將在成長的人生歲月裡，陷入層層花障與重門疊戶沒有止盡的綺麗迷宮中，摸索著愛與慾交纏的諸多生命課題。寶玉在情愛世界裡陷得愈深，愈是「愛博而心勞」，累了，也只能倒臥在這迷夢般的花床上，將要入睡之際，身體彷彿像他曾許過的願望化爲一股清煙，風一吹就來到了另一座與怡紅院的空間性格同樣複雜的秦氏臥房。恍惚又是一道細細的甜香入鼻，使他眼餳骨軟，連說：「好香。」

「梁燕語多終日在，薔薇風細一簾香。」入睡後的賈寶玉，不知道那飲了玫瑰露的柳五兒此時正藉著黃昏人稀，依著花遮柳蔭而來，一徑到了怡紅院門首，又不好進去，只在一簇玫瑰花前站立，遠遠的望著。這小小廚娘與小戲子芳官的單純友誼在旁人眼中也是不智之舉，自然會在大觀園這座是非之地引來禍事，寶玉此時尚未識得五兒，他們只是藉由玫瑰香飲初步知道了對方，寶玉為了援救被誣陷而身受囹圄的五兒，一應承當了上房玫瑰露的失竊之罪。就像二十世紀初瑞士的心理學家卡爾‧榮格（Carl Gustav Jung）所指，心靈與香氣之間的連結意味著人的內在沉思，芳香使人的冥想達到了創意對話的境地，使人們在實際行動之前早已與自我的潛意識達成了美妙的共識。

## ■參考書目

（南北朝）賈思勰，《齊民要術》，台北：世界書局，一九八七年。
（五代）趙崇祚編，《花間集》，台北：世界書局，一九五六年。
（宋）陶穀，《清異錄》，台北：藝文，一九六五年。
（清）李漁，《閑情偶寄》，台北：廣文，一九七七年。
（清）聖祖敕編《御定全唐詩》，台北：世界書局，一九八八年。

（清）曹雪芹、高鶚著，馮其庸等校注，《彩畫本紅樓夢校注》，台北：里仁書局，一九八四年。

柯金木編，《唐人小說》，台北：三民書局，二〇〇二年。

（法）普魯斯特（Marcel Proust），《追憶似水年華》，台北：聯經，一九九二年。

（德）赫塞（Hermann Hesse），《赫塞名著選》，台北：志文，一九七四年。

（捷克）米蘭·昆德拉（Milan Kundera），《生命中不能承受之輕》，台北：時報文化，一九九五年。

（瑞士）卡爾·榮格（Jung, Carl Gustav），《未發現的自我》，台北：晨鐘，一九七一年。

# 第五章

# 林黛玉的葬花意識

## 一 落花／傷春

《紅樓夢》作為三千年社會文化的歷史性總結，作者對於傳統中國文化的各層面描述，舉凡醫藥、園林、服飾、飲茶……等等，都有自覺性的完美鋪敘。特別是在清代以前詩文傳統的審美取向上，體現了深刻的思維與細膩的轉化。其中尤以傳承兩大文學傳統：傷春與悲秋，徹底展現了曹雪芹對歷來文化語境的領會與接受，同時以風格獨特的觀點和寫作筆法，在小說諸場景中，具體改寫與鋪陳出許多精緻優雅的生活片段。

作者為小說人物代筆賦詩，展現了文人於寫作當下以心摹手追，在游絲飄忽的文學語彙花園裡，找尋攀附的藤莖。緣「悲秋」以循繹，第四十五回林黛玉作〈代離別．秋窗風雨夕〉，詩中描述秋霖脈脈，陰晴不定的昏黃時刻，女主人公心有所感，發為章句，其詞曰：「秋花慘澹秋草黃，耿耿秋燈秋夜長。已覺秋窗秋不盡，那堪風雨助淒涼。……寒煙小院轉蕭條，疏竹虛窗時滴瀝。不知風雨幾時休，已教淚灑窗紗濕。」詩人每到秋天，勾起身世遭遇而悲慨落淚，悵惘失意，在文學史上遙遙呼應了唐代首要詩人杜甫，其〈詠懷古跡五首之二〉：「搖落深知宋玉悲，風流儒雅亦吾師。」雖說「悵望千秋一灑淚，蕭條異代不同時」，然而杜甫弔宋玉、抒己懷，所牽引出的一條悲秋敘事傳統，已不言而喻。杜甫以宋玉爲師，而宋玉的名篇〈九辯〉云：「悲哉秋之爲氣也，蕭瑟兮草木搖落而變衰。」正是文學史上詩家悲秋的發端。

《紅樓夢》的作者在寫作伊始，便已將悲秋的文化傳統融入自己的筆端，甚至於融入自己的生命。創作者泅泳於歷史文化之洋，使得傳統背景成爲作家寫作與生存的必然，於是「悲秋」語境的內涵在異代文人的各自語境下，隨即因閱讀與接受而連綿不斷地被改寫與再創作，對於所有的作者而言，那不僅僅是宿命，同時也是一種挑戰；在讀者的眼中，文化語境的吸收與理解，則有助於更爲準確地掌握單一文本的語言符號系統。上一世紀二十年代，波蘭籍人類語言學家馬林諾夫斯基（B. Malinowski）曾將「語境」（Context）分爲文化語境（Context of culture）和情景語境（Context of situation）。前者泛指語言背後長期累積的歷史、文化、風尚、習俗、價值和思維；後者則具體指陳語言行爲發生當下的特殊情境。曹雪芹所接受的挑戰，便是將歷代詩人於秋天感逝悲愴的漂泊情緒，由文化語境轉換爲使林黛玉的藝術形象更加飽滿的情景語境。「粉墮百花州，香殘燕子樓。一團團逐對成毬。飄泊亦如人命薄，空繾綣，說風流！草木也知愁，韶華竟白頭！嘆今生誰拾誰收？嫁與東風春不管，憑爾去，忍淹留。」《紅樓夢》第七十回時序正是「桃花簾外東風軟，桃花簾內晨妝懶」的初春時節，林黛玉塡寫一闋〈唐多令〉，衆人看了，俱點頭感嘆：「太作悲了。」原來傷心不獨悲秋，春天這良辰美景，在詩人眼中卻往往別有懷抱。在力透紙背的惜春詩句裡藏裹著嚴酷的現實，又透露著春天將逝的消息。

第二十七回的長篇歌行〈葬花吟〉，起首便綰合了歷代詩歌中的落花意象和葬花人落落寡歡的情思。據《石頭記》庚辰、在俄、楊藏、甲辰諸本，首句爲「花謝花飛花滿天」；程甲本改爲「花謝花飛飛滿天」。詩句一旦成形，則賦予該文本意義的背景知識與符號系統，即刻形成一個與之參差對話的語境網絡，二十世紀六十年代法國後結構主義批評家茱莉亞・克里斯蒂娃（Julia Kristeva）在《詩歌語言的革命》中指出：「每一個文本從一開始就處於其他話語的管轄之下，那些話語把一個宇宙加在了這個文本之上。」〈葬花吟〉起首四句：「花謝花飛花滿天，紅消香斷有誰憐？游絲軟繫飄春榭，落絮輕沾撲繡簾。」花瓣如雨勢磅礴飄零的落花意象，自從唐代杜甫的〈曲江二首〉始，即有：「一片花飛減卻春，風飄萬點正愁人。」繼而有韓翃所作〈寒食〉：「春城無處不飛花。」以及晚唐李商隱的〈落花〉詩句：「小園花亂飛。」清初曹雪芹友人張宜泉即以〈春城無處不飛花〉爲題，吟詠春天飛花處處的景象：「芳城開麗景，淑氣動飛花。得意乘時豔，含情逐地華。迎風光不定，帶雨色偏嘉。冉冉歌臺繞，盈盈舞榭斜。連街翻碎錦，匝巷障團紗。膩粉妝苔美，嬌脂映竹誇。蜂簧來別院，蝶拍過鄰家。省識春優渥，狂香引處奢。」春天爛漫飄灑的飛花，迷濛了詩人的眼眸，清初文人引唐詩爲題，遙相唱和，編織出一個文本意義彼此糾結，相互牽連，使各詩句不再是單獨的存在，而是互爲詮釋的文化符號網絡，始見落花意象隨著時代推移，愈趨富麗繁盛如一幅精緻典雅的蕾絲般紋網。

詩人捕捉在春天的盡頭，瞬間動態的花雨飄蕭，轉化爲引人愁思狂亂、情緒落寞的抒懷語境，其間以李商隱的〈即日〉與李煜的〈相見歡〉所形成的互爲詮釋的文本意象，爲〈葬花吟〉提供了一個意義完整的互文性空間。〈即日〉詩云：「一歲林花即日休，江間亭下悵淹留。」五代李後主的詞更爲情切地將滿腔悲恨的情潮，寄託在飄蓬亂點的紛紛落絮輕瓣之中：「林花謝了春紅，太匆匆。無奈朝來寒雨晚來風。胭脂淚，留人醉，幾時重？自是人生長恨水長東。」及至明代中葉，吳中名士沈周、唐寅、文徵明、徐禎卿等四家相互唱和三十首七律《落花詩》，第一首起句便是：「刹那斷送十分春，富貴園林一洗貧。」春去無蹤的主觀愁緒，至此已藉由修辭的急切化推向至高點。而清初曹雪芹的祖父曹寅也曾以「紫雪冥濛楝花老」爲自己的書齋題記。尤侗《艮齋倦稿》卷五有〈楝亭賦並序〉云：

> 司空曹公，開府東冶；手植楝樹，於署之野；爰築草亭，闌幹相亞；言命二子，讀書其下：夏日冬夜，斷斷如也。我公即世，典刑徂謝；帝招長君，嗣服官舍。

攀條流沸，追思逝者；繪圖在右，陳詩在左；揭來吳門，卷頁盈把，謂子賦之，以續《南雅》。予應曰諾，援筆敬寫。

宋犖《綿津山人詩集》卷二十五《述鹿軒詩》亦有〈寄題曹子清戶部楝亭三首並序〉云：

子清之尊人，于白門使院，手植楝樹數株，綠陰紛披可愛，因結亭其間，顏曰楝亭。子清追念手澤，屬諸名人賦之，詩盈帙矣。未幾，子清複移節白門；十年中父子相繼持節，一時士大夫傳爲盛事，題詠愈多。予與子清雅相善也，乃賦三截句，以附諸公之後云：

燕園老桂蠹不青，三槐堂前槐亦零。惟有白門楝樹好，六朝山色一茆亭。

婆娑老幹已成圍，記得青青拱把時。繞樹千回清淚墮，楝亭可是峴山碑。

楝亭好景白門稀，楝亭新詩不敢揮。只向誠齋乞一句：南風紫雪楝花飛。

曹寅築楝亭的風流雅韻，可上溯至南宋吟詠落花的著名詩人楊誠齋的「只怪南風吹紫雪，不知屋角楝花飛」。當紫雪冥濛飄散的時候，春天正翩然轉身離去，於此又牽惹出文人以「葬花」作爲悼惜青春的文化風情與纏綿不盡的告別儀式。

## 二　葬花／惜春

春天逐漸地消逝在如飛雪般的落花情境中，《紅樓夢》作者以花喻人，運用詩藝將葬花人與葬花本身融爲一體。書中描寫葬花的場景，主要有三：第一次是在第二十三回「西廂記妙詞通戲語，牡丹亭豔曲警芳心」，那是賈寶玉等人剛搬進大觀園後不久，時間是「三月中浣」，主角是寶玉和黛玉，葬的是桃花。這次的葬花因在濃郁的春光裡，寶、黛沉浸於《西廂記》的妙詞戲語，因而得到了愛情的啓發，於是大膽地表白了心中的愛慕之情。這一次的葬花，是在漫天飛舞著落英的桃花林間，共讀西廂，同譜愛曲。雖然有一點口角，但是氣氛是甜蜜而浪漫的。至於第二次葬花的情景則與第一次大相逕庭。這次的時間是「四月二十六日，原來這日未時交芒種節。尙古風俗：凡交芒種節的這日，都要擺設各色禮物，祭餞花神，言芒種一過，便是夏日了，衆花皆卸，花神退位，須要餞行。」

這一次原是是黛玉獨自葬花，寶玉繼之而來。而且葬的落花不只一種，有「許多鳳仙石榴等各色落花」。黛玉悲傷欲絕的〈葬花吟〉使這場景充滿了傷春悲秋的氣氛。以致寶玉聽到「儂今葬花人笑癡，他年葬儂知是誰」，「一朝春盡紅顏老，花落人亡兩不知」，不覺慟倒山坡之上。脂硯齋曾三閱其詩，而「舉筆再四，不能加批」，因爲他也爲此情此景而「淒楚感慨」、「身世兩忘」了。《乾隆甲戌脂硯齋重評石頭記》第二十七回末批語：「余讀葬花吟，至再至三四，其悽楚感慨，令人身世兩忘。舉筆再四，不能下批。有客曰：先生身非寶玉，何能下筆？即字字雙圈，批詞通仙，料難遂顰兒之意。俟看玉兄之後文再批。噫唏！阻余者，想亦石頭記來的，故停筆以待。」至第二十八回針對寶玉「慟倒山坡之上，懷裡兜的落花撒了一地」，脂硯齋又有續批：「不言鍊句鍊字，詞藻工拙。只想景想情想事想理，反覆追求悲傷感慨，乃玉兄一生天性，眞顰兒不知己則實無再有者。昨阻余批葬花吟之客，嫡是玉兄之化身無疑。余幾點金成鐵之人，笨甚，笨甚！」脂評在此兩回之間，巧妙地以像是「自問自答」的形式，透視寶、黛二人幽渺的情思，提醒讀者更近距離地理解他們對生命無常、世事滄桑的穎悟。同時也藉此機緣標舉出作者在情慾書寫上劃時代的突破，即以「知己」作爲才子佳人相互戀慕的基礎，眞正能夠理解〈葬花吟〉的人，唯有寶玉。在寶、黛互爲知己的鋪敘裡，曹雪芹孤標傲世、不與世俗同流浮沉的生命理想，亦盡在不言中。

〈葬花吟〉不僅道出林黛玉「眼淚還債」的宿命，同時還令人感到抑鬱與不平。詩云：「柳絲榆英自芳菲，不管桃飄與李飛」，寄託作者對於世態炎涼、人情冷暖的憤懣。「一年三百六十日，風刀霜劍嚴相逼」，也訴說著林黛玉寄人籬下的處境。詩中又云：「願儂脥下生雙翼，隨花飛到天盡頭。天盡頭，何處有香丘？未若錦囊收豔骨，一抔淨土掩風流；質本潔來還潔去，強於污淖陷渠溝。」則表現出她在追求幸福而不可得時，不甘屈服的孤傲性格。這雖是女主角感歎身世的哀音，卻也是《紅樓夢》作者塑造此一人物藝術形象與性格的重要詩篇。在風格上是仿傚初唐的歌行體，內容則爲女主人公對長期壓迫她的冷酷現實發出控訴之音，其思想價值也正在於此。《紅樓夢》的十二金釵以林黛玉爲首，她的「葬花」一事，作者描繪尤爲出力。然而作者以「葬花」作爲一種「告別儀式」，其個人經驗無疑地顯示出這部作品對某種文化語境的參與。耶魯大學教授哈羅德·布魯姆在《詩歌與壓抑》中指出：「對一首詩的任何解讀都是一首互指詩。」事實上，在文本的雙重焦點之間，同時喚醒了我們對先前文本的關注。明代唐寅《六如居士外集》卷二云：

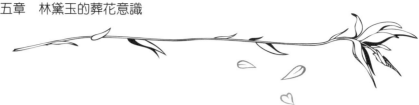

唐子畏居桃花塢。軒前庭半畝，多種牡丹花，開時邀文征仲、祝枝山賦詩浮白其下，彌朝浹夕，有時大叫痛哭。至花落，遣小（平）一一細拾，盛以錦囊，葬于藥欄東畔，作落花詩送之。

《紅樓夢》第二十三回寶、黛葬花的細節：

卻是林黛玉來了，肩上擔著花鋤，花鋤上掛著紗囊，手內拿著花帚。……那畸角上，我有一個花冢。如今把它掃了，裝在這絹袋裡，埋在那裡，日久隨土化了，豈不乾淨。

第二十七回寶、黛分別來到花塚前行吟悲歎：

一直奔了那日同黛玉葬桃花的去處來。……只聽那邊有嗚咽之聲，一面數落著，哭得好不傷心。

參較林黛玉和唐寅的葬花，在文化語境上其實頗有異同。唐六如曾「大叫痛哭」，林黛玉則有「嗚咽之聲」，而且「哭得好不傷心」。唐六如以「錦囊」盛花，林黛玉便以「紗囊」、「絹袋」爲之。唐寅葬花於「藥欄東畔」，林黛玉則葬之於「畸角上」的「花冢」。唐寅《落花詩冊》曾有：「春夢三更雁影邊，香泥一尺馬蹄前。難將灰酒灌新愛，只有香囊報可憐。深院料應花似霰，長門愁鎖日如年。憑誰對卻閑桃李，說與悲歡石上緣。」詩人以香囊收葬了庭院深深滿地如冰晶霜雪的落花，而將人世的悲歡情愁都留與石頭訴說。石頭記述情緣的故事在清初康熙年間有《西湖佳話》，訴說「三生石上舊精魂」的一段奇緣。

根據土默熱〈《紅樓夢》故事原型考辨〉：「三生石」的故事在很多以西湖爲

背景的小說中出現。其中署名「古吳墨浪子搜輯」的短篇小說集《西湖佳話》卷十三所記載的三生石事跡，較爲詳盡。相傳在西湖岸上天竺寺後有一塊十分潔淨可愛的石頭，那是圓澤高僧日復一日、年復一年，沉思不盡的地方。名將李愷的兒子李源是個烈性奇男子，安史之亂後，立志逍遙出世。他在天竺寺後的石頭上與原澤相遇，兩人語言投機成爲知己，並與靈性已通的石頭成爲三個生死不離的朋友，這便是三生石的由來。後來圓澤轉世，李源於十三年後再踐三生之緣，而靈石便將這段依違莫逆的忠貞故事記錄在石頭上。

《紅樓夢》與三生石故事的互文，除了作者將其吸收改造成寶、黛引爲知己的愛情之外，三生石故事中烈性奇男子的遇合，同時也爲作者寫作賈寶玉與秦鐘、蔣玉菡、柳湘蓮等人之間，互爲信友的故事提供文化語境。至《紅樓夢》出，女主人公林黛玉原是西方靈河岸上三生石畔的一株絳珠草，因受赤瑕宮神瑛侍者的灌漑之恩，欲往人間以一生的眼淚相報答。事實上，整部造歷幻緣的故事都記錄在「高經十二丈，方經二十四丈的巨石」上。《紅樓夢》作者在傳統文化語境中，重新組織著關於淚眼婆娑、花事飄零與石頭記緣的情節。第二十三回賈寶玉展開《會眞記》，正看到「落紅成陣」，一陣風過，將樹上桃花吹下一大半來，落得滿身滿書滿地皆是。寶玉恐怕腳步踐踏了，只得兜著花瓣來到池邊，將花瓣抖落池內。那花瓣浮在水面，飄飄蕩蕩流出了沁芳閘。此處文字正是第十七至十八回，賈寶玉爲

「沁芳」題匾，當時立於亭上，四顧一望，所詠七言對聯：「繞堤柳借三篙翠，隔岸花分一脈香」之具像情景的實現。其後遊園眾人來到「蓼汀花溆」，「池邊兩行垂柳，雜著桃杏，遮天蔽日，眞無一些塵土。」

足見葬花之處多麼幽清潔淨！而桃花飛謝在人跡罕至的淨土上，又承載了古來詩人「質本潔來還潔去，強於污淖陷渠溝」的人生理想。陶淵明〈桃花源記〉云：「晉太元中，武陵人，捕魚爲業，緣溪行，忘路之遠近；忽逢桃花林，夾岸數百步，中無雜樹，芳草鮮美，落英繽紛……。」開啓後代志士仁人嚮往淨土樂園的烏托邦寫作。《紅樓夢》第十七至十八回作者描述遊園眾人「轉過山坡，穿花度柳，撫石依泉，過了荼蘼架，再入木香棚，越牡丹亭，度芍藥圃，入薔薇院，出芭蕉塢……」頗有盤旋曲折而「忘路之遠近」的意味，至此眾人「忽聞水聲潺潺，瀉出石洞，上則蘿薜倒垂，下則落花浮蕩」，則猶如爲〈桃花源記〉之「夾岸數百步，中無雜樹，芳草鮮美，落英繽紛」另作實況鋪陳。直到諸公爲此處題名曰：「武陵源」、「秦人舊舍」，便是直接點出大觀園的落花意象與桃花源的與世隔絕，可相互對照以彰顯其文化意涵。曹雪芹於《紅樓夢》第一回借石頭笑稱此書朝代年紀、地輿邦國均失落無從考，在跨文本文化研究的文學批評前提下，同樣也與〈桃花源記〉所謂：「乃不知有漢，無論魏、晉」，以及「太守即遣人隨其往，尋向所誌，遂迷不復得路。南陽劉子驥，高尚士也，聞之，欣然規往，未果，尋病終。後遂無問津者。」）等諸語取得了共時結構的符號系統。

在大觀園這一片淨土中，葬花之處尤其純淨不受世俗污染，沁芳一帶「水上落花愈多，其水欲清，溶溶蕩蕩，曲折迂迴。」其文化語境直逼南唐李煜的〈相見歡〉：「流水落花春去也，天上人間。」又有唐代崔塗的〈旅懷〉詩：「水流花謝兩無情」作爲援引。自《牡丹亭》出，「如花美眷」與「似水流年」便綰合成閨中自憐、疼惜青春、悲詠愛情的文學意象。於是唐寅《落花詩冊》第二首便有：「控訴歌呼天北極，臙脂都付水東流……顏色自來皆夢幻，一番添得鏡中愁。」此後又有：「好知青草骷髏塚，就是紅樓掩面人」之句，亦爲曹雪芹所模擬與轉化，《紅樓夢》第一回癩頭僧揮霍談笑時，針對書中第一位出現的薄命女子甄英蓮說道：「好防佳節元宵後，便是烟消火滅時。」前後兩句詩意的命題脈絡緊連，句型相仿。紅樓情事終成一場夢，其中的色空觀念在唐寅詩中已經昭示，其含意更爲《石頭記》的初期稿本——《風月寶鑑》所承襲。詩人在同類句型之間進行著遊戲性質的互文，使我們更加認清單一文本的不自足，其意義在與其他文本互相參照與相互指涉的過程中產生。

此外，「薄命」的概念，亦是讀者開啓落花意識的大門時，一把重要的鎖鑰。《紅樓夢》第四回回目爲「薄命女偏逢薄命郎」，便是以英蓮（應憐）與馮淵（逢冤）這對薄命人，作爲小說正式開場的楔子，用意正在點出一部大書的寫作重要場域──薄命司。及至林黛玉〈唐多令〉有：「飄泊亦如人命薄，空繾綣，說風流！草木也知愁，韶華竟白頭！嘆今生誰拾誰收？」即借悲吟落花自傷薄命，語境背後含藏著愛情與命運的多舛，於是「落花」與「薄命」又綰合成明清詩詞語境中互爲表裡的兩大文學主題，同時形成了藉詠落花以表達薄命觀的文學傳統。與《紅樓夢》成書時間很近的清代乾隆年間性靈派詩人，同時也是著名的史學家與考據學者──趙翼（號甌北）。他與唐寅以及《紅樓夢》裡的女主角林黛玉，同爲蘇州人士。其詩集中有〈和友人落花詩〉云：「薄命生遭風雨妒，多情枉受蝶蜂憐。」則詩人藉由悼惜落花命薄，生來即遭風雨的妒忌與摧殘，實際用意乃在婉轉道出佳人薄命的不幸遭遇。與此同時，曹雪芹正以《紅樓夢》第五回演繹上至貴妃，下至女奴，諸般薄命的處境。賈寶玉在夢中聽見：「飛花逐流水」，眼中看到「薄命司」裡以詩詞與圖畫互爲印證的「金陵十二釵正冊」、「副冊」、「又副冊」，則吳中文化圈與落花文學意象已交織出愈趨密切的互文關係。

## 二 知己／酬唱

在悠久的歷史中我們經常發現，許多藝術作品都有模仿現實世界特殊事物或互相具有共同特徵的表現。西方面對這種現象自柏拉圖的《理想國》起，就有所謂「再現美學」（Representation Aeathetics）的討論。在此學派中強調，創作摹本的過程之所以能夠發生，主要由於藝術家以他的眼睛和心靈看到了現象背後某種潛藏的理想性或理念，於是他們用雕塑、繪畫、寫作……等手法，將其轉換為視覺藝術形式，以「再現」美的理想。無論說「模仿」或「再現」，其使我們感興趣的地方都在於相似性的藝術作品之間所存在的關係，亦即再現藝術作品的目的，及它與原型之間在讀者心目中所以引發的重重聯想。

英國哲學家安妮・謝波德（Anne Sheppard）曾說：「再現，完全是一個慣例問題。」安妮的意思是，再現藝術存在的基礎建立於各系統符號之間的類比。此即言，因有文化符號之形成慣例，再現藝術才特具意義。「葬花」作為一種文化符號，在長遠的歷史洪流中，逐漸匯聚成傷春意識的文化語境，詩人運用隱喻、修辭、變化與虛構等手法，透過客觀的現實世界寄託生命內在的情志。事實上，《紅樓夢》第十七至十八回賈寶玉在幾百株噴火蒸霞的杏花林下，為引發文人歸園田居的稻香村石碣題字時，便是直接引用明代唐寅的〈題杏林春燕〉：「紅杏梢頭掛酒旗」，而標舉出「杏帘在望」四字。我們如果試圖梳理從唐寅、曹寅到曹雪芹等明清江南地區時空背景下文人的生活習性及思想語言，特別是吳中文化圈的文人作品，或許更能使我們瞭解傷春與葬花的藝術再現，其背後所蘊含的文化精神風貌。

明代吳中才子互相唱和之數十首「落花詩」，皆緣起於沈周，其後有文徵明、徐禎卿以及唐寅等人附和。除唐寅的《落花詩冊》外，在另一本由文徵明所臨寫的小楷《落花詩冊》裡，詩人以雋逸的小楷書法抄錄了五十首落花詩，更在詩後題跋，爲這段才子傷春的因緣際會，留下歷史的註解：

> 弘治甲子之春，石田先生賦落花之詩十篇，首以示壁。壁與友人徐昌穀屬而和之。先生喜，從而反和之。是歲壁計隨南京謁太常卿呂公，又屬而和之。先生亦喜，又從而反和之。而先生之篇累三十，皆不更宿而成。成益易而語益工……。

明弘治甲子年爲西元一五〇四年，當時文徵明（初名壁）與唐寅均爲三十五歲，功名蹭蹬，如春雨般灑脫的才華，飄零在時代的狂風中，使得深具晚明特色的「山人文化」提早問世。讀書人面對治世理想無法伸展，以及種種生活的壓力，遂都期待成爲如山人、名士，以受到仕宦階層或文藝名家的傾慕，並期許這番新穎的生活風格，足以成爲人生另一種出路的可能。當時文人所營造出的藝術氛圍，以及所展現的生活型態，逐漸成爲明代以來一般讀書人所憧憬的理想文人典型。其間某些生活品味遂爲文人所複製，唐寅和文璧一再以象徵其生命情調之雋秀典重的書法藝術，抄錄彼此唱和的大量落花詩，以宣洩才情，從中喚回生命的價值，是以文徵明在上述《落花詩冊・題跋》中又指稱道：

……有如先生今日之盛者，或謂古人於詩半聯數語足以傳世。先生爲是不亦煩乎？抑有所託而取以自況也，是皆有心爲之。而先生不然，興之所至，觸物而成。蓋莫知其所以始，而亦莫得究其所以終。世傳不傳又何庸心哉？惟其無所庸心，是以不覺其言之出而工也。

吳中才子們大舉酬唱落花詩，不在乎世人眼光，不在乎傳世與否，不在乎功名富貴，唐寅晚年葬花處名桃花塢，文徵明別號停雲，皆取意於陶淵明。陶淵明〈停雲〉詩：「靄靄停雲，濛濛時雨。八表同昏，平路伊阻。靜寄東軒，春醪獨撫。良朋悠邈，搔首延佇。停雲靄靄，時雨濛濛。八表同昏，平陸成江。有酒有酒，閑飲東窗。願言懷人，舟車靡從。東園之樹，枝條載榮。競用新好，以怡余情。人亦有言，日月于征。安得促席，說彼平生？翩翩飛鳥，息我庭柯。斂翮閑止，好聲相和。豈無他人，念子寔多，願言不獲，抱恨如何？詩中展現了明代吳中文士所嚮往的隱逸生活，以及懷念平生同好相知相惜，互爲知己的人生暢事。清初錢謙益在〈石田詩鈔序〉一文中回顧吳門畫派與吳中人文傳統時，曾明確指出沈周的崛起在於：

> 其產則中吳，文物土風清嘉之地；其居則相城，有水有竹、菰蘆蝦菜之鄉；其瑣事則宗臣元老，周文襄、王端毅之倫；其師友則偉望碩儒，東原、完菴、欽謨、原博、明古之屬；其風流弘長則文人名士，伯虎、昌國、徵明之徒。有三吳、西浙、新安佳山水，以供其遊覽；有圖書子史、充棟溢杼，以資其誦讀；有金石彝鼎、法書名畫，以博其見聞；有春花秋月、名香佳茗，以陶寫其神情；煙月風露、鶯花魚鳥，覽結吞吐於毫素行墨之間，聲而爲詩歌，繪而爲圖畫。

在上述歷史社會環境的孕育下，蘇州地區形成了具有時代風貌的新文人集團。他們的處世、生活、思想、感情，以及藝術與審美等情趣，都與宋元時代的文人大相逕庭。吳門文士感於政治舞臺的風雲詭譎，禍福難測，而吳中生活與經濟條件的充裕，也提供他們悠閒治遊名山大川，盡情抒發詩書畫創造性的藝術生活旨趣。於是我們在晚明吳派畫作中，找到了色彩的瀰漫與融合，從中體驗到琴棋書畫、詩酒風月等瀟灑端麗與細柔簡淡的抒情風貌。明代馮夢龍於〈唐解元一笑姻緣〉形容唐寅：「生於蘇郡，家住吳趨……作〈花月吟〉十餘首，句句中有花有月。如：『長空影動花迎月，深院人歸月伴花』；『雲破月窺花好處，夜深花睡月明中』。」

蘇州文人引領著風流蘊藉的主流價值，逐漸趨向吳趣的氛圍。唐寅和《紅樓夢》裡的林黛玉都是蘇州人士，他們的處世也呈現細柔簡淡的吳地風格，其實就是影響晚明甚鉅之蘇州文人的集體品味，尤其是蘇州文學所傳達細膩感傷和閒適優雅的文人生活寫照。文徵明唱和沈周之「落花詩」云：「撲面飛簾漫有情，細雨香歌扇盈盈。紅吹乾雪風千點，綵散朝雲雨滿城。」與《紅樓夢》中林黛玉的〈葬花吟〉首二聯意境互為呼應：「花謝花飛花滿天，紅消香斷有誰憐？游絲軟繫飄春榭，落絮輕沾撲繡簾。」文徵明其後又云：「零落佳人意暗傷，為誰憔悴減容光？」其意似乎也在《葬花吟》中反覆重現：「花開易見落難尋，階前悶殺葬花人。獨倚花鋤淚暗洒，洒上空枝見血痕。……怪奴底事倍傷神，半為憐春半惱春。」

美麗繽紛的花朵「戰紅酣紫」地繁華忙碌了整個春天，一朝春事飄零，詩人放眼所見，滿地落紅，「落花詩」的發起人沈周不由得感嘆：「十二街頭散冶遊，滿街紅紫飄春愁。……欲拾殘紅搗為藥，傷春難療個中愁。」「蘇州文人」豎立起詩意的典型。他們懷著「蘇意」、「吳趣」的惆悵心境，既害怕落花在清晨為掃花奴所糟蹋，又擔憂晚歸的馬蹄不懂得憐惜，那些「飛如有戀墜無聲」的落絮輕瓣，飄進了詩人眼底，對於珍惜青春，愛戀生命的人來說，都是一再地折磨，吳中詩人也就擁有了一種敏感多情的愁思，和整個時代文風與藝術情調反覆進行著對話。明清之際，士人書畫與商業活動逐漸地融合；生員大增，也使得文人大舉擴充，因而發展出特殊的士人文化，其中晚明備受矚目的蘇州趣味，正因各種類書、小品文的大量印刷而流播，成爲全國風靡的品味與情調。至此「雅風」與「蘇趣」已從人我之別進而成爲江南人士普遍的認知與自我追求的理想生活。當時人們在生命本質中對尋求與自然對話、與宇宙溝通的需求亦趨強烈，明清文人於自家園林尋求人與天地聯繫的經驗，如：唐寅的桃花塢、曹寅的楝亭、袁枚的隋園，以及曹雪芹筆下的大觀園，均可視爲文人向內在自我追尋的表徵。關於明清時期的文人雅聚與作品中的美學再現，亦可視爲詩人以創作爲宣泄渠道，在宣泄中感發怡悅和情調，同時也渲染了周遭的欣賞者，彼此獲得靈感進而反覆吟詠，酬唱再三。藝術價值的生成有其多樣性特點，從個人、社會，到歷史與倫理，最普遍的意義還是審美。審美價值的生成則包括「創作」與「接受」雙重進程，二者互爲補充與彼此促進以逐漸形成文化語境的相繼循環。

至此我們不妨再回頭來看曹氏祖孫的葬花儀式和告別美學。曹寅於康熙四十年左右，寫下一首關於「葬花」的〈題柳村墨杏花〉：

勾吳春色自若苴，多少清霜點鬢華。省識女郎全足袖，百年孤塚葬桃花。

曹寅自幼即為康熙所重，一生春風得意，看似無憂無慮。然而《楝亭集》卻始終隱含著有志難伸的不材之鬱。曹寅之鬱，是歷代知識分子在入世與出世之間的猶疑。據劉上生在《曹寅與曹雪芹》一書中考證：曹寅初時任職侍衛，屬於武官，而康熙二十三年平定三藩之後，許多武臣便難有施展的機會了。「遇合」與「際會」的人生問題，多令志士仁人心懷不材之憤。除了「無才補天」的遺憾，曹家更有一根本的限制在於包衣奴僕的身分，在制度上一起始就規定了許多年輕人的出路。他們終身為皇室服役，被排拒於科舉功名之外，因此無法進入朝廷，發展正常的仕途。如此羈囚之悲與籬籠之苦，在在出現於曹寅，以及納蘭性德等同屬內廷御前侍衛者的筆下。

康熙十七年春，曹寅因奉旨南下江浙，在揚州的某次樓船酒宴中，邂逅了一位美麗的歌女，兩人互訴情衷，因此曹寅寫下了第一首愛情詩〈夢春曲〉，將青春生命所面對的幸福與時間的壓迫，表現在歡樂如夢一般短暫的詩作內容中。康熙四十三年，他奉旨赴揚州主持刊刻《全唐詩》與《佩文韻府》，再度來到隱園。此間有〈徵歌〉一首感嘆愛情的短暫與悲劇性，而〈過隱園〉詩云：「門巷逶迤掃落紅，園林又換一番風。水苔架閣魚游上，金尾閑籠草沒中。墨淋依稀留堵壁，歌聲隱約隔簾櫳。無人更識嬉春意，聊共飛花歎轉蓬。」再度來到隱園，吳中春色平添了許多愁。當年美麗的籠中孔雀，後爲有力者得去；題壁詩猶在，與友人徵歌的情景卻已是二十五年前的往事。

曹寅在暮年飛花如雪之中，嘆息生命與青春的飄零。曹寅對隱園物換星移的落寞愁緒，可與《紅樓夢》第二十八回賈寶玉的感嘆互爲參照，愈見曹雪芹藉飛花轉蓬慨嘆世事滄桑的複寫、轉移與深化。林黛玉在飛花落絮之中吟詠葬花，使賈寶玉的雙眼越過眼前花柳繁盛的大觀園，看見將來終有家亡人散的一幕：「試想林黛玉的花顏月貌，將來亦到無可尋覓之時，寧不心碎腸斷！既黛玉終歸無可尋覓之時，則自己又安在哉？且自身尚不知何在何往，則斯處、斯園、斯花、斯柳，又不知當屬誰姓矣！」曹寅在〈過隱園〉之後，隨即有「前日故巢來燕子，同時春雨葬梅花」（〈題王髯月下杏花圖〉），亦正與林黛玉的「三月香巢已壘成，樑間燕子太無情」，形成交互指涉的文學語境。「飛花」與「葬花」在曹寅與曹雪芹所共築的文學意象中，烘托著一個海市蜃樓般的虛幻花園，其間對人世的滄桑與興衰，寄予深深地痛惜。

曹寅「家於南京，宦於京都」，又身爲包衣，爲效皇命。往來奔波而身不由己的處境，爲他的愛情帶來了坎坷與艱辛。中年後重遊舊地，眼看吳地春色依舊，詩人卻已老邁，而他當年認識的歌舞女郎，如今已長眠於孤塚。此後他在詩作中常以

「揚州舊夢」與「秦懷風月」等懷舊語境，抒發少年時未竟之戀曲，以及滿腹遺憾。曹寅以詩歌著力描寫愛人的神態，將所愛女子的眉之顰蹙、喜淺愁深刻劃得令人黯然銷魂，此後《紅樓夢》寫顰卿的性格命運亦或有借鑑於此。關於曹寅《楝亭詩鈔》對曹雪芹《紅樓夢》文學構思的影響，朱淡文所著《紅樓夢論源》等書已有論述。曹寅以工於摹寫女性的白描藝術，將傷嘆歡愛稍縱即逝的落寞情懷，融入江南文人的詩詞書畫裡，於不材之憤的人生閱歷中，承襲了晚明以來吳中文士的生命情調。他將吳地春色，題詩入畫，慨然詠嘆：「百年孤塚葬桃花」，藉以悼念那曾經屬於自己的青春與愛情。

## 四 埋花／告別

唐寅《落花詩冊》第十首曾有：「桃花淨盡杏花空，開落年年約略同。自是節臨三月暮，何須人恨五更風。撲簷直破簾衣碧，上砌如欺地錦紅。拾向砑羅方帕裡，鴛鴦一對共當中。」詩人葬花有時也用質地光滑的絲綢羅帕，包裹著桃花和杏花，猶如一對合葬的鴛鴦。《紅樓夢》大觀園裡的第三次葬花則是所有以此儀式為「告別美學」之最臻極致的表現。其時清明剛過，賈寶玉生日當天與眾多姑娘們遊宴享樂，香菱、芳官等人便在園內鬥草。這一個說：「我有觀音柳」，那一個說：「我有羅漢松」。這一個又說：「我有君子竹」，那一個又說：「我有美人焦」。這個說：「我有星星翠」，那個又說：「我有月月紅」。這個又說：「我有《牡丹亭》上的牡丹花」，那個又說：「我有《琵琶記》裡的枇杷果」。接下來荳官說：「我有姐妹花。」眾人一時沒了聲音，香菱便說：「我有夫妻蕙。」荳官說：「從沒聽見有夫妻蕙。」香菱告訴她：「一箭一花為蘭，一箭數花為蕙。凡蕙有兩枝，上下結花者為兄弟蕙，有並頭結花者為夫妻蕙。我這枝並頭的，怎麼不是？」沒料到香菱一番老實的解釋卻惹來荳官的取笑：「依你說，若是這兩枝一大一小，就老子兒子蕙了。若兩枝背面開的，就是仇人蕙了。你漢子去了大半年，你想夫妻了，便扯上蕙也有夫妻，好不害羞！」兩人遂滾到草地上打鬧，弄污了香菱的新裙子。等到寶玉拿來一枝並蒂菱欲對香菱的夫妻蕙，才看見香菱的裙子污濕了，怕她回去難以交代，便囑襲人拿自己的裙子來給香菱換上。作者寫道：

香菱見寶玉蹲在地下，將方才的夫妻蕙與並蒂菱用樹枝兒摳了一個坑，先抓些樹枝來鋪墊了，將這菱蕙安放好，又將些落花來埋了，方撮土掩埋平服。香菱拉他的手，笑道：「這又叫做什麼？怪道人人說你慣會鬼鬼祟祟使人肉麻的事。你瞧瞧，你這手弄得泥烏苔滑的，還不快洗去。」寶玉笑著，方起身走了去洗手，香菱也自走開。

這一次的葬花，由於將過程描寫得十分具體，因而更具有儀式性。護花主人在此評道：「寶玉埋夫妻蕙、並蒂菱及看平兒鴛鴦梳妝等事是描寫『意淫』二字。」而此處除了「意淫」之外，猶如大觀園裡的一帶清流——沁芳——從花木深處曲折流洩，帶走葬花人深深的悲哀，經過無數雕甍繡檻，從東北引開一道岔口，分向西南，最終總匯到怡紅院所象徵的意涵。大觀園裡最後一次葬花具有更深的含意是寶玉在生日這一天，懷著虔誠的心意，親手將象徵眾姐妹青春生命的花朵，用非比尋常的儀式性手法予以埋葬。它不僅暗示了香菱不幸的結局，同時透過最重視女兒的寶玉之手，送眾姑娘們走上青春年華的最後一程。從此之後，大觀園中再也見不到女兒們掣花簽、開夜宴的歡樂場景。「壽怡紅群芳開夜宴」竟成了大觀園女兒們青春歡樂的絕響。則夫妻蕙與並蒂菱顯然又是唐寅以桃花、杏花為「鴛鴦一對共當中」的承襲、改造與擴展，進而交織出更為深刻的互文語境。

繼《紅樓夢》之後的「葬花」，則以清末民初「鴛鴦蝴蝶派」小說，徐枕亞的《玉梨魂》為代表。此書顯然受到《紅樓夢》的啓發。女主人公夢霞以寡婦之身追求愛情，眼見「委地之花，永無上枝之望」，因而「荷鋤攜囊而出，一路殷勤收拾」，卻又忽猛省道：「林顰卿葬花，為千秋佳話。埋香塚下畔一塊土，即我今日之模型矣。前事不忘，後事之師，多情人用情固當如是。」徐枕亞在中國文學步入近、現代之交，運用「葬花」的再現美學來延續並開展其小說新意，同時也說明藝術再現之作為文化慣例的存在，它的意義已經超越了文學本身。明清以來，江南文人以葬花作為告別青春與愛情，自傷身世與不遇的象徵性儀式，並不斷地揮灑再現的意趣與加深文化符號的意涵。讀者接受跨文本語境中的種種暗示，以尋繹其中所牽繫的文學傳統，探究一個文本的意義在不同程度上，以各種形象存在於其他文本中，從而突顯了文化語境的研究價值。「葬花」作為文人告別青春與愛情的美學儀式，在明清以降詩詞小說中一再地被接受與摹寫，便是一具體明證。

# 第六章

# 三姑六婆的生活處境

# 一 文士的集體隱憂

「女丑」一詞起源於中國戲曲中，插科打諢以逗笑觀眾的詼諧女性角色。然而傳統戲曲行當裡扮演女丑者，實際上是以男性演員為主，導致女性丑角在戲曲舞台上長期缺席的遺憾。二十世紀初期女性演員方始逐漸崛起，然也以旦行居多，女武生、女花臉甚至於女丑角，可謂鳳毛麟角！及至現代京劇四大名丑也全數為男性。

反觀中國古典小說裡的女丑形象便蔚為大觀，尤其是在明清世情小說裡的三姑六婆形象，往往為小說結構興起穿針引線的作用，為廣大無垠的愁苦悲劇點綴甘甜的喜鬧劇藝術，為文學文本世界增添更強烈的戲劇張力。同時也因中國傳統書寫文化與文獻史料的傳承，掌握在士大夫階層的手中，以社會階級和性別意識等雙重光譜檢視，與文士階層遙相對反的職業類別，恰是引車賣漿之流的「三姑六婆」。因此無論從婦女拋頭露面以從事特種職業的角度觀之，抑或是由民間婦女的宗教信仰模式予以盱衡，姑婆們在文獻史料中自然被士大夫列入「不可觀」之列。小說作家往往還更加誇大其缺點，將之與道教中的「三刑六害」並論。

中西方文化體系中各自在某些特定時期，呈現出對於熟稔於製藥、行醫，甚至善於閱讀與書寫的女性，予以歧視。猶如歐洲中世紀時期的教會組織曾將女巫視為挑戰權威、背叛正統的異端，因而往往對她們施行嚴酷的肉體刑罰。其後黑死病爆發，造成人口銳減，當時這群經驗熟練的助產婦，因爲同時也掌握了節育避孕的技巧，故而遭受更爲嚴厲的打壓與敵視。菁英士人階層特別因爲這些年長而具有特殊技能的女性，具有破壞年輕女性貞節的潛在能力，因此反映在通俗文本中，普遍施以詆毀性的主觀描述。元末明初的落第文人陶宗儀，曾在《南村輟耕錄．卷一〇》中記載當時稱市井中、老齡女性爲「三姑六婆」的定義：「三姑者，尼姑、道姑、卦姑也。六婆者，牙婆、媒婆、師婆、虔婆、藥婆、穩婆也。蓋與三刑六害同也。人家有一於此，而不致姦盜者，幾希矣。若能謹而遠之，如避蛇蝎，庶乎淨宅之法。」

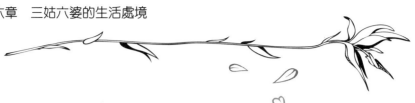

因受制於男尊女卑的集體意識，故「三姑六婆」在宋、元之間逐漸成爲一種刻板而習用的成語，專指多舌挑撥、貪佔便宜的婦女。至元代以降，文人對「三姑六婆」的看法，更是定型在一個「貪」字。及至明代，隨著通俗文本的蓬勃興發，與戲曲小說裡男女傳情主題發展的需要，姑婆的形象愈趨低下和粗俗，文人對她們幾乎是一致性地帶有相當激烈的貶抑與歧視，因此她們的惡劣形象便大量出現在筆記與說部之中，聲形畢肖地對她們的負面評價亦隨處可見。

「三姑六婆」爲男性文人所一致詆毀的情況，同時亦散見於明清時期章回小說。如《鏡花緣》的作者即寫道：「吾聞貴地有三姑六婆，一經招引入門，婦女無知，往往為其所害，或哄騙銀錢，或拐帶衣物。」又如《紅樓夢》第一百二十回：「我說那三姑六婆是再要不得的！我們甄府裡一概不許上門的。」「三姑六婆」以不婚之故、占卜施咒、為女性體檢，以及從事情色商業活動等事務，令男權社會中的男性如此忐忑不安！她們的命運雖未如西方女巫曾遭到搜捕治罪，然而在通俗文本中卻因其集體的弱勢，而被掌握話語權力的文人階層所污名化、邊緣化，甚至於妖魔化。例如《水滸傳》的作者則將她們的潑賤形象，發揮得淋漓盡致：「裡邊出來了一個老婆子，年紀五十上下，頭包元青縐紗，身穿藍綢棉襖，外罩青緞領褂，黑綢褲腿虛鑲裹著繡花褡膊，尺二金蓮，一雙鞋跟露著白襪，一臉粉花皺紋，兩帖頭風膏藥，分明積世虔婆親自開門接客。」

甚至連《聊齋誌異》的作者都對這群職業姑婆厲害的口才與心計，作了大段的描述與鋪陳：「（媒婆賈媼）故與邵妻絮語。睹女，驚讚曰：『好個美姑姑！假到昭陽院，趙家姊妹何足數！』又問：『婿家阿誰？』邵妻答：『尚未。』媼言：『若個娘子，何愁無王侯作貴客也。』邵妻嘆曰：『王侯家所不敢望，只要個讀書種子，便是佳耳。我家小孽冤，翻覆遴選，十無一當，不解是何意向。』媼曰：『夫人勿須煩怨。恁個麗人，不知前身修何福澤，才能消受得。昨一大笑事，柴家郎君云：於某家塋邊，望見顏色，願以千金為聘。此非餓鴟作天鵝想耶？早被老身喝斥去矣！』」三姑六婆巧舌如簧、有玷婦德的刻板文學形象，反映了男性潛在的夢魘，蒲松齡另在〈霍生〉一文中寫到，因為穩婆將嚴生之妻的身體隱私特徵告訴霍妻，而霍妻又告訴其夫，導致嚴生以為妻子與霍生有染，這一段故事更明顯地反映職業姑婆族群，對文士所造成的生活隱憂。

## 二 姑婆的本領

清初擅長書寫稗史軼聞、英雄傳奇和歷史演義的作家褚人獲在《堅瓠集》中將「三姑六婆」做出具體地分述與說明。事實上她們是一群傳統的職業女性，她們往往依靠其性別優勢而自然發展生成其特殊職業。可分爲「宗教信仰」、「醫療生育」與「買賣仲介」等三類，其中尼姑、道姑、卦姑和師婆，乃屬於宗教與民間信仰的修行者；藥婆、醫婆、穩婆與師婆，則是傳統社會中的女性醫護人員；至於賣婆、牙婆、媒婆與虔婆，便專作買賣與仲介等工作。

在宗教信仰方面，更細緻地分析，尼姑與道姑乃是出家入道的女信徒；而卦姑及師婆（或稱「師娘」）則屬女巫，是師巫系統的一支，專門替人扶乩、畫箕、卜卦與測命，同時亦兼及畫咒語、收驚等工作。而醫療生育方面，藥婆、醫婆，都屬民間通曉術數與醫療秘方的婦人。至於藥婆，即專捉牙蟲，販賣安胎、墮胎等藥物之人。穩婆則是產婆，乃是助女子分娩的助產士。另外，明代職業婦女中，亦有從事買賣仲介工作者，如：牙婆以兜售胭脂、花粉等女性用品維生，但又居中介紹買賣，負責仲介大戶人家選買寵妾、歌童、舞女，因此其大宗收益往往還以買賣人口爲主。而媒婆更是「通二姓之言，定人室家之道」，爲人斟酌二姓、說合婚姻的仲介者。末流則是虔婆，她們是開設秦樓楚院、媒介色情交易淫媒。

以「三姑六婆」的職業審視，這些女性自有別於一般閨閣女性，亦不同於尋常人家女子，她們必須自己尋求經濟來源以維持生計。同時她們因受到傳統社會對女性的道德約束，以及社會上絕大多數的職業已爲男性所壟斷，以她們弱勢的文化程度，所能從事的工作種類便很有限，於是她們盡可能利用女性身分的優勢串街走巷，做些小買賣，或從事接生等婦科事務。

然而她們卻是社會上十分活躍的人物，因其工作與一般婦女的日常生活息息相關，因而相當程度地反映了當時的社會需求。同時這群職業女性的職業分屬在明代早期也有混雜的現象，亦即她們有時身兼數職，如《金瓶梅》中的王婆：「原來這開茶坊的王婆子，也不是守本分的。便是積年通殷勤，做媒婆，做賣婆，做牙婆，又會收小的，也會抱腰（收生婆的助手，專管生產時抱產婦的腰），又善放刁。還有一件不可說，髻上著綠，洋蠟灌腦袋，端的看不出這婆子的本事來！」這群在公共空間裡自由穿梭，具有豐富生活經驗的年長女性，在文人筆下也一再被描述成無孔不入、三頭六臂型的人物。明人凌濛初曾指出：「三姑六婆，最是人家不可與他往來出入。蓋是此輩功夫又閒，心計又巧，亦且走過千家萬户，見識又多，路數又熟，不要說那些不正氣的婦女，十個著了九個兒，就是一些針縫也沒有的，他會千方百計弄出機關，智賽良、平，辯同何、賈，無事誘出有事來。」尤有甚者，《喻世明言．蔣興哥重會珍珠衫》裡賣珠子的牙婆薛婆甚至成為撩撥三巧兒情慾的推手：

婆子一頭吃，口裡不住的說囉說皁，道：「大娘幾歲上嫁的？」三巧兒道：「十七歲。」婆子道：「破得身遲，還不吃虧；我是十三歲上就破了身。」三巧兒道：「嫁得恁般早？」婆子道：「論起嫁，到是十八歲了。不瞞大娘說，因是在間壁人家學針黹，被他家小官人調誘，一時間貪他生得俊俏，就應承與他偷了。初時好不疼痛，兩三遍後，就曉得快活。大娘你可也是這般麼？」三巧兒只是笑。婆子又道：「那話兒到是不曉得滋味的到好，嘗過的便丟不下，心坎裡時時發癢。日裡還好，夜間好難過哩。」三巧兒道：「想你在娘家時閱人多矣，虧你怎生充得黃花女兒嫁去？」婆子道：「我的老娘也曉得些影像，生怕出醜，教我一個童女方，用石榴皮、生礬兩味煎湯，洗過那東西就緊了。我只做張做勢的叫疼，就遮過了。」三巧兒道：「你做女兒時，夜間也少不得獨睡。」婆子道：「還記得在娘家時節，哥哥出外，我與嫂嫂一頭同睡，兩下輪番在肚子上學男子漢的行事。」

中國古代的女同性戀有所謂「磨鏡」的性行為。兩女相互以身體廝磨以得到性滿足，由於雙方的身體結構相同，性行為過程中，便猶如在身體之間放置了一面鏡子。此外，有時也讓其中一人扮男裝，於腰間繫假陽具而和對方性交。傳統社會對於女同性戀較為隱敝和寬容，因這不涉及破壞婚姻家庭，故而未受「失節」的道德抨擊。然而一般也不被認定是什麼好事，元代的陶宗儀曾指出：女尼、女冠等，不得隨意進入女性的閨房，以防生亂。其主要用意也在防止女同性戀行為的發生。〈蔣興哥重會珍珠衫〉裡的三巧兒問薛婆道：

「兩個女人做對，有甚好處？」婆子走過三巧兒那邊，挨肩坐了，說道：「大娘，你不知，只要大家知音，一般有趣，也撒得火。」三巧兒舉手把婆子肩胛上打一下，說道：「我不信，你說謊。」婆了見他慾心已動，有心去挑撥他，又道：「老身今年五十二歲了，夜間常癡性發作，打熬不過，虧得你少年老成。」三巧兒道：「你老人家打熬不過，終不然還去打漢子？」婆子道：「敗花枯柳，如今那個要我了？不瞞大娘說，我也有個自取其樂、救急的法兒。」三巧兒道：「你說謊，又是甚麼法兒？」婆子道：「少停到牀上睡了，與你細講。」

明清時期民間婦女同性戀的相關文本，亦相當程度反映了女性可能在特殊心理變化影響下，完全出於自願而為之。正如明、清的男風盛行一般，江南一帶及廣東地區也曾出現許多蠶女願終身不嫁的風俗，她們被稱為「老姑婆」，並同住一處，居處即稱爲「姑婆屋」。由於地方習俗視蠶絲之地爲聖潔之所，男子不得擅入，因此「姑婆屋」就成了男性的禁地。在〈蔣興哥重會珍珠衫〉裡：「婆子日間出去串街做買賣，黑夜便到蔣家歇宿。時常攜壺挈榼的殷勤熱鬧，不一而足。牀榻是丁字樣鋪下的，雖隔著帳子，卻像是一頭同睡。夜間絮絮叨叨，你問我答，凡街坊穢褻之談，無所不至。這婆子或時裝醉詐瘋起來，到說起自家少年時偷漢的許多情事，去勾動那婦人的春心。害得那婦人嬌滴滴一副嫩臉，紅了又白，白了又紅。婆子已知婦人心活，只是那話兒不好啓齒。」薛婆因而漸漸地，在晚間將從前與嫂嫂發生性愛關係的經驗，傳遞給了三巧兒。並將三巧兒的空閨巧妙地偷換成了另類型的「姑婆屋」：

說罷，只見一個飛蛾在燈上旋轉，婆子便把扇來一撲，故意撲滅了燈，叫聲：「阿呀！老身自去點個燈來。」便去開樓門。陳大郎已自走上樓梯，伏在門邊多時了。都是婆子預先設下的圈套。婆子道：「忘帶個取燈兒去了。」又走轉來，便引著陳大郎到自己榻上伏著。婆子下樓去了一回，復上來道：「夜深了，廚下火種都熄了，怎麼處？」三巧兒道：「我點燈睡慣了，黑魆魆地，好不怕人！」婆子道：「老身伴你一牀睡何如？」三巧兒正要問他救急的法兒，應道：「甚好。」婆子道：「大娘，你先上牀，我關了門就來。」三巧兒先脫了衣服，牀上去了，叫道：「你老人家快睡罷。」婆子應道：「就來了。」卻在榻上拖陳大郎上來，赤條條的摟在三巧兒牀上去。三巧兒摸著身子，道：「你老人家許多年紀，身上恁般光滑！」那人並不回言，鑽進被裡就捧著婦人做嘴，婦人還認是婆子，雙手相抱。那人驀地騰身而上，就幹起事來。那婦人一則多了盃酒，醉眼矇朧；二則被婆子挑撥，春心飄蕩，到此不暇致詳，憑他輕薄。

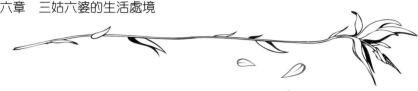

憑藉豐富的社會歷練和性愛經驗，姑婆在小說情節裡，雖處於配角卻往往表現出老成精悍和圓滑世故，她們能鼓動三寸不爛之舌為人籌謀，更為自己斂財。如《金瓶梅》中的王婆，詞話本中曾誇張地形容她如簧口才：「開言欺陸賈，出口勝隨何。只憑說六國唇鎗，全杖話三齊舌戰。隻鸞孤鳳，霎時間交仗成雙；寡婦鰥男，一席話搬唆擺對。解使三里門內女，遮麼九皈殿中仙。玉黃殿上，侍香金童，把臂拖來；王母宮中，傳言玉女，攔腰抱住。略施奸計，使阿羅漢抱住比丘尼；纔用機關，教李天王摟定鬼子母。甜言說誘，男如封涉也生心；軟語調和，女似麻姑須亂性。藏頭露尾，攛掇淑女害相思；送暖偷寒，調弄嫦娥偷漢。這婆子，端的慣調風月巧排，常在公門操鬥毆。」

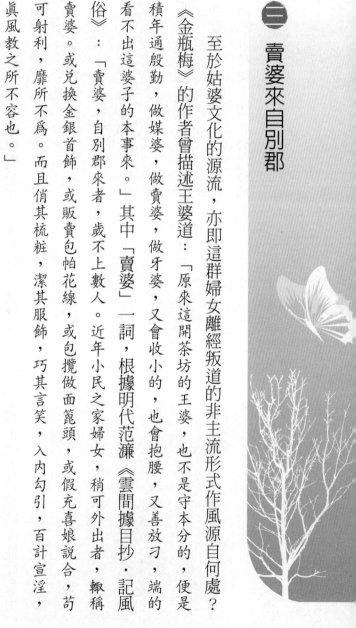

## 二 賣婆來自別郡

至於姑婆文化的源流，亦即這群婦女離經叛道的非主流形式作風源自何處？《金瓶梅》的作者曾描述王婆道：「原來這開茶坊的王婆，也不是守本分的，便是積年通殷勤，做媒婆，做賣婆，做牙婆，又會收小的，也會抱腰，又善放刁，端的看不出這婆子的本事來。」其中「賣婆」一詞，根據明代范濂《雲間據目抄．記風俗》：「賣婆，自別郡來者，歲不上數人。近年小民之家婦女，稍可外出者，輙稱賣婆。或兑換金銀首飾，或販賣包帕花線，或包攬做面篦頭，或假充喜娘說合，苟可射利，靡所不爲。而且俏其梳粧，潔其服飾，巧其言笑，入內勾引，百計宣淫，眞風教之所不容也。」

所謂「賣婆自別郡來者」，則賣婆這樣的行當在范濂的眼中恐非漢文化主流價值觀底下的產物，而可能指涉其爲外來文化的事實。牙婆爲富貴之家拐賣歌童、舞女、丫鬟等，還不時爲人買妻賣妾，有時也兼營接生。《金瓶梅詞話》的作者起始更將王婆設定爲無所不能，並無所顧忌的「女強人」，更在主觀道德上非難王婆。然而王婆這類型的人物，能將當時所有關於閨闈一應日常所需的職業都包攬於己身，反而客觀地呈現了王婆一流，在市井生活中游刃有餘的高超生活技能。此一客觀反映，卻又是小說作家在主觀寫作之際，始料所未及的讀者閱讀效果。

《金瓶梅》第二回西門慶問王婆：「乾娘，間壁賣的是甚麼？」王婆道：「他家賣的拖煎阿滿子，乾巴子肉翻包著菜肉匾食餃，窩窩蛤蜊麵，熱燙溫和大辣酥。」王婆偶然間一口氣道出這一串菜名，卻使《金瓶梅》作者，無意間透露出市井如王婆一流不僅能言善道，還能信說出內蒙古的契丹語，尤其是典型的「大辣酥」一詞，即內蒙契丹　同音字「酒」的意思，特別是爲了口感順暢，將酒燙熱了以後再喝就稱爲「大辣酥」。而「煎拖阿滿子」則是油煎的糖糕，也是蒙古契丹人的傳統美食。「阿」爲暱稱，「滿子」則是內蒙語，五代后蜀何光遠《鑒誡錄》陳裕詩云：「滿子麵甜糖脆餅，蕭娘身瘦鬼嫦娥。怪來喚作渾家樂，骨子貓兒盡唱歌。」因此「滿子」意指「麵甜糖脆餅」，最早可追溯至五代時期。「乾巴子肉翻包著菜肉匾食餃」亦即餃子，但「乾巴子肉」卻是游牧民族的特殊食材，如用乾巴子肉和菜做成餃子餡兒，則爲漢、蒙飲食文化自元代發展至明朝，漸至交揉創新的一例明證。最後「窩窩」則又是內蒙地區點心的統稱，加上蛤蜊進而做成麵食，由王婆口齒生動流利的修辭中，可見明代中晚期庶民日常用語與飲食菜色中，已不乏反映漢、蒙文化長期合流的具體例證。

蒙古族自西元九一六年耶律阿保機建立契丹國，至耶律延禧於一一二五年被俘，共二百零九年。此後，阿保機第八世孫耶律大石建立西遼，共維持九十餘年，至一一二八年為元朝所滅。隨著大遼帝國的興衰，曾有一百二十多萬契丹民族人口在各時期和特殊環境條件下，自然融入其他民族。從王婆部分使用內蒙語向西門慶介紹異族風味的特色點心，以及范濂所指稱「賣婆自別郡來者」，對王婆一流外移人口，試圖融入清河縣的市井生活，其移民身分以及討生活過程中的各種努力與掙扎，使我們興發了無限的想像空間。

儒家文化的婚姻觀與貞操信念，在宋、元、明之際，受草原文化生活自由開放的兩性互動模式所衝擊，也是我們可以具體聚焦觀察王婆調唆潘金蓮外遇西門慶的獨特視角。契丹人離婚再嫁再娶者，其權利為男女共享，卻有違漢族儒家的倫理綱常，其不論輩分的婚姻關係，對漢人而言也是亂倫的行為。《遼史》卷六五《公主表》中曾列三十位公主，離婚再嫁者六位，其中有二離三嫁者，以至於三離四嫁者，使得這些公主們在青春階段泰半處於結婚、離婚的過程中，顯示遼、金、元三朝女性離婚再嫁是平常之事。文獻紀錄：「淑哥係盧俊妻，因不諧，妻請離婚」。可知蒙古族的婚姻關係相對於漢人較為鬆動，整部《遼史》僅載三位烈女，契丹人貞潔觀念的淡化也反映了女性性生活的自由與開放。而婦女再嫁，不為恥；男性娶寡，無人非議，這些源自草原文化的習俗，同時也是我們重新理解西門慶透過薛嫂兒娶守寡的孟玉樓；李瓶兒在花子虛喪身之後，先招贅蔣竹山，後再嫁西門慶的歷史背景與文化脈絡。

## 四　從告貸到聯姻的村姥

此外，從《金瓶梅》裡的王婆，到《紅樓夢》裡的劉姥姥，明清時期的小說作家顯然刻意描繪市井生活裡的女性丑角形象，她們出身於市井鄉里，經歷生活的磨練從而產生機智，尤其是劉姥姥以一介村婦，能夠到榮國府大觀園裡闖蕩，而且直搗權力核心，足見她的閱歷豐富和飽經世故。

中國古典戲曲、小說裡，經常有老婦人的形象出現，她們時而巧言令色，奔走於豪門，爲人幫閒拉縴；有時也以豐富的知識和經驗充任爲人排憂解難的腳色。例如：劉姥姥這位村氣十足的老嬤嬤高齡七十五，爲了女婿窮困難熬，不得不「捨出老臉」，到城裡去跨高門檻兒，她從千里之外、芥豆之微的小村莊，帶著板兒到了榮府大門的石獅子旁，很幸運地遇到一位年老的好人，告訴她周瑞家住在後街，而且憑著她的機靈，拉住個小哥兒，說了好話，才找到了周家門口。

原來劉姥姥的女婿王狗兒曾經爲周瑞在鄉下與人爭買土地出過力，爲此周瑞家的才衝口說出「自己方便，與人方便」的話，並慨然允諾帶劉姥姥去見當家的奶奶王熙鳳。然而在此之前，周瑞家的需先派人打聽擺飯的時間，才能決定何時進府。及至來到賈府，她們便被安排在側廳等候，周大娘還須先通過平兒的批准，而劉姥姥又幾乎將高貴的丫鬟平兒當成了「姑奶奶」！

直到中午十分，小丫頭子一陣亂跑，聽見外面一二十個婦人衣裙窸窣之聲，便一顆心提著，等候拜見王熙鳳。劉姥姥一步步踅進掌權者的身邊，卻又見到鳳姐兒好整以暇地低著頭撥弄手爐裡的灰，原來貴人正想著需先打聽清楚眼前這個打秋風的人，是何來路？接著又碰到許多管事兒的媳婦來回報事情，劉姥姥剛鼓起勇氣想說話，不巧賈蓉又來了，劉姥姥告貸的命運多舛，但結局總算不壞，「太太給丫頭做衣裳的二十兩銀子，不嫌少就拿去使著吧！」

劉姥姥第二回進賈府，使出了怪老憨相的一面，使得大觀園裡的人更將她當作丑角戲耍。當她拿起象牙筷子的時候說道：「這叉巴子比我們那裏鐵掀還沉，哪裡拿得動？」吃鴿蛋時又大驚小怪說：「這裡的雞也俊，下的蛋也小巧，怪俊的！我且得一個。」王熙鳳和她一搭一唱道：「一兩銀子一個兒呢！」劉姥姥便伸筷子要夾，那四楞鑲金的象牙筷子卻哪裡夾得起來？因此滑落下地，姥姥便又嘆道：「一兩銀子沒個聲響就沒了！」

一會兒見了八哥，姥姥又賣乖：「誰知城裡不但人尊貴，連雀兒也是尊貴的。偏這雀兒到了你們這裡，牠也變俊了，也會說話了。……那籠子裡的黑老鴰子又長出鳳頭來，也會說話呢！」最後站在「省親別墅」的牌坊底下，又趴下磕頭，指著那字道：「這不是『玉皇大殿』四個字？」劉姥姥這個久經世故的老寡婦，初次見到賈母，便興起一個巧妙討喜的稱呼：「請老壽星安！」隨後在筵席間，附和鴛鴦、鳳姐的調笑，說出：「老劉，老劉，食量大如牛，吃個老母豬，不抬頭！」果然引得全場大笑！事後又對鳳姐、鴛鴦說道：「妳是先囑咐我，我就明白了，不過大家取笑兒！」

劉姥姥到了賈府處處隱人發噱，配合著鳳姐兒「哄老太太開個心兒」。可見其為人機警，應對頗有尺度，又善於逢場作戲、見廟燒香。於是博得賈府老幼尊卑的歡心，更在臨行前獲得人人送禮，滿載而歸！明清小說的世界裡，經常可見以潑辣奔放的筆調，諷刺調侃的語言，反映中下階層女性丑角在生活中努力突圍的無奈與辛酸！她們的隨機應變、滑稽逗笑與客觀環境的艱苦，拉開作家意欲諷刺社會的戲劇張力，她們的聰明佻達與醜態百出，惹人嫌棄又製造笑料。

劉姥姥給王熙鳳的女兒取了「巧姐」這個名字。在《紅樓夢》第五回的判詞裡有「事敗休云貴」一語，又紅樓夢十二支曲之十〈留餘慶〉明指巧姐為狠舅奸兄所賣的危險之際，能因母親的餘蔭而「忽遇恩人」。事實上，早在《紅樓夢》第四十一回劉姥姥帶著板兒來到大觀園，鳳姐兒的女兒原是抱著柚子玩，忽見板兒手中的佛手，一定也要，因將柚子同佛手換過來才罷。此處脂批即云：「小常情，遂成千里伏線。」「柚子即今香圓之屬也，與緣通。佛手者，正指迷津者也。以小兒之戲，暗透前後通部脈絡。」脂批本暗示大姐兒與板兒將有姻緣，至第四十二回，大姐兒著涼得病，鳳姐兒請劉姥姥這樣有壽的莊稼人給起個名字，因大姐兒生於七月初七，就以「巧」字命名，取「遇難成祥，逢凶化吉」之意。

回溯《紅樓夢》第五回的判詞：「偶因濟劉氏，巧得遇恩人」，畫中美人紡織所示，以及第六回劉姥姥一進榮國府時，脂批云：「此回借劉嫗，卻是寫阿鳳正傳，並非泛文，且伏『二進』『三進』及巧姐之歸著。」可知巧姐兒將於家敗之際，嫁予板兒，成爲紡織的村婦。作者以此窮苦的婆婆寫出熱鬧場景中的小喜劇，以反襯通部大悲劇的手法，無形中也增加了姑婆形象的重要性。

## 五　尼庵的情媾事件與儒者的憂懼

《紅樓夢》第十五回秦氏出殯那天晚上，鳳姐兒在水月庵歇息，老尼靜虛趁機說項，請她幫忙一件官司。原是張財主的女兒張金哥，先和一位守備之子訂親，卻又被長安府太爺的小舅子看上了，也打發人來求親。不料守備家卻狀告張財主，說他有一個女兒，要許配幾家？張財主便來尋找門路，賭氣要退定禮。靜虛老尼對鳳姐說道：「我想如今長安節度使雲老爺與府上相好，可以求太太和老爺說一聲，發一封信，求雲老爺和那守備說一聲，不怕他不依。若是肯行，張家哪怕傾家蕩產孝敬，也是情願的。」鳳姐兒笑道：「這事兒不大，只是太太再不管這樣的事。」老尼道：「太太不管，奶奶可以主張了。」鳳姐說道：「你是素日知道我的，從來不相信什麼陰司地獄報應的，憑是什麼事，我說要行就行。你叫他拿三千兩銀子來，我就替他出這口氣。」老尼喜之不勝，忙說：「有！有！這個不難。」

事成之後，張守備忍氣吞聲收回了聘禮。不料張金哥兒聽說另許李門，便上吊自盡了。而那守備之子，卻也是個情種，聞說金哥自盡了，也投河而死。可憐張、李兩家，人財兩空，這裡鳳姐卻安享了白銀三千兩。

女性出家衆在原爲單純自律的修行生活之外，逐漸破戒而私俲俗家營利之方，施展計謀以斂聚財富，在《拍案驚奇・卷六・酒下酒趙尼媼迷花機中機賈秀才報怨》的「入話」裡說道，靜樂院主慧澄兼營珠寶生意，並藉由出入之便，收取滕生十兩銀子的賄賂，將已婚的狄氏騙至庵中，親手導演了一齣婚外情的戲。慧澄自圓其說，此舉乃是以慈悲為本，拯救滕生的相思病，勝造七級浮屠。在本篇「正話」裡，則寫道趙尼姑為卜良設計騙姦巫娘子，地點就選在自家的觀音庵裡。慧澄與趙尼姑為錢財而媒介情媾的行為，作者指出：「話說三姑六婆，最是人家不可與他往來出入。……其間一種最狠的，又是尼姑。他借著佛天為由，庵院為囮，可以引得內眷來燒香，可以引得子弟來遊耍。見男人問訊稱呼，禮數毫不異僧家，對待無妨。到內是念佛看經，體格終需是婦女，交搭更便。從來馬伯六、撮合山，十樁事倒是有九樁是尼姑做成的，尼庵私會的。」而觀音庵轉作風月場的例子還有本篇趙尼姑「有個徒弟，法名本空，年方二十餘歲，儘有姿容。」就如「老尼養著一個粉頭一般」。至於卷三十四〈聞人生野戰翠浮庵靜觀尼晝錦黃沙衖〉則描述翠浮庵的老尼專門物色人家標緻的女兒帶入空門，「全要那幾個後生標緻徒弟作個牽頭，引得人動。」甚至讓衆尼與俗客伴宿。

循此，再回顧《紅樓夢》裡水月庵的小尼姑，是靜虛老尼的徒弟，自幼在榮國府走動，常與賈寶玉、秦鐘玩笑，長大後漸知風情，出落得十分妍媚，與秦鐘在饅頭庵數度幽會，後私逃來尋秦鐘，被其父秦邦業逐出，終不知去向。《紅樓夢》第十五回曾寫道：「誰想秦鐘趁黑無人，來尋智能，剛至後面房中，只見智能獨在房中洗茶碗，秦鐘跑來便摟著親嘴．智能急的跺腳說：『這算什麼！再這麼我就叫喚。』秦鐘求道：『好人，我已急死了。你今兒再不依，我就死在這里。』智能道：『你想怎樣？除非等我出了這牢坑，離了這些人，才依你。』秦鐘道：『這也容易，只是遠水救不得近渴。』說著，一口吹了燈，滿屋漆黑，將智能抱到炕上，就雲雨起來．那智能百般的掙坐不起，又不好叫的，少不得依他了。」

如欲理解明清時期尼庵中的情媾文化，可再以沈德符《萬曆野獲編．毀黃姑寺》爲例：

> 丁亥（明嘉靖六年）後又十年，而霍文敏韜爲南禮卿，首逐尼僧，禁毀其庵，金陵一片地頓爾清淨。……霍去，而尼復集，庵復興，更倍往日矣。

由此可知當時尼寺、比丘尼甚夥，尤以私自創庵爲尼者，特別引起朝廷關切，因而大規模地加以毀禁。明世宗嘉靖六年禮部尚書方獻夫等人奏准，將比丘尼發還改嫁，庵寺拆毀變賣。嘉靖二十二年重申勒令禁革比丘尼。其中以在嘉靖十六年（一五三七年）南京禮部尚書霍韜的積極查禁最爲雷厲風行。他禁毀私創或變相的尼寺，同時命令比丘尼還俗。當時他查察的南京內外私創尼寺，其中假借土地祠堂以窩藏尼姑，並與人奸淫而已達變相尼寺罪行者，高達七十一所，五十歲以上的比丘尼約二百三十八名，五十以下者則有二百一十名。官吏家屬妻女入庵者共計三十三名，合計達五百人之數。藍吉富主編《大藏補編》云：

……查先年奉旨，僧徒化正還俗，伏睹聖上德意，蓋厚倫理，敦風化首務也，所司全不奉行，至今庵院如故。……各庵銅像，該城收送工部銷毀，以備鑄別用，具數呈部查考，其供佛物器，及各家前後捨施財物，盡聽尼僧各自均分。庵院地基田土，盡數報部，召人承賣取價，均給尼僧還俗，以資養贍。各尼年五十以下俱令出嫁，五十以上不願嫁者，著親屬領回，相依居住。敢有容匿尼僧，漏報庵院，先將地方人等拿問。尼僧聽令一月內歸還本家，該得財物地基田土價銀，聽赴部告領。

然而一旦霍韜去職，比丘尼又再度攤集，庵堂復起，甚至比以往加倍。在《明會典》所載僧尼政策中，明示朝廷禁止僧尼私自剃度、私創尼庵，同時亦不容許婦女出入寺庵，明文對犯姦不法者嚴加重罪。可知尼庵中衍生的不法之事，長期以來成為社會風俗的重大問題，不法之人利用婦女被容許在尼庵中自由往來的便利性，以遂其惡行；此外亦有不肖之徒披上宗教的外衣，藉著自由穿梭於聖、俗兩端而遂行私欲。

尼庵無疑是明清社會中婦女可以自由活動的公共場域，也是她們參與社會活動的重要場所。尤其使以宗教活動爲名義更可以得到較靈活的自由度。至於比丘尼的宗教身分又比一般婦女享受更多的行動自由，甚或出入於世俗人家的女眷閨房，亦來去自若，她們本身更可以在庵堂中接待男女。在傳統婦女活動空間不得伸展的情況下，比丘尼的自由有時也成爲原罪，而尼庵與比丘尼的數量暴增，另一層意義即顯示婦女自由行動的空間亦隨之增加，人際網絡將可更爲頻繁。是以法令雖一禁再禁，尼庵反而繁盛加倍，其關係到普遍女性意識中，對於更多自由空間、人際互動，甚至是精神自主的多元嚮往。

明代顧起元在《客座贅語》中云：

……尼之富者，衣服綺麗，且盛飾香纓麝帶之屬，淫穢之聲，尤腥人耳。……至於講經說法，男女混淆，晝夜叢沓，尤當禁戢。而邇年以來，僧道無端創爲迎接觀音等會，傾街動市，奔走如狂，亦非京邑所宜有也。表立清規，楷正流俗，是在有識者深計之而已。

僧尼的服飾華麗，講經說法的場合男女雜沓，各種宗教盛會動輒傾街動市。這是儒者士大夫的憂懼！他們將當時宗教活動力旺盛的社會現象，以及出家眾迅速累積財富，甚而盛裝綺麗、塗香打扮的風氣，視同洪水猛獸。沈德符對於比丘尼在尼庵從事不法勾當，更是深惡痛絕！他在《萬曆野獲編》中贊成施以重刑，例如：將之投水或以豬肉價秤斤兩賣給鰥夫：

尼之作姦者，余向曾記之，茲觀國初事蹟，而知太祖之處姦尼，尤直捷痛快也。上嘗使人察在京將官家有姦者，時女僧誘引功臣華高、胡大海妾數人，奉西僧行金天教法，上命將二家婦女，并西僧、女僧俱投之千河，既不必讞鞫定罪，亦不須刀鋸行刑，盡付洪波，俾登覺路，眞萬世良法也。頃江右周中丞以乙巳丙午間，來撫江南，因吳中有假尼行淫一事，遂羅致諸尼，不答不逐，但以權衡準其肥瘠，每觔照豕肉之價，官賣與鰥夫，眞一時快心事。……又浙中大吏不能倣其意嚴爲之禁，浙西一路庵院遂成逋逃藪，天下事不得盡如意如此。

如此酷刑處罰「行淫」一事，在當時讀書人眼中卻是「萬事良法」、「一時快心事」。究其原因，如霍韜曾在〈正風俗疏〉中所云：

男女有別，古之制也，尼僧內無夫家，上無父母，下無嗣育，不亦可憫乎？名爲修行，實則敗倫，自污己身，復污人妻女，不亦可惡乎？聖天子在上，拳拳化正僧徒，所以明人倫。南都尼僧之弊如此，何以奉揚聖化乎？

儒者以人倫之理來控訴社會上假名爲尼，以及婦女男子皆可自由入庵，而行淫穢之事。在他們的心目中尼庵已淪爲淫亂的溫床，因此務求廢除。此處顯示儒家思想者對箝制人倫、約束女性等基本價値觀的堅持，並同時將其觀念強加在比丘尼身上。明世宗嘉靖年間曾發生「大禮議事件」，當時皇帝欲尊親生父母爲皇考，禮部尙書毛澄極力支持，然而霍韜卻私下寫《大禮議》駁斥。毛澄遂以書信責難，霍韜仍再三上疏極力辯駁：「按朝廷討論說陛下應以孝宗爲父、以興獻王爲叔，另外選擇崇仁王之子爲興獻王後嗣，以古禮來考察則不符合，以聖賢之道來驗證亦難通道理，以今天情況來測量則不順。」

其後霍韜託病歸鄉。嘉靖三年，世宗商議事，兩次下詔召霍韜回朝。霍韜借病辭退不任，但仍然上疏提出自己建議。《明史》卷一九七紀載：「帝得疏喜甚，迫羣議不遽行。而朝士咸指目韜爲邪說。韜意不自得，尋謝病歸。嘉靖三年，帝議尊崇所生益急，兩詔召韜。韜辭疾不赴。」。

遵守古禮的禮部尙書霍韜，爲儒學中心論述的代表人物，他的禁毀尼庵政策，以儒者角度觀之，從而使得「金陵一片地頓爾清淨」。然而潛心清修自持的僧衆，只好「率徒衆遠避」。而霍韜「正風俗」之舉，也就不免使他留下「不信三寶，蠛視僧尼」之名了。

# 第七章

# 手工藝術與女性文化

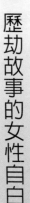

## 一 歷劫故事的女性自白

「在外文中，名詞各有男女的性別，而貨幣被視爲女性名詞。」以「女性獨白之美」引領日本現代文壇「陰性書寫」的著名作家——太宰治，在短篇小說〈貨幣〉中有如上的開場白。這是一個以編號七七八五一的百元紙鈔爲主述的「歷劫故事」。「我已經精疲力盡，到底自己現在在誰的懷裡，還是被丟進紙簍裡，我完全搞不清楚。」在小說的開場白之後，紙幣以女性第一人稱歷陳「她」的出身如何高貴，以至於六年間流轉於年輕工人的腰間，醫學院自殺學生的手頭，黑市女人的錢包，進而從猛灌白蘭地的陸軍上尉褲袋，移轉到陪酒女郎懷中早已吸不出奶汁的初生兒最底層的衣服下……。

百元紙幣的擬人化，盡訴日本戰後的時代變遷與人情冷暖。其間，紙幣曾經感受到的幸福，來自於寶寶瘦瘦乾乾的背！「再沒有比這邊更好的地方了，我們眞幸福。希望一直待在這邊，溫暖這寶寶的背，讓他變得豐腴。」太宰治的「擬女性書寫」風情萬種，不僅突出少女的嬌貴，同時呈現滄桑女子的遲暮之美，以及星星點點地閃耀著母愛的慈祥光輝。尤其是描寫到在黑市裡穿梭的女人，其雙倍使用金錢的效率，使小說家透過紙幣發出一聲震撼的慨嘆：「說到女人的慾望，實在比男人的慾望來得更深、更驚人、更可怕。」至此，人性的虛榮與貪婪又凌駕在時代價值之上，成爲人類的最大癥結，爲一位自稱「人間失格」的作家所凜凜然而生畏。

日本現代文學中的女性藝術在太宰治的手中發揮到淋漓盡致，他的中短篇小說，幾乎篇篇擬女性。其間的角色從青春少婦到女生徒，甚至以「等待」爲題，藉由女性情緒抒發生命的低潮。此外，更以「紙鈔」爲名（即在西文中定貫詞與形容詞都屬於女性的錢幣），暗諷女性任人操弄宰制的一生，與整體時代濃厚的哀愁感。

「說到女人」，太宰治及其他日本作家諸如：川端康成、谷崎潤一郎等，其文學創作的源流來自千年前女性古典文學《源氏物語》的哺育。書中的常夏、空蟬、若紫、夕顏，和藤壺妃子、末摘花、朧月夜……等等，構成了西元十世紀初，平安王朝時期的女兒國，恰如七百多年後中國的《紅樓夢》。金陵十二釵「千紅一哭，萬豔同悲」的薄命輓歌，卻是藉由一部石上書的親身經歷以緩緩自述，沉吟低詠。而書中主人翁賈寶玉在初登場時，即被作者形容爲：

> 無故尋愁覓恨，有時似傻如狂；縱然生得好皮囊，腹內原來草莽。
> 潦倒不通世務，愚頑怕讀文章；行爲偏僻性乖張，那管世人誹謗！
> 富貴不知樂業，貧窮難耐淒涼；可憐辜負好時光，于國于家無望。

天下無能第一，古今不肖無雙；寄言紈絝與膏粱：莫效此兒形狀！

這兩首〈西江月〉無意間也道出了作家「人間失格」的慨嘆。

## 二　石頭的女性身分

貨幣的女性自白，源於印歐語系的性別邏輯。而「石頭」一詞亦屬於陰性，則較貨幣更為引發探討。許多研究顯示此一語言現象，或源於早期人類社會有所謂精靈崇拜的文化，亦即各名詞的屬性原為「語意性別」（semantic gender），然而隨著文明的演進，許多詞彙以性別加以定位的意義已經逐漸散佚，有些民族甚至以自己的文化習俗重新定義某些詞彙的陰陽屬性，並且出現中性名詞，因而形成了往往不明所以的「語法性別」（grammatical gender）。就石頭源於精靈崇拜因而在語言學上偏屬於陰性的角度視之，王孝廉在《中國的神話與傳說》第二章〈關於石頭的古代信仰與神話〉中，已經由世界各地風俗的考察，證實石頭為原始母神的意象，具有生殖和守護兒童的力量。因此，許多感生神話俱與石頭有關，例如：《淮南子．修務訓》和《史記．六國年表》俱言：「禹生於石」和「禹生於石紐」。置於民間傳說石頭娘守護兒童，若是將哭鬧不休或容易生病的孩子作為石頭公與石頭娘的契子，可保孩童健康茁壯、平安長大。

此外，希臘神話中有天琴座「奧菲斯」的故事。那是在夏天的夜晚，當人們仰望滿天星斗，可見到著名的「夏季大三角」，這是牛郎、織女與明亮的天津四，形成了美麗的天琴座。希臘神話中的琴，屬於名滿天下的奧菲斯所擅長的七弦琴。而奧菲斯的悠揚琴聲，不僅動人心魄，甚至連山川鳥獸都爲之動容，因而使得水神尤麗提西愛上了他，兩人成婚後，尤麗提西竟被毒蛇咬傷而死亡，並墜入了地府。奧菲斯情急之下，就抱了琴冒險勇闖地府，要尋回愛妻。在地府中，他悲傷哀怨的琴音感動了冥王普魯托，於是冥王破例應允讓尤麗提西回返陽間，只是再三叮囑奧菲斯，在回到陽間途中，千萬不可回頭看自己的妻子。奧菲斯雖然答應了，而且一路上都沒有回頭，但是就在快要抵達陽間時，忍不住想看看妻子有沒有跟上來，就在這個時候，他的愛妻一聲慘叫，便應了魔咒而化爲石頭。

神話中經常可見女性化爲石頭，而石頭有又變成女性的神秘故事。在希臘神話中，尚有一則源遠流傳的關於期待而產生力量的動人篇章——皮革馬利翁。傳說希臘塞普路斯島上的一位青年王子愛上了親手雕塑的女神。由於他天長地久的深情注視，女石像終於在王子輕輕地觸碰下，變成了活生生的女子，隨後被取名爲加拉特雅（Galatea）。她是藝術與美的代名詞，是親手創造她的作者魂牽夢縈的愛戀對象。作家在創作的過程中，不知不覺地熱戀起自己筆下的人物，而這個人物卻又與時俱進地自我創生與活化。文本發生的歷程隱喻著故事主角的人生走向，隨時可能超越作家既有的思維框架中而被重新調整，甚或出現重大意外的發展，這類既眞實又無法全然掌握的創作體驗，也就形成了東歐作家米蘭・昆德拉在《小說的藝術》

裡，曾有一番頓悟：「每一位眞正的小說家都在等待聽到那種超越個人意識的智慧之聲，那是小說本身的智慧。」

石頭與女神的關係隱然形成一條緊致的線索，在中國感生神話系統中，亦有「啓母石」可具體說明，女性化爲石頭而受人崇拜的淵遠流長事蹟。崔融《嵩高山啓母廟碑銘》即指出：「臣聞天地生成，其法自然之謂道；陰陽鼓舞，其功不測之謂神。……臣謹按，啓母廟者，蓋夏后之母也。……周穆王來遊太室，先征夏啓之居；漢武帝有嵩山，即訪姒開之石。……當是時也，……馮夷鳴鼓，女媧清歌……。」則夏禹之妻涂山氏見到禹化爲黑熊時，便將自身化爲石頭，於後世漢武帝走訪嵩山時，更有水神馮夷以及煉石的女媧前來爲之鳴鼓清歌。這個神話帶領著我們重新閱讀《石頭記》，進而體會石頭本身所體現的女性意象，以及故事的走向隨時準備在第五回總綱，以及脂評系統的預見與暗示等既定框架之上，另闢蹊徑。小說第一回開宗明義地解釋了石頭的來源：

列位看官：你道此書從何而來？說起根由，雖近荒唐，細按則深有趣味。待在下將此來歷注明，方使閱者了然不惑。

原來女媧氏煉石補天之時，於大荒山無稽崖煉成高經十二丈、方經二十四丈頑石三萬六千五百零一塊。媧皇氏只用了三萬六千五百塊，只單單剩了一塊未用，便棄在

> 此山青埂峰下。誰知此石自經煅煉之後，靈性已通，因見眾石俱得補天，獨自己無材不堪入選，遂自怨自嘆，日夜悲號慚愧。

紀錄女性行誼事蹟的石頭，本身所具有的陰性特質，實源自中國母系神話體系中的女神媧皇氏。她在男性神祇的一番水火鬥爭後，親手煉製了彌補父系大敘述（Grand Narrative）傳統中，處處被忽略和掩蓋了的微小缺憾與事實。《石頭記》陰性書寫的內在潛力已在第一回中，悄然地發揮了它企圖向傳統文學慣例突圍的作用。而石頭出自女神親手鍛鍊，其靈性的根源也就來自於女神，於是石頭本身的女性特質亦自昭然若揭。

曹雪芹以屬於女性的石頭，盡訴其一生滄桑流轉的經歷，其創作的本旨猶如太宰治筆下的「貨幣」。作家透過女性視野，書寫女人的愛與痛苦，也將她們與生俱來的異秉和許多不可告人的秘密和盤托出。作者耽溺於女性美，並珍惜自我內在對生活陰柔細膩的感觸。妙玉奉茶的美麗瓷器，白雪紅梅的世界裡薛寶琴與史湘雲的華服鬥豔，以及在愛情生活中，林黛玉的每一天就是她戀愛生活的全部，即使處於高壓的現實環境下，秦可卿卻又曾經活得既悖德又超然！一部大書道盡其畢生親聞親見的幾位女子，成爲自古以來大敘述的歷史權威系統下特殊的罕例：

但書中所記何事？又因何而撰是書哉？自云今風塵碌碌，一事無成，乎念及當日所有之女子一一細推了去，覺其行止見識皆出於我之上，何堂堂之鬚眉，誠不若彼一干裙釵！實愧則有餘，悔則無益之大無可奈何之日也。當此時，則自欲將已往所賴上賴天恩下承祖德，錦衣紈絝之時，甘饜美之日，背父母教育之恩，負師兄規訓之德，已致今日一事無成，半生潦倒之罪，編述一記，以告普天下人雖我之罪固不能免，然閨閣中本自歷歷有人，萬不可因我不肖，則一併使其泯滅也。

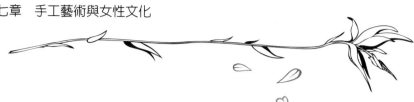

《脂硯齋重評石頭記甲戌本》的〈凡例〉中，既揭露了作者新興的書寫理念，試圖在女性主題上顛覆父系文化獨攬發言權的法則。書中的敘述者如以第一人稱出現時，往往借用石頭的口吻傳達了與讀者情商其寫作與記述上的各種考量與構想。在第六回中，敘述者曾說道：

按榮府中一宅人合算起來，人口雖不多，從上至下也有三四百丁；雖事不多，一天也有一二十件，竟如亂麻一般，並無個頭緒可做綱領。正尋思從那一件事自那一個人寫起方妙，恰好忽從千里之外，芥荳之微，小小一個人家，因與榮府略有些瓜葛，這日正往榮府中來，因此便就此一家說來，到還是頭緒。你道這一家姓甚名誰，又與榮府有甚瓜葛？且聽細講。

至第八回寶釵欲識通靈寶玉，因笑說道：「成日家說你的這玉，究竟未曾細細的賞鑒，我今兒倒要瞧瞧。」寶玉便湊了上去，從項上摘了下來，遞在寶釵手內。只見這塊當年從大荒山青埂峰下來的頑石，如今幻形爲大如雀卵、燦若明霞、瑩潤如酥，並有五色花紋纏護的美玉。接著敘述者再度爲我們突顯其說明：

那頑石亦曾記下他這幻相並癩僧所鐫的篆文，今亦按圖畫於後。但其眞體最小，方能從胎中小兒口內銜下。今若按其體畫，恐字跡過於微細，使觀者大費眼光，亦非暢事。故今只按其形式，無非略放展些規矩，使觀者便于燈下醉中可閱。今注明此故，方無胎中之兒口有多大，怎得銜此狼犺蠢大之物等語之謗。

至第十五回，秦鐘趁黑無人跑來對智能摟抱親嘴。智能急得跺腳，秦鐘仍一口吹了燈，將智能抱在炕上雲雨起來。正在得趣，忽有一人進來，將他二人按住，卻不出聲。二人不知是誰，唬得不敢動。只聽那人嗤的一聲，掌不住笑了，二人方知是寶玉。秦鐘連忙起來，羞得智能趁黑地跑了。寶玉拉了秦鐘出來道：「你可還和我強？」秦鐘笑道：「好人，你只別嚷得衆人知道，你要怎樣我都依你。」寶玉笑道：「這會子也不用說，等一會睡下，再細細的算帳。」時間很快到了寬衣安歇的時節，鳳姐因怕通靈玉失落，便等寶玉睡下，命人拿來塞在自己枕邊。此時敘述者

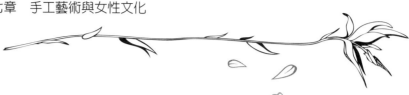

進一步明確地轉化通靈寶玉的口吻，再度躍出故事的框架，提出說明：

> 爲寶玉不知與秦鐘算何帳目，未見眞切，未曾記得，此係疑案，不敢纂創。

據石頭的現身說法，顯示它也就是作者內在自我的一部分，它在創作伊始，便因難以理出頭緒因而急切地尋思著，該由何人何事「寫起」方妙。石頭以擬女性敘述者的口吻，叨絮著自己對文本的構思與對讀者進行通靈寶玉形制的具體說明，此後亦時常透過石頭所幻化的通靈寶玉的主觀視角，直陳其生平的親聞親歷。在西歐的語言體系中，至今仍保留名詞冠以陰性或陽性傳統者，以法文爲代表。而在法文世界裡，「書」與「紙」屬於陽性；而「筆」與「墨」則屬於陰性。陰性特質的「筆」與「墨」正是在石頭自敘過程中，直欲「寫起」與不敢「纂創」之間，面對心裡的掙扎與書寫時空藝術的艱難時，處處斟酌拿捏筆力與筆意的象徵性指稱詞。

當代德國作家斯提凡・伯爾曼（Stefan Bollmann）在《寫作的女人生活危險》（*Frauen, die schreiben, leben gefährlich*）中，則更具體指出，長篇小說的筆墨書寫具有女性文化趨向。長篇小說的產生，其手工業性質不僅類似女性閒情中細心與耐力地編織、縫紉、烘焙與醃漬，更將作者長期意識到的社會生活、情感抒發與情緒管理，涵攝於作品中，使得《石頭記》第一回所出現的整部石上書，實際上是具體展演了在女媧的分身（女體）上，透過象徵陰性的筆與墨傳達了對於「當日所有之女子行止見識」的追述與記錄。而這番文學創作的能量，更爲後世女性讀者帶來新的自覺。

## 二　長篇小說的女性文化傾向

石頭煉自女神（亦爲母神）之手，其靈性亦由女神傳遞，靈石宛若女媧的親子，它同時也是女媧的分身及化身。而整部故事以筆墨形跡的方式出現在石頭的身上，其意義相當於在女媧的分身上進行書寫，曹雪芹便是以書寫於女身的方式，將閨閣中的種種悲、喜、愁、樂予以昭傳。則石上書的文學意象無非就是陰性書寫的另類具體呈現。《紅樓夢》第一回在石頭化爲通靈寶玉隨僧道飄然而去之後，敘事線索陡然騰躍出一個極遠的時空拋物線，故事突兀地來到了結局：

> 不知又過了幾世幾劫，因有個空空道人訪道求仙，忽從這大荒山無稽崖清埂峰下經過。忽見一大石上字跡分明，編述歷歷。

這一段橫空出世的「空白」，蒼涼地道盡了也塡補了小說家長期「手創」的艱辛。空白，適足以盡訴書寫與創作過程中的勞心勞力，不計代價，以及在各種層出不窮的問題上琢磨、融通，啓示了讀者文學生產的過程何其漫長！曹雪芹於悼紅軒中「批閱十載，增刪五次。纂成目錄，分出章回。」則增刪編纂的繁複手續又像是他筆下眾女性手中永不停息的閨閣勞作，尤其是烹飪與編織，它們亟需創作者的巧思與耐力，方能在長期的煎熬中，展現動人的巨幅篇章。《紅樓夢》第四十一回劉姥姥口中的美味茄鮝，其做工的繁瑣是眾所周知的，然而作者在這道名菜上所耗費的修改功夫，則更可看出寫作思維前後的偌大轉化與躍進。在《戚蓼生序石頭記》裡，鳳姐笑道：

這也不難。你把四、五月裡的新茄包兒摘下來，把皮和穰子去盡。只要淨肉，切成頭髮細的絲兒。曬乾了，拿一隻肥母雞，靠出老湯來，把這茄子絲上蒸籠蒸的雞湯入了味，再拿出來曬乾。如此九蒸九曬，必定曬脆了。盛在磁罐子裡封嚴了。要吃時拿出一碟子來，用炒的雞瓜子一拌就是了。

將新鮮的茄子去皮去子，再切成像頭髮一樣的細絲。而最難得的還是「九蒸九曬」的功夫！早期抄本將這道食材普遍的菜色，寫成了手工繁複的傳奇。然而在脂評體系的過錄本中，「茄鮝」這道文學名菜則呈現出完全迥異的風味：

這也不難。你把才下來的茄子把皮籤了，只要淨肉，切成碎釘子，用雞油炸了，再用雞脯子肉並香菌、新筍、蘑菇、五香腐干、各色乾果子，俱切成釘子，用雞湯煨乾，將香油一收，外加糟油一拌，盛在瓷罐子裏封嚴，要吃時拿出來，用炒的雞瓜一拌就是了。

茄子切絲與切成碎丁子源自不同的口感與飲食概念，後者並且和雞脯子肉、香菌、新筍、蘑菇、五香腐干、各色乾果子等混拌，使這道菜的花樣與色彩，反映了作家寫作的過程猶如廚藝家面對相同材料時，隨處可能興起變幻不居的創作靈感。而長篇小說的改寫過程，便猶如繁複的女紅藝術，需要長時期的耐力與智力方能相得益彰。同時，這道脂評本的茄鯗也使人聯想起日本作家太宰治在中篇小說《女生徒》中由女主角所做的「洛可可」。這是她自己（也是作者本人）發明的菜。將火腿、蛋、芹菜、南瓜、白菜和菠菜等等集合起來，按照顏色搭配，形成有技巧的並列。「蛋的底下有芹菜葉，旁邊火腿作成紅色珊瑚礁。白菜的黃葉子平鋪在盤子上，既像牡丹花瓣，又像羽毛扇子。綠色菠菜，彷彿是牧場、湖水……。」在作家的彩筆與夢想中，一道道任憑想像力馳騁的奢華菜色，使閱讀者的思緒連結到歷史上鼎盛的王朝時期。

料理的美觀，無疑是繪畫天分的另一重展演。而「華麗」本身即是純粹的美感，無須任何意義，也無關乎道德。它只是美麗自身的具體表現，這樣的美學特質也與女性意識取得了協調的步調。曹雪芹在茄鯗的幾度改寫中，體現了藝術家超乎常人的敏感與纖細。同時也將這部分的寫作與第七回「冷香丸」的繁複製法，同樣升抬到使人目不暇給的地步。當周瑞家的問起冷香丸的製作過程時，寶釵笑道：「不用這方兒還好，若用起這方兒，眞眞把人瑣碎死了。東西藥料一概都有，現易得的，只難得『可巧』二字。要春天開的白牡丹花蕊十二兩，夏天開的白荷花蕊十二兩，秋天的白芙蓉花蕊十二兩，冬天開的白梅花蕊十二兩。將這四樣花蕊，於次年春分這日晒乾，和在末藥一處，一齊研好。又要雨水這日的雨水十二錢……。」即使一、二年間碰巧得到了這些花材和雨水。又還得有白露的露水十二錢，霜降的霜十二錢，小雪的雪十二錢。把這四樣水調勻，和了藥，再加蜂蜜十二錢，白糖十二錢，揉成龍眼大的丸子，盛在舊磁罐內，埋在花根底下。若發了病時，拿出來吃一丸，用十二分黃柏煎湯送下。

如此「眞坑死人」的作法，使作家在現實主義寫作之外，偶然地向讀者邀約以象徵和隱喻的方式，對服藥的主人薛寶釵的性情與風格進行更深入的詮釋與解讀。茄鯗與冷香丸兩件事物，表面上看似具有令人眼花撩亂的文字經營特色。實則分具寫實與寫意的藝術天平兩端，令讀者讚嘆作家下筆食單與藥單設計得金薤琳瑯，意象富麗。我們同時也就幾乎可以透視這兩份食單與藥單背後的主人——王熙鳳與薛寶釵，迥然有異的人生境界與生活旨趣。《紅樓夢》的陰性書寫與戀物特質，展現在閨閣女性纖細的思維與繁複的手工上，還包括了編織、繡花與吟詠。

第三十五回，寶玉要求鶯兒爲他的汗巾子打絡子。鶯兒問道：「汗巾子是什麼顏色的？」寶玉道：「大紅的。」鶯兒尋思：「大紅的須是黑絡子才好看，或是石青的才壓得住顏色。」寶玉趁機和她討論配色的問題：「松花色配什麼？」鶯兒道：「松花配桃紅。」寶玉深有同感地笑道：「這才嬌艷。再要雅淡之中帶些嬌艷。」閨閣女子拼和出嬌美與豔麗的色澤，是普遍的審美意趣。但是《紅樓夢》的作者藉由主人公之口，進一步要求同時達到「雅淡」的美感，則又具備了超越世俗的品味。幸而鶯兒也頗能追上寶玉的意境，她說：「蔥綠柳黃是我最愛的。」及至寶釵到來，卻又建議：「倒不如打個絡子把玉絡上呢。」一句話提醒了寶玉，便拍手笑道：「倒是姐姐說得是，我就忘了。只是配個什麼顏色才好？」寶釵道：「若用雜色斷然使不得，大紅又犯了色，黃的又不起眼，黑的又過暗。等我想個法兒把那金線拿來，配著黑珠兒線，一根一根的拈上，打成絡子，這才好看。」從此，五彩晶瑩的美玉，那大荒山下的一塊頑石，女媧補天的遺珠，爲貴重的金線與一根一根細膩手工所拈上的黑珠兒線所交織籠絡。通靈寶玉看待繁華紅塵的視線，與賈寶玉此後的人生侷限，在此細膩的配色與精緻的美人手工背後，隱約透露出整部書的悲涼寓意。

果然，歷來的閱讀者從《戚蓼生序石頭記》中的脂評，到陳其泰的《桐花鳳閣評紅樓夢》，乃至馮其庸的《瓜飯樓重校評批紅樓夢》……，學者不約而同地道出文章背後的底蘊：「通靈玉已被金線絡住，顰兒絕望矣。」「王夫人早已看中寶釵，再得老太太稱譽，已無待再計矣。用金線配通靈寶玉絡子，見金玉姻緣已經聯絡也。」「用金線絡寶玉，此話竟由寶釵親手說出。」讀者在作家寫實筆法的引領與暗示中，獲得了象徵意義的詮釋空間，則曹雪芹在閨閣女紅上的書寫與操作，又進一步開拓了讀者觀看傳統陰性書寫文本時的期待視野。

善編絡子的鶯兒在後續五十九回裡，繼續以她的巧手編織，表現作者在婚戀題材上的細膩鋪陳。當時，象徵大觀園裡一雙天眞無邪的花鳥——蕊官與鶯兒——在明媚的春光裡啁啾對話，你言我語，一面行走，一面說笑，不覺到了杏葉渚，順著柳堤走來。鶯兒見到柳葉才吐淺碧，絲若垂金，便笑著說：「你會拿著柳條子編東西不會？」蕊官不明白：「編什麼東西？」鶯兒道：「什麼編不得？玩的使的都可。等我摘些下來，帶著這葉子編一個花籃，采了各色花放在裏頭，才是好玩呢。」說著，便伸手挽翠披金，采了許多的嫩條，命蕊官拿著。她卻一行走，一行編花籃，隨路見花便采一二枝，編出一個玲瓏過梁的籃子。枝上自有本來翠葉滿布，將花放上，卻也別致有趣。喜得蕊官笑道：「好姐姐，給了我罷！」鶯兒卻說：「這一個咱們送林姑娘，回來咱們再多采些，編幾個大家玩。」那日瀟湘館中，黛玉晨妝罷，忽見這只小花籃，一時間也愛不忍釋，忙命紫鵑掛起來。

善唱戲的蕊官，其名字就是一朵嬌蕊，鶯兒則姓黃，本名金鶯，於是和蕊官同行，拼貼成一幅立體動態的花鳥畫，在大觀園裡杏葉渚與柳堤之間流連。與第三十五回不同的是，這次鶯兒的編織所使用的是天然的柳條，而非象徵人工化與富貴逼人的金線與黑珠兒線。不僅使用的材料不同，在藝術造型上，也與三十五回中華麗而繁複的絡子前後迥異。幽雅細緻的小花籃在自然的景色中，由鶯兒信手拈成。它在賈府偌大的富貴溫柔鄉裡，宛如脫俗雅淡的空谷幽蘭，小花籃所運用的素材——柳條，是天然、新鮮而不能久留於人間的美好事物的表徵。它提醒了讀者林黛玉原是草木之人，她的愛情與婚姻的收場，在往後第七十回詠柳絮時，已藉〈唐多令〉表達出清晰的自我意識：「粉墮百花州，香殘燕子樓。一團團逐對成毬。飄泊亦如人命薄，空繾綣，說風流！草木也知愁，韶華竟白頭！嘆今生誰拾誰收？嫁與東風春不管，憑爾去，忍淹留。」她的命運如柳絮般漂泊無依，回溯第五回金陵十二釵正冊中即有「堪憐詠絮才」，則作者早已為林黛玉題點出她的才華與薄命。

曹雪芹的寫作一如巨幅的繡花織品，而賈寶玉的命運便鑲嵌在女人無數來回的細密彩色縫線中。《紅樓夢》第三十六回，襲人已被王夫人認定將來作為寶玉的小妾，從此她的月銀比照周姨娘與趙姨娘。薛寶釵為此來到怡紅院向襲人道喜，卻一眼看見襲人手中精細無比的針線活。原來是個白綾紅裏的兜肚，上面扎著鴛鴦戲蓮的花樣，紅蓮綠葉，五色鴛鴦。面對著這件比通靈寶玉上的絡子織度更為嚴密的貼身羅網。薛寶釵敬佩得無以復加：「噯喲，好鮮亮活計！這是誰的，也值得費這麼大工夫？」襲人向床上努嘴兒。寶釵笑道：「這麼大了，還帶這個？」襲人笑道：「他原是不肯帶，所以特特的做得好了，叫他看見由不得不帶。如今天氣熱，睡覺都不留神，哄他帶上了，便是夜裏縱蓋不嚴些兒，也就不怕了。你說這一個就用了工夫，還沒看見他身上現帶的那一個呢。」寶釵笑道：「也虧你奈煩。」一件件美麗的編織與繡件，代表大觀園女子的心細如針。她們以纖纖素手和靈慧的巧思，在立體與平面的構圖、配色之間，無形中包裹住了通靈寶玉和賈寶玉的凡俗身軀。襲人說：「特特的做得好了，叫他看見由不得不帶。」這句話猶如細緻美麗的蛛網，運用極精巧的整幅編織，將生活纏裹其中，在看似柔軟無力的絲線網絡裡，無人能衝脫現實的環伺。

然而在大觀園中，女人的縫線眞正維繫住賈寶玉的心，還在晴雯的孔雀金線上。第五十二回寫道一清早賈母猶未起來，知道寶玉出門，便開了房門，命寶玉進來。賈母見寶玉身上穿著荔色哆羅呢的天馬箭袖，大紅猩猩氈盤金彩繡石青妝緞沿邊的排穗褂子，便問道：「下雪麼？」寶玉道：「天陰著，還沒有下呢。」賈母便命鴛鴦來：「把昨兒那一件烏雲豹的氅衣給他罷。」鴛鴦答應後，果然取來了一件金翠輝煌，碧彩閃灼的華美毛裘，卻又不似寶琴所披之鳧靨裘。只聽賈母笑道：「這叫作『雀金呢』，這是俄羅斯國拿孔雀毛拈了線織的。前兒把那一件野鴨子的給了你小妹妹，這件給你罷。」寶玉磕了一個頭，便披在身上。賈母笑道：「你先給你娘瞧瞧去再去。」

可是到了晚間寶玉由外頭回來，一進門就嗐聲跺腳。麝月忙問原故，寶玉說：「今兒老太太歡歡喜喜的給了這個褂子，誰知不防，後襟子上燒了一塊，幸而天晚了，老太太、太太都不理論。」一面說，一面脫下來。麝月瞧時，果見有指頂大的燒眼，「這必定是手爐裏的火迸上了。這不值什麼，趕著叫人悄悄的拿出去，叫個能幹織補匠人織上就是了。」說著，便用包袱包了，交與一個嬤嬤送出去，說：「趕天亮就有才好，千萬別給老太太、太太知道！」婆子去了半日，仍舊拿回來，說：「不但能幹織補匠人，就連裁縫、繡匠並作女工的問了，都不認得這是什麼，都不敢攬。」麝月復又提議道：「明兒不穿也罷了。」寶玉卻有顧慮：「明兒是正日子，老太太、太太說了，還叫穿這個去呢。偏頭一日就燒了，豈不掃興！」晴雯聽了半日，忍不住翻身說道：「拿來我瞧瞧罷！沒個福氣穿就罷了。這會子又著急。」寶玉笑道：「這話倒說的是。」說著，便遞與晴雯，又移過燈來，細看了一會。晴雯道：「這是孔雀金線織的，如今咱們也拿孔雀金線，就像界線似的界密了，只怕還可混得過去。」麝月笑道：「孔雀線現成的，但這裏除了你，還有誰會界線？」晴雯道：「說不得我掙命罷了。」寶玉忙道：「這如何使得！才好了些，如何做得活。」晴雯沒耐性地說：「不用你蝎蝎螫螫的，我自知道。」一面說，一面坐起來，挽了一挽頭髮，披了衣裳，只覺頭重身輕，滿眼金星亂迸，實實撐不住。待要不做，又怕寶玉著急，少不得恨命咬牙捱著。麝月幫著拈線，晴雯先拿了一根比一比，笑道：「這雖不很像，若補上，也不很顯。」寶玉道：「這就很好，哪裏又找俄羅斯國的裁縫去！」

> 晴雯先將裡子拆開，用茶杯口大的一個竹弓釘牢在背面，再將破口四邊用金刀刮得散鬆鬆的，然後用針紉了兩條，分出經緯，亦如界線之法，先界出地子後，然後依本衣之紋來回織補。織補兩針，又看看，織補兩針，又端詳端詳。無奈頭暈眼黑，氣喘神虛，補不上三五針，便伏在枕上歇一會。

寶玉一整晚心繫晴雯，一時問：「吃些滾水不吃？」一時又命：「歇一歇。」一時又拿灰鼠斗篷替她披上，一時又命拿個：「拐枕與他靠著。」而晴雯也不忍心讓寶玉熬夜與擔憂，便急著央告：「小祖宗！你只管睡罷。再熬上半夜，明兒把眼睛摳摟了，怎麼處！」寶玉見她著急，只得胡亂睡下，卻仍睡不著。直到自鳴鐘敲了四下，晴雯剛剛補完，又用小牙刷慢慢的剔出絨毛來。麝月道：「這就很好，若不留心，再看不出的。」寶玉方才笑說：「眞眞一樣了。」

寶玉的一份心全都放在病中忍受痛苦，爲他細心補裘的晴雯身上。晴雯的織補與襲人的繡花，分屬兩種不同的細活。織補是將破損的布料，依照原本的衣料上特殊紋路如刻絲般地將花紋繁複的布面補實。襲人的繡花則是在白綾紅裏的男性貼身肚兜上，扎著鴛鴦戲蓮的花樣，有紅蓮綠葉和五色鴛鴦，配上紅白綾布，顏色與花樣均瑰麗炫目，迷惑了寶玉的眼，讓他身不由主地投身在襲人和寶釵所編織的美麗的懷抱裡。晴雯以孔雀金線彌補了寶玉的缺憾，幫助他度過難關。與第七十三回晴雯的情急生智，再度幫助寶玉化險爲夷，在晴雯的豪俠性格的反覆皴染上取得了特犯不犯的藝術效果。

## 四《紅樓夢》是細緻的手工文化

《紅樓夢》的寫作文化、思維與文本主題內涵的表現，從書寫與繡花雙重動作的結合中，更可見曹雪芹將長篇小說打造爲銘刻女性特質話語的創作意圖。第五十三回描述賈母花廳之上，共擺了十來席。每一席旁邊設一几，几上設爐瓶三事，焚著御賜百合宮香。又有八寸來長、四五寸寬、二三寸高的點著山石、布滿青苔的小盆景，俱是新鮮花卉。又有小洋漆茶盤，內放著舊窯茶杯并十錦小茶吊，裏面泡著上等名茶。一色皆是紫檀透雕，嵌著大紅紗透繡花卉並草字詩詞的瓔珞。在榮國府元宵夜宴中，許多氣派的擺飾，包括：爐瓶、宮香、山石、盆景、紫檀透雕……等，都顯示了賈府收藏品的貴重。而其中最價值不菲的一套結合書寫與刺繡的屏風。它的作者不僅是女性，而且是姑蘇女子，名喚慧娘。因她亦是書香宦門之家，同時精於書畫，偶然繡過一兩件針線作耍，並非市賣之物。

> 凡這屏上所繡之花卉，皆仿唐、宋、元、明各名家的折枝花卉，故其格式配色皆從雅，非濃艷匠工可比。每一枝花側，皆用古人題此花之舊句，或詩或歌不一，皆用黑絨繡出草字來，且字蹟勾踢、轉折、輕重、連斷，皆與筆草無異。

因爲她不仗此技獲利，所以天下雖知，得者甚少，凡世宦富貴之家，也鮮少能得到這樣寶貴的物件，於是特稱爲「慧繡」。作者同時又結合了通部小說主題意識中，最顯著的「薄命」觀，因而繼續述說道：「偏這慧娘命夭，十八歲便死了，如今竟不能再得一件的了。」於是凡所有之家，縱有一兩件，皆珍藏不用。更有翰林先生們深惜「慧繡」之佳，便說這「繡」字不能盡其妙，便將「繡」字隱去，換了一個「紋」字，於是這樣雅致的閨閣佳作，便得到一個很像姑娘家的閨名，稱之爲「慧紋」。而慧繡即指明代上海露香園的高雅刺繡，亦即所謂「顧繡」。

「顧繡」源於明代松江府顧名世家的筑園，園中有「露香池」，因以名園。顧繡是以名畫爲藍本的「畫繡」，以技法精湛，形式典雅，藝術價值極高而著稱於世。明代以後，對清朝蘇、湘、蜀、粵四大名繡工坊影像深遠。

顧名世，字應夫，號龍泉，明嘉境三十八年進士，官至尙保司丞，亦即內宮管理寶物的官吏，晚年居於上海。他性好文藝，見多識廣，家中女眷也嗜愛丹青，尤精於女紅刺繡。由於當時畫壇盛行「松江畫派」，露香園的女眷們又承繼了宋代以來的「閨閣繡」，在繪畫與刺繡的結合上，進一步發展出散針、套針、滾針等技法，以細心揣摩繪畫的筆墨技巧。尤有甚者，繡娘將絲線劈成三十六絲，「其絲細過於髮，而針如毫，配色則有秘傳，故能點染成文，不特翎毛花卉巧奪天工，而山水人物無不逼肖活現。」

在沈壽所著《雪宧繡譜圖說》中提及顧氏女眷中，以顧名世孫媳韓希孟善畫，在針法與色彩的運用上獨具巧思，除刻鱗針、打籽針、釘金、單套針……等針法複雜多變，顧繡亦採用了宋繡中所未見過的正色以外的中間色絲線，以表現天然景致中的老嫩、深淺與濃淡，以針代筆，以線代墨，勾畫暈染，因而提高了繡品的藝術性，顧繡由此特稱「畫繡」。顧繡在明清之際，風靡全國，據崇禎年間《松江縣志》記載：「顧繡，斗方作花鳥，香囊作人物，刻畫精巧，爲他郡所未有。」蓋韓希孟所繡山水、人物、花鳥已達到「無不精妙」的地步，至今傳世作品有《洗馬圖》、《白鹿圖》、《松鼠葡萄》、《扁豆蜻蜓》等仿宋元名迹冊十餘幀，其作均已達到讓人分辨不出是繡還是畫的意境。明代松江畫派代表畫家董其昌對顧繡亦極爲讚賞：「精工奪巧，同儕不能望其項背。」

其針線的靈活與創新，以及每一件作品均展現出創作者「畫繡合一」的文化藝術涵養，使《紅樓夢》書寫文化的精緻藝術傾向，與女性閨閣文化獲得一再地闡發，直到以針代筆，以線代墨，在勾畫暈染層層藝術影像的持續效應中，終於出現第五十三回書畫與刺繡的無間融合。作者依循著閨閣文風與華美的繡工，深刻地探勘女性拗澀幽婉的詩詞傳統，與柔韌舒緩的動人感傷情調，顯示其陰性書寫體系中獨特的創作意識。

至於《紅樓夢》寫作過程的細膩手工文化，張愛玲在《紅樓夢魘》中有多處指陳。如：靖本有「賈珍奢淫」等句，顯然是天香樓未刪淨的原文；又關於紅玉與賈芸的戀愛過程，包括第二十四、二十六、二十七，和三十五回爲一九六〇年所新添，及至一七六二年賈芸在榮府事敗後，仗義探庵等作爲根據靖本回前總批，已可見端倪。而且作者也是在同一回中，隔了一兩年的時間，才又改寫加進紅玉那場既逼眞又精彩的前知的夢。再者，第三十至三十五回關於金釧兒之死等六回，以脂批內容可判定金釧兒這一角色爲後加的，並且在加進這六回時，便將寶玉挨打與挨打的餘波一大段文字拆開，再重新排定過。《石頭記》成書過程中，作者即使僅在某回的首頁與末頁等最便於改寫的地方加工，都已呈現編修纂創時的手工繁複，更何況爲了實現心目中最理想的文本狀態，曹雪芹經常使用撕去一回本的某些頁，再加釘幾頁來完成文章的修改與潤飾。於是卷帙浩繁的長篇小說，其文本發生的過程，正如這部作品裡許多美麗的纖纖素手在創造性靈魂的指揮下，不斷地緹花、刺繡、編織、堆紗、界線、構圖、配色與加工……，最終呈現的成果正是長期孜孜不倦的耐力與驚人的意志。有別於精短文章所展現的瞬間才華與爆發力，長篇大河小說的成就與文學之美，總教人想起那些在悠長的人生歲月裡，女性靠著細心與慢工而一點一滴累積成形的手創藝術品。

# 第八章

# 《紅樓夢》的音樂世界

古琴作爲文人靜心養性的樂器，自有其清高的雅趣。《紅樓夢》第八十六回林黛玉的一套琴論，承繼了明代琴譜的說法，而林黛玉對賈寶玉的琴教，實際上亦與《紅樓夢》「談情」的主旨相合。書中運用雅俗折衷的同音雙關語處理了琴與情的關係，其象徵意義每令讀者興起意味幽長之感。《紅樓夢》之有別於一般才子佳人小說之處，即在於「知音」觀念的昇華。而黛玉所解之琴，同時也是一段「解脫」之情。《紅樓夢》以前，文學作品已經常借用「撫琴」來暗示男女悅慕與夫妻和諧，及至《紅樓夢》出，賈寶玉進一步視林黛玉爲知己，「撫琴」一事的出現，也突顯了他們生命中的共同意念，在現實生活中所受到的許多滯礙。林黛玉以琴曲訴說生活中的「風刀霜劍」，與寄人籬下的不自由、多煩憂。直到琴韻四疊詠畢，琴絲突然崩斷，則琴弦便已成爲寶、黛愛情故事中，情斷結局的隱喻。而相較於曹雪芹對音樂環境的塑造，由戲曲、人聲與古琴的配合，所達到的貴族享樂雅趣。高鶚對生活的品味，則顯然偏向文人化、個性化等內在的生命情調。簡言之，高鶚留意於琴道的發揚；曹寅則是在揚州天寧寺直接主持廣陵刻書的盛業；而曹雪芹的視野無疑是更廣闊的，他將揚州官商接駕乾隆，充備崑腔等戲班，仿造宮廷內府的建築等閱歷，都搬進了大觀園。以揚州城夜晚的華燈、船閣、煙火、舞伎，以及蕭籟吹歌、金石鏗鏘……等繁華盛事，點亮了省親一回的序幕。原作者與續書者在藝術細節上，著眼點的差異，或許正說明了生活經驗與藝術觀念的迥別。

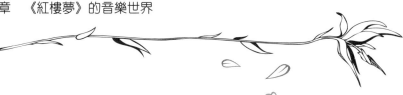

## 一 琴絲／情思

《紅樓夢》第八十六回「受私賄老官翻案牘　寄閑情淑女解琴書」中，賈寶玉因襲人提及「心愛的人」，一時觸動心弦，逕往瀟湘館走來。只見黛玉靠在桌上看書，而書上的字，他一個也不認得。「有的象『芍』字，有的象『茫』字，也有一個『大』字旁邊『九』字加上一勾，中間又添個『五』字，也有上頭『五』字『六』字又添一個『木』字，底下又是一個『五』字……。」這裡賈寶玉所看到的是琴譜上的音調指法。以古琴形制而言，從琴面較寬的琴首一端數來，共有十三徽。而琴面上依序由外向內，由粗而細，則有七弦。彈琴指法上，右手部分有大指的托、擘，食指的挑、抹，以及中指的剔、勾，加上名指的摘、打……等三十多種。左手部分的按弦法，則分別以大指、食指、中指、名指之吟、猱、綽、注為主。是以古琴字譜常以指法譜標示，亦稱為「減字譜」。這是用漢字減少筆畫的方法，將左右手之指法及音位等相關說明文字，減省筆畫後，組合而成。是以林黛玉解析賈寶玉所看到的「並不是一個字，乃是一聲」，用左手大拇指按琴上的九徽，而右手勾五弦。

中國古琴的譜式，遲至漢魏之交，已有文字譜的創立。現存之《碣石・幽蘭》，便是陳、隋之間隱士丘明（四九四—五九〇）所傳，經唐人手抄的文字譜晚期形式。它是一種完全用文字來記錄演奏手法的琴譜，因而在閱讀上較為複雜和繁瑣，明代張右袞《琴經》所謂：「其文極繁，動越兩行，未成一句。」於是，隋唐之間產生了較為簡便的減字譜體系，將漢文減省筆畫以組成彈琴指法。此類古琴音位記譜法的完成，歷史上歸名於音樂家曹柔。減字譜的創發被譽為「字簡而意盡，文約而音該」，從而使得唐代著名琴家陳康士、陳拙等人得以據此大量創作並記錄琴譜，以流傳後世。

## ㈠大旨談情

說明識譜後，繼而談及琴理。黛玉道：「琴者、禁也，古人制下，原已治身，抑其淫蕩，去其奢侈。」這一段話標舉出秦漢以來，儒道以琴體現人格的理性實踐。漢代桓譚《新論．琴道》有云：「琴者禁也，古聖賢玩琴以養心，窮則獨善其身，而不失其操，故謂之『操』。」事實上，自孔門至伯牙以降，琴道有漸漸進入以悲愴意識為本質的趨向。《樂府題解》中記載伯牙學琴，必待移情於大海孤島之絕境中，方能靜心體會到，文明社會對人心的異化。於是進一步在宇宙自然中，以反璞歸眞的心態，進入生命層次與生存處境的原始探求。這也正是漢代蔡邕《琴操》所云：「昔伏羲氏作琴，以禦邪僻，防心淫，以修身理性反其天眞也。」琴學成為君子於濁世中養心修性的進路，於是「操」之作為曲名，便意味了窮困之人不願隨世俯仰，與世同濁，而獨標高格的節操。事後林黛玉以〈猗蘭〉、〈思賢〉兩操和韻以自況，也就足以說明她在賈府中的精神煎熬，猶如大海中的孤島。既無法積極開創新局，遂只有禁制人格之淪於僻邪，以保持清淳本樸的人生境界。

林黛玉說：「若要撫琴，必擇靜室高齋，或在層樓的上頭，在林石的裡面，或是山巔上，或是水涯上，在遇著那天地清和的時候，風清月朗，焚香靜坐，心不外想，氣血平和，才能與神合靈，與道合妙。」古琴作爲文人靜心養性的音樂，自有其清高的雅趣。林黛玉的一套琴論，暗合《重修眞傳琴譜》中明代楊表正所謂「十四宜彈」之說。蓋古琴演奏之雅趣，貴在琴人獨處自娛，或與一二知音惺惺相惜之雅集。因此自來有：「遇知音，逢可人，對道士，處高堂，升樓閣，在宮觀，坐石上，登山埠，憩空谷，遊水湄，居舟中，息林下，值二氣清朗，當清風明月」等強調以清高自詡，與山水自然合契，同知音交心等演奏環境。

林黛玉對賈寶玉的琴教，實際上並不與《紅樓夢》「大旨談情」之全書界定須臾或離。書中運用纖細靈巧、雅俗折衷之同音雙關語之處理技巧，早已達到每令讀者興起語意繁複神妙，與寄意幽微深長之感。因而林黛玉的「琴觀」，即成爲我們觀察其「情關」的重要視角之一。以「琴」疏論，彈琴者的心性自有其清雅孤高，而對聽琴者的要求，則是絕對的知己。此二者在林黛玉的情性與情觀中，都能形成最具體的相應。前者證諸其詩才，則有更顯明的映照。林黛玉作詩，向來以藝術家的執著，盡情追求完美。不似薛寶釵，雖同屬博學多才，卻懂得收斂鋒芒與圓滑處世之道。林黛玉之不掩其才，魁奪詩社，造成她孤芳自賞、目下無塵的客觀形象。〈問菊〉詩云：「孤標傲世諧誰隱，一樣花開為底遲？」最能展現其清高與輕俗的性格。而這樣的品行又適足以使其成為《紅樓夢》這一部芸芸眾生大書中，唯一能夠撫琴的雅士。林黛玉的孤芳自賞、與人群隔離，不僅表露於論琴與詩才，同時亦與絕俗的生活意境，互為表裡。看她出門前交代紫鵑的話：「把屋子裡收拾了，下一扇紗屜。看那大燕子回來，把簾子放了下來，拿獅子倚住，燒了香，就把爐子罩上。」（《紅樓夢》第二十七回）林黛玉沉酣於意境的高渺情懷，在《紅樓夢》中，經由詩、琴、藥、香散發出來，愈發使人感受其幽僻與絕塵。是故，從人物形象由內而外的整體塑造，到以諧音探討雙關語意之間的聯繫，以至不忘環繞全書大旨。設若後四十回為高鶚所補的說法成立，則續書人以「解琴」一文進一步追索林黛玉的情觀與情關，已可謂得原著者之三昧。

### (二)意淫與玩世

寶黛既以知己之情立足於人世，則他們的情觀與思想意識，有時互相包容涵蓋，有時則互為補充。當林黛玉述及琴理時，她說：「若必要撫琴，先須衣冠整齊，或鶴氅，或深衣，要如古人的儀表，那纔能稱聖人之器。然後盥了手，焚上香，方纔將身就在榻邊，把琴放在案上，坐在第五徽的地方兒，對著自己的當心，兩手從容抬起：這纔身心俱正。還要知道輕重疾徐，卷舒自若，體態尊重方好。」寶玉似乎對於這套古人靜心養性的說法有所退拒：「我們學著玩，若這麼講究起來，可就難了。」在賈寶玉浪漫的人文情懷中，宗法與體統是他亟欲抗衡的洪水猛獸。他以天生「重情不重禮」的反「理」性格，爲蔣玉菡和金釧承受不肖種種的笞撻；又因「物」爲人之性情所用，而充分尊重個性自由，因而對晴雯撕扇發出「千金難買一笑」的豪語。他將大觀園裡的生活，變成了無須晨昏定省的悠閒自由天地，和姐姐妹妹們讀書寫字、彈琴下棋、吟詩作畫，乃至於描鸞刺鳳、鬥草簪花、低吟悄唱、拆字猜枚……等無不有趣，其原因便在於掙脫了傳統道德倫常的禁管。尤有甚者，賈寶玉對於「玩」之一字，自有其心領神會。第二十回，過年期間，寶釵、香菱、鶯兒和賈環趕圍棋擲骰子玩。賈環連輸了幾盤之後，竟耍賴起來。被鶯兒搶白一陣，又惱羞成怒，哭著撒野。適時寶玉經過，看著不像話，大約也再次證明了男子是濁物的論點，於是上前一頓教訓：「大正月裡，哭什麼？這裡不好，到別處玩去。你天天念書，倒念糊塗了。譬如這件東西不好，就捨了這件取那件。難道你守著這件東西哭會子就好了不成？你原是要取樂兒，倒招的自己煩惱。」

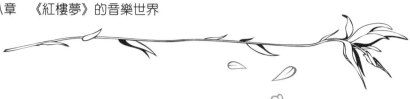

賈寶玉至情至性地認爲，凡讀書明理之人，切忌將原本極有樂趣的事情，轉成了不好玩的下場。他因爲懂得玩，所以和林黛玉一同閱讀《會眞記》；因爲通達於享樂的眞理，於是在晴雯撕扇子的時候，笑道：「撕得好，再撕響些。」他的興趣是廣泛的，所謂「意淫」，即指其情意氾濫，癡情也含有越禮、乖張、反對禮教禁錮的成分，也就是魯迅所說的「愛博而心勞」。於是賈寶玉將世情與學問總括爲體驗情感與抒發情懷。捨此，則都是缺乏眞性情、沽名釣譽的反人文作態。所以，無論彈琴、下棋、擲骰子，都在追求「遂己之欲」與「達己之情」。對賈寶玉而言，彈琴若強調聖人遺訓而不敢稍有忤逆，那不僅是將原本好玩的事變成了不好玩，違反了他的生活態度；同時也使之成爲「窒欲」、「反情」的舉動。這裡和黛玉造成的對話空間在於，寶玉情感的廣度與愛的泛溢，如果更以好玩爲其依歸，那麼黛玉所感受到的將是危機和不幸。原來林黛玉的處境，並不容許以好玩爲前提，來談情愛。她以生命孤注一擲的方式，追求愛情。其專一而深情的態度，面對寶玉的愛博，從而使得他們在共同的人生旨趣爲基礎的愛情道路上，拉開了一段看似若即，卻實有若離的間隔。林妹妹一心只在琴／情上，寶玉終究還是笑道：「聽見妹妹講究的叫人茅塞頓開，所以越聽越愛聽。」林黛玉也就隨之發出了內心的慨歎：「只是怕我只管說，你只管不懂呢。」

### ㈢閑情偶寄

《紅樓夢》第八十六回裡，林黛玉因「前日身上略覺舒服」，便在大書架上翻看一套琴譜，漸漸地爲其琴理與雅趣所吸引，適巧賈寶玉來問，也就順勢闡述了一番琴學。末了賈寶玉怕累壞了林黛玉，然而黛玉卻不以爲意：「說這些倒也開心，也沒有什麼勞神的。」這是回應了回目所云：「寄閑情」的精神狀態。她此時的思想感情乃與撫琴者之憩、遊、居、息以寄托高人雅士之閑情韻致，若合符節。古來琴人，必以超世絕俗之情態，與清新雅淡的才華，將巧妙的靈思賦予琴操。其目的就在於展現一「閑」字。而「悠閑」之作爲一套理論，直指東方哲學世界裡最高境界的崇尚。中國人面對西方機械文明的侵入，進而以匆忙的生活步調以及價值觀，取代了閒適遊息的生活美學，這對明清以前的傳統文人來說，是不可思議的事。

自孔子所云：「游於藝」，至莊子的偉大之作：「逍遙遊」，遊憩以寄閑情的生活態度可謂源遠流長。晉代陶潛著〈閑情賦〉亦曾有云，其萬千思慮，無論是一領、一帶、一席、一履……，盡皆遊於「八表之憩」。此足以說明，文化原本即爲悠閑的產物。近代林語堂則更明白地指出：「文化的藝術就是悠閑的藝術。在中國人心目中，凡是用他的智慧來享受悠閒的人，也便是受教化最深的人。」對於中國人而言，過於勞碌的人不若善於悠游歲月的人，能產生眞正的智慧。而悠游歲月的哲學背景，實際上是來自於儒家文士所崇尚的道家人生觀，這同時也是一種藝術家的性情，講求在和平與和諧的心境中，感受「江上清風」與「山間明月」的幽靜。並以超塵脫俗的意識，透視人生對於名利的野心，進而將其人格與靈魂看得比俗世功名重大。於是生活的樂趣實源於一顆恬靜的心，與曠達的意念。

熟稔《三國演義》的讀者遙想孔明的神機妙算，無不豔羨驚嘆！第九十五回

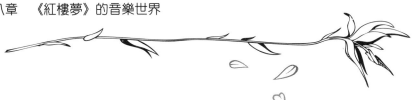

〈馬謖拒諫失街亭　武侯彈琴退仲達〉，話說馬謖失守街亭、列柳城之後，孔明即將大軍分撥出去：一部分由關興、張苞引領，在武功小路上鼓譟吶喊，使魏兵驚疑；一部分則由張翼領軍修劍閣，備歸路；另一部分則派到西城縣搬運糧草。不料此時忽然十餘次飛馬來報，說司馬懿引大軍十五萬，望西城蜂擁殺來。此時孔明身邊已無大將，只有一班文官及二千五百軍，守在城中。衆官聽聞這個消息，盡皆失色。然孔明卻傳令：將旌旗藏匿，四門大開，以軍士扮百姓掃街。他自己則「披鶴氅，戴綸巾，引二小童攜琴一張，於城上敵樓前，憑欄而坐，焚香操琴。」逮及司馬懿親自飛馬遠望，「見孔明坐於城樓之上，笑容可掬，旁若無人，焚香操琴。左有一童子，手捧寶劍；右有一童子，手執麈尾。城門內外有二十餘名百姓，低頭灑掃，旁若無人。」頓時心中大疑，頃刻間，大軍退往北山路。

若從戲台上，則更顯見中國成功人物的典型性格：岳飛的方步，關公的斂眉，諸葛亮泰山崩於前而面不改色……，在在贏得觀衆喝采。無論名士、儒將，從容鎮定、談笑用兵，才顯出藝高人膽大。於是傳統中國人從不彰顯繁忙，反而對於從容、散淡之間運籌帷幄的風範，一片神往。無怪張潮《幽夢影》云：「人莫樂於閑，非無所事事之閑也。閑則能讀書，閑則能交益友，閑則能飲酒，閑則能著書。天下之樂，孰大於是？」可見「閑適」作爲人生的修養境界，自有其深遠與寬廣的精神內涵。

有道是：瑤琴三尺勝雄師。司馬懿之所以懷疑孔明設有埋伏，乃因孔明操琴時神態閑適自若，彷彿勝券在握。此時絲音之美，在於孔明已將儒家的鎮定與道家的瀟灑融合一氣。有趣的是，當林黛玉談及撫琴者之衣冠與體態時，也就是以諸葛亮的空城記，剪裁融入自己的話語中，強調鶴氅、焚香，卷疏自若、體態尊重，這說明了林黛玉的所體認到的琴學理想境界，也只是閑適與自信。這一份幽美閑雅的心境，通常掩蓋在她鋒芒畢露與「小心眼兒」的外表下，唯有賈寶玉知覺。第二十六回，寶玉「順著腳，一徑來自一個院門前，鳳尾森森，龍吟細細，正是瀟湘館……只見湘簾垂地，悄無人聲。走至窗前，覺得一縷幽香，從碧砂窗中暗暗透出……耳內忽聽得細細的歎了一聲道：『每日家情思睡昏昏』。」林黛玉引「西廂記」道出她不受閫範的情思，與繡窗無事的閑情，和《牡丹亭》裡的杜麗娘一樣，因幽幽午睡愈顯情慾流動。而林黛玉之以琴傳情，便與賈寶玉的薦書之忱，形成了相互輝映的綿綿情語。

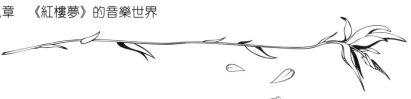

## (四)靈犀相通

琴音如同情語，但求知音。李漁《閑情偶寄》已明此理：「伯牙不遇子期，相如不得文君，盡日揮弦，總成虛鼓。」尤其琴瑟自古以來便是男女傳情達意的媒介，《詩》云：「妻子好合，如鼓琴瑟。」「窈窕淑女，琴瑟友之。」李笠翁繼而有言：「花前月下，美景良辰，值水閣之生涼，遇繡窗之無事，或夫唱而妻和，或女操而男聽，或兩聲齊發，韻不參差。無論身當其境者儼若神仙，即化成一幅合操圖，亦足令觀者銷魂……。」《紅樓夢》之迴別於一般才子佳人小說處，在於「知音」觀念的昇華。傳統戲曲、小說的寫法是「郎才女貌，一見傾心」，之後藉吟詩撫琴以求山盟海誓、鸞鳳和鳴，即使高妙如《西廂記》、《牡丹亭》，也不過如此。因爲琴／情音「易響而難明」，故「非身習者不知，唯善彈者能聽。」此番知音之論，以停留在相如、文君；張生、鶯鶯之膠漆男女、連絡情意的層次上爲滿足。不若《紅樓夢》中寶黛互爲知己的寫法，更進一層以彼此人生道路的投合，作爲知己論的基礎。

《紅樓夢》第三十二回，史湘雲和薛寶釵一樣勸寶玉道：「你就不願意去考舉人進士的，也該常會會這些爲官做宦的彈講談講那些仕途經濟……。」寶玉聽了，大覺逆耳，竟下逐客令道：「姑娘請別的屋裡坐坐罷，我這裡仔細腌臢了你這樣知經濟的人！」不想黛玉正走進來，陡然聽見寶玉道：「林姑娘從來說過這些混賬話嗎？要是他也說這些混賬話，我早和他生分了！」黛玉聽了不覺驚喜交集，同時也悲歎愈切：「果然自己眼力不錯，素日認他是個知己，果然是個知己。」寶黛之愛，建立在互相引爲知己的基礎之上。而這份知己之情，又呈現在他們同時對自我「本分」的反省上。賈寶玉痛絕於「仕途經濟」，聽不得「混賬話」，已如前述。事實上賈寶玉的叛逆意識，時時刻刻用在他對於現存觀念與制度的反省與亟欲破除上。他對於時人將生命的價值聯繫在功名、爵祿、家族倫理，乃至婚姻命定上，甚感空洞與無謂。他認為所謂名教和生死大節，乃是根本可疑的。「人誰不死？只要死的好。那些鬚眉濁物，只知道『文死諫，武死戰』這二死是大丈夫的死節……哪裡知道有昏君方有死諫之臣！只顧他邀名，猛拼一死，將來置君於死地？必有刀兵，方有死戰；他只顧圖汗馬之功，猛拼一死，將來棄國於何地？……那武將要是疏謀少略的，他自己無能，白送了性命，這難道也是不得以嗎？那文官更不比武官了！他念兩句書，記在心裏，若朝廷少有瑕疵，他就胡彈亂諫，邀忠烈之名；倘有不合，濁氣一湧，即時拼死，難道這也是不得已？」賈寶玉自幼不滿道學口實，一向稱功名中人為「祿蠹」，因此從未有「留意於孔孟之間，委身於經濟之道」的想法。他堅決排斥時文八股與忠孝節烈，同他所身處的身分階級和家族社會對他光宗耀祖的要求，產生尖銳的思想意識對立。

而此一叛逆性格同時也是林黛玉所選取的人生道路。由於自幼喪母，少了一層閨中禮教的束縛，因此她少提針線，只伴書香藥香生活。香菱學詩，林黛玉笑道：「既要學做詩，你就拜我為師。我雖不大通，大略也還教得起你。」（《紅樓夢》第四十八回）可是薛寶釵卻另有意見：「我實在聒噪的受不得了！一個女孩兒家，只管拿詩作正經事，講起來，較有學問的人聽了反笑話，說不守本分。」（《第四十九回》「不守本分」是賈寶玉和林黛玉的共同形象，曹雪芹稱這樣的人既是

「情癡情種」，又是「高人逸士」，「置之千萬人之中，其聰俊靈秀之氣，則在千萬人之上；其乖僻邪謬不盡人情之態，又在千萬人之下。」（第二回）這是他們互為知音的基礎，卻同時也是使他們感受到人抵觸於天的孤立所在。林黛玉所嘆皆為淒惻之音：「既你我為知己，又何必有『金玉』之論。」（第三十二回）她一無憑藉，僅以「草木之人」的感情與生命，抵抗金玉良緣和婚姻命定的思想。在《紅樓夢》的世界裡，儒家思想宰制一切，但它同時又是男女主人公極力反抗的價值標準，兩造之間形成的張力無所不在。導致賈寶玉處處懷疑現存制度的永恆性，成了「百口嘲謗」的逆子；傳統社會的責任與禮數、個人想欲與追求完美，也就成為林黛玉短短一生中，永遠化解不了的煩惱：「漂泊亦如人命薄，空繾綣，說風流！草木也知愁，韶華竟白頭！歎今生誰捨誰收？」（第七十回）

第八十七回，賈寶玉路過瀟湘館，忽聽叮咚琴聲，同時聽見林黛玉低吟琴曲四疊。

風蕭蕭兮秋氣深，美人千里兮獨沉吟。望故鄉兮何處，倚欄杆兮涕沾襟。
山迢迢兮水長，照軒窗兮明月光。耿耿不寐兮銀河渺茫，羅衫怯怯兮風露涼。
子之遭兮不自由，予之遇兮多煩憂。之子與我兮心焉相投，思古人兮俾無尤。
人生斯世兮如輕塵，天上人間兮感夙因。感夙因兮不可惙，素心如何天上月。

第三疊林黛玉調高君弦，以無射律清吟：雖然你我兩心相投，然而你的處境使你不自由，我的際遇使我多煩憂。確實是寶黛二人情困的寫照。最後一疊，突作變徵之聲，收攝不住的感情，發出：「我的心，如天上明月！」情知所至，音韻可裂金石，忽然「崩」的一聲，弦斷了……。賈寶玉並未因而叩門求入，與黛玉討論君弦調音太高，以致不與無射律協調，或四疊忽變徵聲等琴技問題。他之做為林黛玉心靈上的知音者，其心中領會，未當面說出的話，乃是：「我有一顆心，前兒已交給林妹妹了。」（第九十七回）無奈客觀環境中，薛寶釵才是賈寶玉婚姻問題上，顧及家世利益的不二人選。於是寶玉只能眼看著他的知音，他的人生伴侶，綳緊了生命最後一絲氣力，彷彿爲他們的不自由與多煩憂，發出了疲憊的求救聲。

天籟之美，在無聽之以耳而聽之以心。古人論琴知音的最高境界，亦在於得無弦琴意而莫逆於心。《紅樓夢》第九十六回賈寶玉失去了通靈寶玉，終日怔怔然不言不語，竟至失魂喪魄、恍恍惚惚起來。賈政見他目光無神，大有瘋傻之狀，遂同意賈母與鳳姐趕辦與薛家聯姻，藉金鎖壓壓邪氣，以望沖喜。林黛玉聽說「寶二爺娶寶姑娘的事情」，萬念俱灰，僅剩下最後的願望，就是聽聽寶玉心底的聲音：「寶玉，你爲什麼病了？」「我爲林姑娘病了。」極簡的對話，襲人、紫鵑不一定理解，而林黛玉卻早已「美人巨眼識窮途」，有了這句話，心裡反而坦然了。「可不是，我這就是回去的時候兒了。」此後，焚稿斷癡情，病情日重一日，終於魂歸離恨天。賈寶玉昏憒以極，同薛寶釵拜堂成大禮。從此天上人間。

## ㈤新佳人時代

傳統小說中，論琴／情談知音者，不難令人聯想起「才子佳人」的命題來。從漢代李延年的〈佳人歌〉以降，容貌豔麗的女子，生來具有不可抵擋的魅力。傾國傾城，叫人生死以之。自唐傳奇伊始，如：霍小玉、崔鶯鶯等深情女子，即不斷受到文人雅士的賞嘆。而佳人擇才子，實際上也渴望才子以一見鍾情偷約始，以金榜題名完婚終。在兩下裡一樣害相思的時節，「一個絲桐上調弄出離恨譜，一個花箋上刪抹成斷腸詩；一個筆下寫幽情，一個弦上傳心事。」因望東牆，恨不得腋翅於妝台左右，於是漫把相思添轉，一面撫瑤琴引擾芳心；一面染霜毫構思情語。是以「小娘子愛才，鄙夫重色」，成了傳統愛情小說的基調。

「琴」在如此重情天地裡，所扮演的腳色，即為傳遞追求與思慕訊息的鵲橋。漢代司馬相如以一曲〈鳳求凰〉，贏得卓文君的傾心，兩情相願結成伉儷，使得此曲留下了「夫妻之曲」的美名。然而，才子佳人，憐才慕色，雖足以提供作品本身美感架構，以激盪讀者情靈，卻不必然涵攝人們內心深受感動的「情」。於是曹雪芹便說道：「至於才子佳人等書，則又開口『文君』，滿篇『子建』，千部一腔，千人一面……在作者不過要寫出自己的那兩首情詩豔賦來……非理即文，大不盡情。」（第一回）因此《紅樓夢》裡，賦予才子佳人新的見解與寫法，重新梳理慕才重色的愛情觀，以使人意識到「知音」的眞諦。

儘管，寶黛共讀《西廂》，已成了傳世的畫面，而林黛玉也確實盛讚《西廂記》與《牡丹亭》「辭藻警人」，誦之「滿口餘香」。然而，寶黛之愛卻未因而奠基於愛才重色之上。雜學旁收的賈寶玉，雖有過目成誦的能耐，大觀園試才對額之際，也展現出高於衆清客的捷才。然而，一旦與林黛玉相比，賈寶玉卻處處顯得「不知不能」、才疏學淺。海棠結社雅吟，林黛玉之奪魁，與賈寶玉的壓尾，總是相映成趣。可見黛玉並非傾慕於寶玉的才情。至於黛玉之貌，作者輒以寫意筆法描染，所云風露清愁、裊娜風流，直寫生命情調之美。不若鮮妍嫵媚、豔冠群芳的薛寶釵，有一段雪白酥臂，引惑賈寶玉凝睇形如「呆雁」。只是令人神魂若癡的薛寶釵，卻始終是賈寶玉強烈掙扎的婚姻枷鎖，可見寶玉將心交給了林妹妹，並不僅著眼於佳人容顏之麗。《紅樓夢》作者至此突破了千百年來，慕才重色的愛情基調，賦予才子佳人情意投合背後更深刻的思想內涵。

中國小說家終於意識到，愛情不僅僅在才、色之上著墨，更重要的是，人生價值的攜手追尋。此間「撫琴」一事，即扮演了重要的轉捩腳色。琴之作爲鳳求凰的傳情媒介，自漢以降，已逾千年。至《紅樓夢》出，始轉化爲更深沉更內在地叩問：愛情的出路與歸結。林黛玉的感情道路，由堅強走向脆弱，其過程反映在清醒認識到禮教束縛後的悲哀，與面對婚姻問題的焦慮，「一年三百六十日，風刀霜劍嚴相逼」，壓力與時俱進，直到摧毀她的生命意志力為止。曾經離喪與動輒思鄉；遭逢禁錮與感受世態炎涼，最終都消融於「不自由」與「多煩憂」的琴曲中，說明她身心俱疲的處境。於是撫琴吟曲成為她與寶玉最後一次溝通心靈的傳情媒介。而寶玉聽琴，也確實懂得。於是接下來所發生的「失玉」與「掉包」，便無須費解。賈寶玉唯有令自己麻木失心，才可能放棄理想與信念中的情人，接受家族安排的政治婚姻。愛情的出路與歸結，不再是婚姻。寶、黛的愛情，結束在林黛玉的悲懷莫罄，一死酬知己。琴／情之美妙意境，惟知音者終身相惜。

## (六)情思的隱喻

林黛玉所解之琴，實際上是一段「解脫」之情。愛情的開始，是兩條人生道路的交集，交集在同一頻率上，使情人在無聲的世界裡，聽見彼此的聲音，繼而以共同的理念，相偕追尋。是故情之所鍾，不僅在於「悅己」，更高的要求則是「知己」。《紅樓夢》以前，愛情故事動輒以「慕才愛色」為起點，才子因愛悅而撫琴，蓋以琴／情偕音，於是「彈琴」（談情）意謂著追求與戀慕。是以古典文學中借用「撫琴」來暗示男女悅慕、夫妻和諧，以及歷代文人以「琴絲」隱喻「情思」者，不絕如縷。

雖然「慕才愛色」作為愛情發生的起源，並未失真。寶、黛初見時，即已注意彼此的才貌，黛玉看寶玉：「面如敷粉，唇若施脂；轉盼多情，語言常笑。天然一段風騷，全在眉梢；平生萬種情思，悉堆眼角。看其外貌最是極好……。」寶玉眼中的林妹妹則是：「態生兩靨之愁，嬌襲一身之病。淚光點點，嬌喘微微。閒靜時如姣花照水，行動處似弱柳扶風。」（第三回）兩人因對方的才情與容顏，甚或舉止間的偶然特質，而引發浪漫聯想，這是愛情的開始。然而它的持續，則有賴生活與思想中深刻的共同意念。歷來風月故事的本質，僅至於悅容貌、喜風流，戲曲小說最大的突破，亦不外以「私定終身」來強調自由戀愛。而寶黛愛情建立在反經濟仕途與互相深敬的基礎上，不參雜半點權衡利害與世務應酬，可謂愛情對於道德本性的重新照見。寶、黛之互為理想與意念中的情人，使得「撫琴」一事在《紅樓夢》中，成為突顯他們的共同意念在現實生活中多所滯礙的具體明證。林黛玉以琴曲訴說此間所遭到的「風刀霜劍」，與不自由、多煩憂。直到四疊韻畢，琴絲突然崩斷，則琴弦便已成為寶、黛愛情故事結構中，情思難再的隱喻。

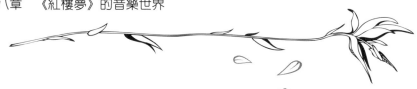

# 二 鳴琴廣陵客——鹽政與琴

林黛玉的父親林如海，出身於姑蘇的世祿之家、書香之族。《紅樓夢》第二回，寫道這位前科探花、蘭台寺大夫因欽點爲巡鹽御史，而舉家到揚州赴任。後因如海嫡妻病逝揚州，西賓賈雨村才受林鹽政之託，送女進京。至八十六回林黛玉在大書架上翻看琴譜上的琴理與手法時，回憶道：「我在揚州，也聽得講究過，也曾學過。」本文將以明、清揚州鹽業與其文化活動，進一步考察林黛玉彈琴的社會背景與歷史淵源。以往紅學研究已藉五十三回烏進孝的稅單，和十六回、三十九回王熙鳳放債，以及賈寶玉反科舉、反金玉良緣……等情節，考察《紅樓夢》所呈現之清代社會經濟面貌。本文則更深入地探討商業文化帶動藝文潮流在《紅樓夢》世界中所呈現的具體反映。

## ㈠揚州繁華以鹽盛

揚州城遠在二千二百年前，漢代吳王招天下流民煮海水爲鹽起，即與鹽業一榮俱榮，一損俱損。唐代中晚期，隨著經濟重心的南移，兩淮鹽區成爲全國食鹽的主要生產區。明、清兩代，上交國庫的鹽稅曾經高達「天下租庸之半，損益盈虛，動關國計。」揚州鹽業以兩淮地區爲主，鹽課又居天下之半，遂使明、清兩代政府重視鹽政。而鹽商則是由政府特許的專賣商，同時也因爲家家要食鹽，於是鹽業到了清初，已成爲「天下第一等貿易」，俗諺有云：「一品官，二品商。」鹽商之富，資本額超過千萬兩者，大有人在。淮揚鹽商因此成爲清代三大商人資本集團之一。爲了管理鹽政，明代起即設有巡鹽御史，是鹽區專管鹽務的最高行政長官。衙門下設鹽運使等多位官員。

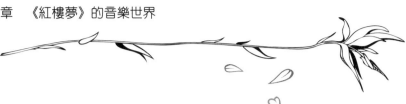

鹽政的主要職務在課稅與緝私，而日常所參與的文化事業，則大多與鹽商的生活消費息息相關。鹽商奢靡，日用衣飾屋宇、飲饌炊具、俳優樂伎，無不窮極工巧。揚州鹽業帶動了其他的商業活動，舉凡戲院、書場、園林建築，遍佈城內外。鹽政既是飽學之士，則鹽商也不乏學有素養文人。他們將部分利潤投資在招攬名士、結社吟詩、刊刻典藏書籍、收購字畫、支持戲曲，以及修建書院、興學講道之上，形成了亦商亦儒的特殊文化階層。

### (二)雲龍南幸非一次

揚州鹽官與鹽商本身具有深厚的文史造詣，因而直接帶動了當地的文化時尚潮流。清初錢謙益曾與影園評次滿座名流同賦盛開之黃牡丹，《浪跡叢談》載有鹽商馬曰琯等人，好古博學、考校文藝、評騭史傳，旁逮金石文字，《夜雨秋燈錄》甚而有言：「雖鹽賈木商，亦復對花吟詠。」明、清商翁之家所出進士，多達兩百多名，古徽州地區至今屹立彰顯榮耀的牌坊，可爲明證。

鹽官亦屬文人，爲揚州帶來大量的藝文活動。曹雪芹的祖父曹寅，曾任蘇州、江寧織造，與兩淮巡鹽御史。在鹽官任內，刊刻大量編著，除《楝亭詩鈔》、《詞鈔》、《續琵琶記》等創作外，又彙刻前人音韻學著述爲《楝亭五種》，並將藝文雜著彙編成《楝亭藏書十二種》。揚州城內隨時舉辦著大小文會，每於會期三日內，書舍即將詩文發刻，遍送城中。冶春詩社、虹橋修禊等招致群賢畢至的文化盛事，無一不是鹽商與鹽官支持、策劃出來的活動。而康熙南巡，曹寅四次接駕的歷史性繁華場面，盡是「水天煥彩、琉璃乾坤、珠寶世界」，已藉《紅樓夢》「元妃省親」一節表述無遺。

鹽商們與揚州八怪的交往，也進而刺激了書畫創作，乃至於市場的活絡。《古今筆記精華錄》記載鹽商爲求鄭板橋的畫，刻意以優美琴音，引誘板橋循聲而至竹林。可知廣陵琴韻與書畫、園林，俱爲揚州鹽賈、文人生活的一部份。也是鹽官之家出身的林黛玉，善於賦詩鼓琴的社會背景。事實上，廣陵琴派直到第十代傳人劉少椿，仍是揚州鹽商子弟，青年時期正值「裕隆全鹽號」鼎盛，曾習崑曲、書法、繪畫、武術及道家養生等，晚年（一九五六年）亦曾同查阜西等人錄製廣陵琴曲。鹽業帶動書畫琴道等江南文人生活美學的發展，於此可見一斑。

### ㈢廣陵遺響

唐人李頎七言古詩〈琴歌〉云：「主人有酒歡今夕，請奏鳴琴廣陵客。月照城頭烏半飛，霜凄萬木風入衣。銅爐華燭燭增輝，初彈淥水後楚妃。一聲已動物皆靜，四座無言星欲稀。清淮奉使千餘里，敢告雲山從此始。」這首詩說明了唐時廣陵即以琴歌演奏聞名。事實上，到了《紅樓夢》寫作的年代，廣陵琴學的藝術風格已經聲名遠播。自清初順治年間，徐常遇父子三人創立「廣陵琴派」起，即將歷代古琴譜編纂刊刻。著名者包括：《澄鑑堂琴譜》（刊於一七〇二年，爲廣陵派最早的琴譜。）、《五知齋琴譜》、《自遠堂琴譜》、《焦庵琴譜》，以及《枯木禪琴譜》等二十多部。廣陵琴藝近三百年來，綿延不衰，其琴學號稱博采歷代各派之長，務求融會貫通、推陳出新。據清末廣陵派名家孫紹陶（一八七九—一九四九）所云，廣陵琴曲節奏自由跌宕，難以把握，對於指法的要求十分嚴格，務必達到右手運指準確，左手吟猱圓滿。爲求細緻多變的吟猱手法，又強調「熟曲生彈」的法則。歷代傳人秉持「樂自性出」、「琴如其人」的觀念，不願超時媚俗，而以道家有無、虛實相生的道理來體會琴曲內涵。

《紅樓夢》成書約於一七九二年（乾隆五十七年），其時廣陵琴派已傳立數代，廣陵琴風既以「淳古淡泊」爲宗，則林黛玉幼年於揚州學琴的經驗，應是正統的家學淵源、名師指點，因而使其體會到琴學堂奧與廣陵眞趣，如此方能言簡意賅地指出撫琴者的體態、衣著、手勢，與中節合度等標準。故而她對學琴的認知與琢磨，相較於正白旗包衣世家出身的賈寶玉，自然更難以超脫傳統儒家「誠意正心」

與道家「清心寡欲」合揉的情操／琴操觀。

《禮記．學記》云：「不學操縵，不能安弦。」因初學彈琴者，須先知調協弦音，才能安弦成曲。後遂以操縵特稱初學曲調而未工之意。林黛玉操縵遲至八十六回方始展開，於是又牽涉到續書的問題。自胡適（一八九一—一九六二）考證（一九二一年）以來，形成了《紅樓夢》八十回後為高鶚補作的說法。然後四十回是否為高鶚所續？或仍屬於曹雪芹原著？則說法不一。胡適據程高本序言所云：「同友人細加厘揚，截長補短……。遂襄其役，工既竣，並識端末，以告讀者。」考證後四十回為高鶚續書八十回，並於乾隆五十七年壬子，合併前八十回，初印程甲本百二十回《紅樓夢》問世。而近人范寧、陶劍平等人又以張問陶《船山詩草》卷十六，題注曰：「傳奇紅樓夢八十回以後，俱蘭墅所補。」並高鶚在《月小山房遺稿》中自題：〈重訂紅樓夢小說既竣題〉等資料，辯證文中未有高鶚續作之意。而林語堂晚年發表六萬言的《平心論高鶚》（一九五八），則更進一步指出，前八十回成書在甲戌，而曹雪芹辭世在壬午，期間八、九年，何有不能續完後四十回之說？況且高鶚的身分是舉人（後成進士），其才思筆力不一定能將千頭萬緒的前部，撮合編纂、彌縫無跡地補續出體大思精的整部奇書。

紅學自來對《紅樓夢》作者的音律造詣存而不論，恐怕既是囿於文史解讀而不闇音韻，又受到八十回後非原著的影響。事實上，高鶚曾於乾隆四十七年

（一七八二年）著有〈操縵堂詩稿跋〉，而廣陵琴派的創新與發展，隨著《澄鑒堂琴譜》與《五知齋琴譜》的問世，在清乾隆、嘉慶年間，進了鼎盛時期。這時也是高鶚續《紅樓夢》與發展個性化文人生活的重要時期。從他的世交薛玉堂爲《蘭墅十藝》題詩曰：「不數石頭記，能收焦尾琴。」高鶚以「操縵」爲其堂號及詩稿書名，並以《石頭記》、焦尾琴爲其十藝之二。則林黛玉解琴一段，出自高鶚手筆的可能性已較曹雪芹爲高。

此外，林黛玉所做四疊《琴曲》，就詞韻而言，第一至第四疊前半，所用皆爲正宗的《晚翠軒詞韻》，該書與《詞林正韻》均屬清代詞家塡詞所用的官韻。第一疊用十三部平聲「侵」韻，第二疊用第二部平聲「陽」，第三疊用十二部平聲「尤」韻，第四疊前半用第六部平聲「眞」韻，至後半忽然轉成仄韻。聽琴的妙玉不禁訝然失色道：「如何忽作變徵之聲，音韻可裂金石矣！只是太過。」（第八十七回）至八十九回，黛玉解釋說：「這是人心自然之音，做到那裡就到那裡，原沒有一定的。」而廣陵琴派到了乾隆末年，已提出「音隨意走，意與妙合」的藝術風格，希望能使琴曲更富於感情色彩，這也正好說明了黛玉跌宕自由、琴隨人心的藝術體會。

從文學的角度來看，自宋詞以降，文人倚聲塡詞，通常以平韻爲主，仄韻爲副，同時藉由平仄韻的遞換，來增強激烈悲壯的聲情，使閱聽人感受其慷慨激昂的情緒，收到有如繁弦急管、五音繁會的效果。從音樂的角度來看，林黛玉借猗蘭、思賢兩操，合成音韻。〈猗蘭操〉原名〈碣石調‧幽蘭〉，漢末魏晉南北朝時期流傳的民歌曲調，當時的歌舞有四段樂章的表現形式，同現存曲譜中的四拍相似，因黛玉借此曲和韻，故也賦成四疊。〈思賢操〉又名〈顏回泣〉，《今虞琴刊》、《吳門琴譜》均訂爲無射律，據《梅庵琴譜》無射律以二、七弦爲宮，又稱羽調，屬於五正調之一。林黛玉借此和韻，是故妙玉聽見的音調，正是無射律。然而到了第四疊後半，卻忽作變徵之聲，是徵音升高一律的變調，表示黛玉的心情由慷慨轉爲淒厲悲切。此處的用典出於《史記‧刺客列傳》，然高漸離易水邊擊筑，荊軻和而歌是先爲變徵之聲，音調悲切，使「士皆垂淚涕泣」。荊軻歌曰：「風蕭蕭兮易水寒，壯士一去兮不復還。」之後復轉調爲羽聲，音調慷慨，使「士皆嗔目，髮盡上指冠」。可知羽調與變徵之間的遞換，自古以來，即賦予文士抒發其憂懷隱思之意。

然而遞換之間，黛玉調高了君弦（即第一弦），以致崩斷，這又隱含了蔡邕與其女蔡琰鼓琴斷絃的軼事。三國時期，蔡文姬因戰亂流落南匈奴十二年，後因曹操念及與蔡邕的友誼，因此重金將蔡琰贖回。文姬博學有才，妙通音律因而有表現「思鄉」之情的《悲憤詩》傳世。此作品和唐代琴曲《大胡笳》、《小胡笳》，即其後的《胡笳十八拍》等，皆有密切的關聯。而林黛玉的琴曲第一、二疊，即以鄉愁爲主題，抒發文姬式的美人漂泊千里，遙望故鄉，獨自傷神之苦。至於君弦過高，似又暗合《太平廣記》韓皋觀琴的故事。太保韓皋生觀客人彈琴，聽見《止息》一曲，大讚：「妙哉，嵇生之爲是也。」接著他說明，《止息》商調屬秋聲，樂曲中以商弦轉慢，與宮同音，暗喻臣篡君位。歷史記載，司馬懿起篡奪之心後，先後殺害王陵、毌立儉、文欽、諸葛誕等四任有心效忠、匡復曹魏的揚州都督。當時嵇康以揚州爲古代廣陵之地，而上述四位文武大臣，都在廣陵事敗身亡。爲了抒發胸中鬱憤之氣，於是將琴曲命名爲《廣陵散》，意指曹魏散亡，自廣陵始。《止息》一曲，乃《廣陵散》組曲的末篇。

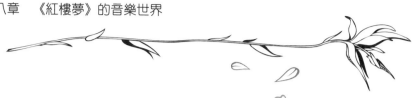

### (四)弦斷情滅

林黛玉的君弦過高，如果暗合《廣陵散》的慢商弦，而商弦又名臣弦。慢商弦，意指將琴上第二弦轉鬆，使其音低半度。如此則君弦（第一弦）便相對升高。則此處暗喻大觀園的即將散亡，則又比伏黛玉之死，多了一層隱喻。妙玉在弦音的更張上，悟出了盛世即將頹圮的預兆，因而留下「日後自知」一句話，便不再多說了。然而音樂是需要用心去感受的。這時雖寶玉不能理解律呂，卻很能聽見黛玉的內心世界。寶玉和妙玉的聽琴，一在聽之以心，一在聽之以耳；一在主觀，一在客觀。而黛玉的弦斷，也正暗示了「木石前盟」的情緣難續。斷弦意謂情滅，西方十九世紀鋼琴家李斯特（Franz Liszt, 1811-1886）與其妻達古伯爵夫人之間，也曾有類似的取譬。夫人在日記中寫道：「李斯特的演奏，使我有一種不安的感覺。儘管他用無比的光輝、優秀的技巧在彈奏，可是這些音樂，使我覺得好像在我們之間，有某種微妙的隔膜。我痛苦極了，簡直不知如何說出。然後，從那一天（弦斷）開始，就有愛情已告終了的預兆。」高鶚續書，使得「木石前盟」一段公案，從斷弦的那一刻起，玉瘋、黛死、釵嫁，走向了悲劇的結束。

## 二　曹雪芹與高鶚的藝術眼光

《紅樓夢》前八十回歷敘曹雪芹富麗繁華的年少生活經驗，其間世家大族閱歷深厚、見識廣遠的文化藝術修養，成爲小說中審美情趣的基礎。以音樂爲例，第五十四回，賈母讓芳官唱一齣《尋夢》。《尋夢》爲《牡丹亭》第十二齣，寫杜麗娘夢中與柳夢梅歡會之後，次日又回到後花園，希望重溫夢景的情節。而笙笛一類的樂器一概不用，只以提琴（即胡琴）和簫管伴奏。繼而葵官唱一齣《惠明下書》。這齣戲原爲明代李日華傳奇劇本《南西廂記》中的一齣，後爲王實甫《西廂記》所改編。寫孫飛虎兵圍普救寺，強索鶯鶯成婚。張生危難當頭，修書杜確求援。僧人惠明毛遂自薦突圍送信的故事。也不用抹臉，一時間，衆人聽得入了迷，鴉雀無聲。薛姨媽讚佩道：「戲也看過幾百班，從沒見用簫管的。」賈母回答道：「這也在主人講不講究罷了。」又指著湘雲說道：「我像這麼大的時節，他爺爺有一班小戲，偏有一個彈琴的湊了來，即如《西廂記》的《聽琴》（這是崑曲名折，出自王實甫《西廂記》，描寫張生因對崔鶯鶯傾心相愛，遂於柳蔭月下彈《鳳求凰》曲，藉以試探鶯鶯。）《玉簪記》的《琴挑》（出自明代高濂傳奇《玉簪記》中的一齣，後亦改爲崑曲名折，寫書生潘必正借住女貞觀中，偶遇道姑陳妙常，一見傾心，藉彈琴《雉朝飛》挑逗，而妙常亦為之心動。無奈懼於戒規，待潘高中，始成美眷。）《續琵琶》（為曹雪芹祖父曹寅所作的傳奇劇本。全劇以蔡文姬故事為主，穿插虎牢關大戰、計殺董卓、李郭起兵等事，而以文姬歸漢作結。）的《胡笳十八拍》（為古琴曲，相傳東漢蔡琰所作，共分十八章，一章一拍，歷敘漢室衰亡、戰爭迭起，文姬遭擄，入匈奴十二年始還，卻又面臨親子生離的哀痛。）竟成了真的了，比這個更如何？」眾人都道：「這更難得了。」此間我們體會到，曹雪芹看待彈琴，是結合了戲曲來講究的。一方面在唱完了喧鬧的《八義》之後，應該點些清淡的戲文來調劑情緒。因此只用蕭管，音響效果就淡雅多了。另一方面，又注意到視覺的舒緩，所以不用上花臉，則聽戲的人就更能細細品味演員的發聲吐字。更高的戲曲鑒賞層次，還在將彈琴由原本伴奏的位置，引入情節中，變成舞台上的主角，使得音樂與戲劇融為一體。如此高度的審美趣味，已道盡世家貴族累積數代家學門風的鑒賞能力。

除了以琴、簫配戲為獨具慧眼之外，曹雪芹又極講究聽曲品樂的環境。第四十回，宴請劉姥姥時，偶然興起讓家裡的十幾個演習吹打的女孩子就近演奏。賈母道：「就鋪排在藕香榭的水亭子上，借著水音更好聽。」等到第四十一回，宴會進入高潮時，「只聽得蕭管悠揚，笙笛並發。正值風清氣爽之時，那樂聲穿林度水而來，自然使人神怡心曠。」又七十六回中秋賞月時，賈母見月至中天，精彩可愛，便說道：「如此好月，不可不聞笛。」然而「音樂多了，反失雅致，只用吹笛的遠遠的吹起來就夠了。」等到入席飲酒之後，閑話間，遠處桂花樹下突然「嗚嗚咽咽，悠悠揚揚，吹出笛聲來。趁著這明月清風，天空地淨，眞令人煩心頓解，萬慮齊除，都肅然危坐，默默相賞。」無論是藕香榭聆樂，或是凸碧堂品笛，曹雪芹善於營造整體環境，讓音樂「穿林度水」，更加動聽。

尤其甚者，八十回後，被高鶚選取爲彈琴場景的瀟湘館，亦已經由曹雪芹整理過了。第四十回，賈母見林黛玉所住的瀟湘館裡，窗紗顏色舊了，便和王夫人說道：「這個紗新糊上好看，過了後來就不翠了。這院子裡有桃杏樹，這竹子已是綠的，再拿綠紗糊上，反倒不配。」於是想換新的顏色糊上。鳳姐兒於是說庫房裡有銀紅蟬翼紗，有各種折枝花樣的，也有流雲蝙蝠和百蝶穿花的。顏色又鮮，紗又輕軟，別說做窗紗，就是拿來作綿紗被，一定也是好的。不料賈母立刻糾正道，那個還不是蟬翼紗，正確的名字是「軟煙羅」，一共有四樣顏色：雨過天青、秋香、松綠和銀紅。因爲拿來做帳子或糊窗屜，遠遠地看，似煙霧一般，所以叫「軟煙羅」。賈母選擇柔厚輕密的銀紅色「霞影紗」來搭配瀟湘館裡的翠竹、芭蕉。既突破顏色的單一性，又強調冷暖、主次色的諧調相映，不僅富於變化，而且對比鮮明。更加烘托出瀟湘館的詩情畫意，與林黛玉的寫意情趣。也使讀者具體感受到八十回後黛玉撫琴的清雅環境。

相較於曹雪芹對音樂環境，由樂器的配合，以及其他藝術的相襯，乃至於整體環境的塑造。高鶚對生活的品味，則偏向文人化、個性化與內心式的情趣。在黛玉撫琴、妙玉坐禪、惜春揣摩棋譜……等多處情節上，已明顯透露續書人的書卷氣質。再以戲曲和音樂為例，就更加明確了。第九十三回，賈寶玉聽蔣玉菡唱「占花魁」，特別留意秦小官伏侍花魁醉後的神情，因為蔣玉菡將秦小官憐香惜玉的情意唱到纏綿繾綣、極情盡致的地步。因此寶玉不看花魁，雙眼「獨射」蔣玉菡，聽得他「聲音響亮，口齒清楚，按腔落板……」，寶玉簡直神魂飄蕩。因想著：「樂記上說的是，『情動於中，故形於聲；聲成為謂之音。』所以知聲，知音，知樂，有許多講究。聲音之原，不可不察。詩詞一道，但能傳情，不能入骨，自後想要講究講究音律……。」在高鶚筆下，賈寶玉聽琴、觀棋、看戲，已經內化為個人思想的一部分。不似前八十回，聽琴須在戲中，趕圍棋和擲骰子一起玩，還可以賭錢。與還是忠順親王府裡做小旦的琪官——蔣玉菡，過從甚密，相與甚厚。先是交換汗巾，後又在紫檀堡購置房舍。

同樣以鹽業構築起來的榮景。高鶚留意在琴道的發揚；曹寅則是在揚州天寧寺直接主持廣陵刻書的盛業；而曹雪芹則是將揚州官商接駕乾隆，充備崑腔等戲班，仿造宮廷內府的建築，搬進了大觀園。以揚州城夜晚的華燈、船閣、煙火、舞伎，以及蕭籟摧歌、金石鏗鏘……等繁華盛事，點亮了省親的序幕。《紅樓夢》第十八回寫道：「且說賈妃在轎內看此園內外如此豪華，因默默嘆息奢華過費。忽又見執拂太監跪請登舟，賈妃乃下輿。只見清流一帶，勢如游龍；兩邊石欄上，皆係水晶玻璃各色風燈，點得如銀花雪浪；上面柳、杏諸樹雖無花葉，然皆用通草、綢、綾、紙、絹依勢作成，粘於枝上的，每一株懸燈數盞；更兼池中荷、荇、鳧、鷺之屬，亦皆係螺、蚌、羽毛之類作就的。諸燈上下爭輝，真係玻璃世界、珠寶乾坤。船上亦係各種精緻盆景諸燈，珠簾繡幙，桂楫蘭橈，自不必說。」同樣的藝文情事，在高鶚與曹雪芹身上，則分別呈現出不同的品味與趣味。前者體現儒生個人內在的想法，後者則顯現世家大族的紈綺與氣派。同時也是曹雪芹回憶幼年生活，與高鶚中年後，仕途未明，自憐自艾的分別所在。

# 第九章

# 《紅樓夢》與臺灣文學社團

清人龔橙的《詩本誼》將二千多年來有關《詩經》的編譯、引用、闡釋以及流傳等各種文學現象做了總整理，提出《詩經》有八誼（義），分別是：作詩之誼、談詩之誼、太師采詩、瞽矇諷詠之誼、孔子定詩建始之誼、賦詩引詩節取章句之誼、賦詩寄託之誼，以及引詩以就己說之誼。其中除了第一條是探討作者原意之外，其餘七項都在強調閱讀者（接受者）的解讀，以至於應用等情形。二十世紀初，西方文學揚棄了古典美學講究完美與逼眞，而導致讀者缺乏想像空間的文學作品，以意象派、象徵派等各種藝術技巧從事創作，於是文本逐漸走向語言曖昧、歧義疊出的風格，現代派以及後現代派的作品，尤其使得讀者充滿個人風格的想像與詮釋，得以大量地塡補文本的空白。隨著讀者的審美意識介入文本之深，以讀者爲中心的文學理論便順勢而興。

由於當代文學理論中「文本」觀念的確立，使得以往環繞在作者與作品之間的關係討論，轉移至強調讀者在閱讀過程中的重要性。從前「作品」僅視爲作者的生產品，而今作品擴大爲「文本」，即等同於讀者閱讀時創造出來的場域。讀者對作品的一切認識活動即可視爲一種「書寫」，其閱讀思維與期待視野，有時也與時代氛圍，閱讀者的稟賦、素養如影相隨。

《紅樓夢》自十八世紀成書以來，在中國乃至國際學界廣爲流傳，其意義與價値進一步爲世人所認識。尤其是各時期的紅迷作家往往不拘於索隱、考證的樊籬，將該作視爲學習與活用的典範，更使得《紅樓夢》成爲一部富有生命力的文本。有趣的是，隨著台灣社會政、經結構的變遷，以及當代文學批評受西方思潮的影響等因素，《紅樓夢》的典範價值也逐漸地在重塑中。此間，表現在執筆爲文的台灣現代作家群中，是一幕幕鮮活的衆生相。其中有文學流派與社團的介入，有長篇小說配合時事的改寫，有女性文學的抒發，更有醫藥、飲食、傳播媒體、創作經驗等各方面的潛論……。這些現象，一則說明了台灣移民社會的文化發展與傳統經典的淵源；同時也相對於大陸的官方紅學與台灣的學院派論述，毋寧是一條新發現的源頭活水。在現代紅樓文本的重塑過程中，等待著我們發掘與探索。

《文心雕龍．知音》云：「蘭爲國香，服媚彌芬；書亦國華，玩繹方美。」文學本身不能審美，所以作品的美學價值必須透過欣賞主體的玩味與演繹方能呈現，因此劉勰說：「玩繹方美」，亦即劉永濟在《文心雕龍校釋》中所說：「作者往矣，其所述造，猶能綿綿不絕者，實賴精識之士。」此外，中國文學批評中的「玩味說」、「妙悟說」、「興趣說」等皆是在讀者參與文本的閱讀活動中產生的解讀理論。是故，考察《紅樓夢》在現代台灣文學社會中的鑑賞、解讀與再創作，並不需要完全倚賴當代西方的文學理論，而不妨視爲在西方理論與中國古代文論的遇合當中，台灣文壇對《紅樓夢》文本意涵多樣性的建構與啓發。戰後以來的台灣文壇，由於文化工業漸趨整全，致使文學創作主體的標籤鮮明，作品的文類也朝向多元化與專精化邁進。許多從事台灣現代文學流派分類研究的專著，目的在探討文學社會中各種團體、勢力消長的過程。這樣的文類研究工作往往僅追蹤四十餘年來的文學經驗，而鮮少正視更深遠的文學傳統問題。當我們發現許多作家的個人才性或其所屬社群的特色與《紅樓夢》有深厚淵源時，便同時釐清了影響台灣文學流派發展過程中一條重要的歷史脈絡。

多年來紅學界透過各種角度研究《紅樓夢》的成果已證實《紅樓夢》本身是一顆寶石，從不同的切面折射出耀眼的光芒。而每一個切面所散放出來的光輝，恰如同在《紅樓夢》的影響下所形成的一支文學流派、社群或文學品類。我們不妨以時代風尚來考察作家對《紅樓夢》的閱讀觀點，從中體會現代人對《紅樓夢》的接受美學。

## 一 鄉土論戰中的紅樓表述

一九七〇年代的臺灣社會因遭受到釣魚台歸屬爭議、政府退出聯合國、美國承認中共等一連串的政治性重大衝擊，迫使政府與民間不得不思考臺灣未來的方向，以因應國際局勢的轉變，及臺灣內部存在的問題。在國人的反思與覺醒中，臺灣社會長期以來的意識形態之爭逐漸浮出檯面。「革新保台」的政策推動下，在政治立場上臺灣加速推動自由民主的發展與人權的重視；經濟上也積極朝向技術密集的工業化邁進；以文化角度視之，則是在繼承傳統民族文化的基礎上，發揚鄉土色彩。此情勢意味著，鄉土文學正逐漸從反官方思想進而名正言順地成爲文學的主流論述。當時朱西甯等人曾爲文批判屬於民族主義陣營的鄉土文學，文學社會因而形成兩方重要的陣營：一是描寫本地人生活的鄉土文學；一是志在復興中國傳統文化的青年社團，後者即以「三三文學社團」與「神州詩社」爲代表。

三三文學社團由於胡蘭成的點撥造就而籌辦《三三集刊》，並成立三三書坊來出版發行自己的作品。三三的主要成員朱天文、朱天心、馬叔禮、丁亞民、仙枝、盧非易等人也因受到胡蘭成與張愛玲的影響，而有著「正統中國」的信仰，以及對於《紅樓夢》的偏愛。此外他們也多方邀稿，於是袁瓊瓊、裘林、高廣豪等人也都在《三三集刊》中拿「紅樓夢」做文章。他們對於「紅樓夢」的參與是多方面的，例如：朱西甯與袁瓊瓊著意於考證紅學；朱天文、仙枝、馬叔禮、丁亞民等人則專章賞析紅樓人物；高廣豪、裘林、朱天文等更因受紅樓夢的影響而有所再創作。此外，《三三集刊》也曾在民國七十年初製作一本紅樓夢專輯，書名為《補天遺石》。在多場三三作者討論會中，也曾經不斷地以文化評論或比較文學的觀點來談《紅樓夢》，三三書坊亦出版過趙同的《紅樓猜夢》，並有朱西甯為文評論。不僅在文字上，《三三集刊》的插圖曾有兩輯（第九、十輯）大量採用紅樓夢剪紙藝術以為其刊物增色。當然，這一切我們不能不溯源至三三的精神領袖胡蘭成對紅樓夢的懷古，以及張愛玲對紅樓夢的研究。一九七〇年代的紅學，正是以周汝昌為首的考證派曹學，即將過渡到以小說敘事的觀點來研究紅學的橋樑，朱西甯直接對考證派的批判，以及諸青年作家對紅樓文本的論析，正是當時學術風氣下的產物，其中還包含了三三作家們的青春氣息與文藝稟賦等因素在內。撇開三三對紅樓夢的參與，單就此一文學社團的聚合形式來看，它本身就是一個大觀園式的文人雅集，才子與才女在創作上互相唱和、習染，在此，時間與空間彷彿已經停留，只有文藝青年志趣相投的情懷與青春熱情的散發。

三三討論《紅樓夢》富有相當濃厚的青春稟息，表現在紅樓夢專輯的製作、文學討論會、對於紅學研究的意見，以及許多「再創作」上。有趣的是，一九七〇年代末期鄉土文學風潮下，左翼文化分支之一的《夏潮》，是淡江校園民歌運動中的文學社團刊物，他們也曾以「紅樓夢」爲號召。當時就讀淡江英語系的吳楚楚就製作過「好了歌」，並於一九七八年在《滾石》的年終排行榜上名列第一，成爲當年最受歡迎的歌曲和歌手，隨後因爲「歌詞灰色」而被新聞局禁唱。

## 二 父親鄉愁裡的國族神話

三三文學社團的作家們受胡蘭成的影響甚深，在人生思想方面，胡蘭成提醒青年作家們：喚起三千個士，中國就有救。平時也不斷指點三三成員廣讀四書五經與各國文學名著，因此「三三群士」對於詩書禮樂的中國文化有著一股浪漫懷想與孺慕憧憬，他們稱胡蘭成爲「爺爺」，奉胡蘭成爲恩師，爲知音。在文學創作方面，朱西甯、劉慕沙、張愛玲對他們的影響都很大，而其間最重要的還是胡蘭成。因爲胡式的嫵媚文風，加上深厚的國學涵養，使得三三文學既浪漫綺旎，又志氣滿懷；既豪氣干雲，又意象朦朧。正如他們自己的說法：「三三就是一股無名的志氣嘛，三三就是一份中國傳統的『士』的胸襟與抱負，就是要喚起這一代千千萬萬年輕的心，手攜著手，浩浩蕩蕩的一同走過藍天，走到中華民族的生身之地。」（《三三集刊》，第二十五期。）

胡蘭成一生的才情學養豐厚，雖然他的政治生涯備受爭議。他曾在《三三集刊》中以「李磬」爲筆名從事專欄寫作，之後三三書坊亦將其著作結集出版，計有：《禪是一枝花》、《中國禮樂》、《中國文學史話》及《今日何日兮》。《三三集刊》始於胡蘭成的指點，終於胡蘭成的逝世。成員們受胡蘭成的影響甚爲深遠，胡蘭成去世後，身為弟子的仙枝在其書序中道：「於淚眼中省思過往的二十年為父母所生所養，後八年卻是幸得蘭師點化才知此生立世的可貴可喜。」朱天文亦在其書序中說：「知音不在，提筆只覺眞是枉然啊。今我是以伯牙絕琴之心操琴，因為蘭師的文章是這樣最最中國本色的文章，因為我從蘭師那裡才明白文章原來是這樣的。」可見胡蘭成在立身處世及文章本色上對三三文學的重要性與影響力。

除了胡蘭成外，三三對於張愛玲也是極盡渴慕的，朱西甯對張愛玲推崇備至，不僅引導天文姊妹閱讀張愛玲作品，更在編選《中國現代文學大系》時，將張愛玲列為小說卷第一。朱天文和丁亞民都曾在《三三集刊》中發表其對《赤地之戀》的觀感，天文甚至認為他們的張愛玲情結：「不只是文學上的，也是父親鄉愁裡的，愁延子孫，日益增殖長成為我的國族神話。」（《花憶前身》）

胡蘭成的不羈與張愛玲的世故同時影響著三三的年輕作家群，然因三三當年的青春氣息受胡蘭成的耳濡目染，遂使三三文學的呈現多胡風之天眞，而少張調之諷世。不過張愛玲的影響已深深播種在三三作家們的文藝心靈深處，日後開出的花朵又是怎樣的有別於當年，恐怕是他們創作之初未曾想過的。

在小兒女天眞浪漫的歲月裡，三三的導師朱西甯，精神領袖胡蘭成，使他們相信「世界史的正統在中國」（朱天心，《擊壤歌》。），因此三三作者筆下經常既甜膩浪漫，又懷想中國，朱天文的文章是最好的例證：「那三月如霞，十月如楓似火的，我的古老的中國：我永生的戀人。」「曾經滄海難爲水，除卻巫山不是雲，我只是向中華民族的江山華年私語。他才是我千古懷想不盡的戀人。」（朱天文，《淡江記》。）這種「風流纏綿」的「愛國情操」，正是胡蘭成式的風格。三三成員要成爲中國傳統中的「士」，就要熟讀中國經書，因此他們有「讀經會」；他們要練習中國古樂，所以他們有合唱團。總之他們要做全方位的「士」。「三三容或不必落實」，三三「乃是出發自民族的大信。而這民族的大信，乃是出發自中國經書和國父思想。」（《三三集刊》，第十七輯。）三三將個人的才華結合巍峨的民族大志，於是形成一股濃濃的中國情懷，這就是三三文學的特殊風格。

黃錦樹曾說：「三三是大觀園也是伊甸園。」（〈神姬之舞—後四十回（後）現代啓示錄？〉）這裡是才子才女聚集寫作、聯絡情感的理想國。朱天文說：「三三的朋友們好像生在一個沒有時間、沒有空間的風景裡。父母亦不是父母，姊妹亦不是姊妹，夫妻更不是夫妻。」（《淡江記》）他們在這裡聚會唱和，丁亞民像賈寶玉一樣處處讚賞別人；朱天文偶然想起林黛玉這樣的人物，也覺得要一流的人品才能懂得她。天文認識的同學裡，還有一位被她稱爲「柔順沒有意見」的尤二姐。三三這大觀園，猶如一座柏拉圖的城邦，讓青年作家的浪漫文藝情懷在此萌發成長，朱天心的〈愛情〉、盧非易的〈日光男孩〉、馬叔禮的〈露水師生〉等，都是獲獎之作。在這失落了時空的風景裡，他們吟詠日月山川，釀造青春靈慧，文字風格互相浸染，盡得胡蘭成風流嫵媚之姿，也極盡文采風流、爛漫率性。丁亞民形容謝材俊：「集我嚮往的一切浪漫於一身，覺得他一生可以一直這樣浪漫下去，像極了現代詩裡的世界。」

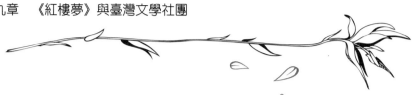

總之，三三文學在大觀園式的聚合中吟風詠月，懷抱著胡氏教條，浪漫多情而忘卻時空，他們雖豪氣干雲、浩浩盪盪，卻也朦朧未明、滿紙荒唐，朱天文說胡氏教條是「無名目的大志」（《花憶前身》），在日後回憶三三那段年少輕狂時說：「是從一場荒唐仗裡打出來的」（《淡江記》），因此在胡蘭成去世後，他們對中國的空中樓閣式的浪漫懷想，便無立足之地了。可見三三文學的特色，實是個人的詩情畫意與國族情懷熔爲一爐，同時也是胡蘭成的影響與張愛玲情結，構成了三三成員當年的文學主流風貌。

## 二 胡蘭成的「神韻說」與張愛玲的「夢魘學」

胡蘭成與張愛玲是三三的精神領袖，張愛玲是他們遙想渴慕的對象，胡蘭成則是近在眼前的宗師。胡蘭成遍閱中外文學，對青年學子採「無為」式的隨機點撥，當然也不曾錯過「紅樓夢」。張愛玲對紅樓夢的情有獨鍾，不僅表現在她的考據中，更深入到她的創作世界裡。當胡爺爺提起寶、黛戀情時，朱天文說：「我想起了張愛玲來，這樣一位聰明的絕代佳人，這世上也只有爺爺可以與她為知心，而她現在一人住在美國那樣的社會裡，不會委屈嗎？她如果能搬來和我們一塊住著多好呢。我們都是眞正敬重喜歡她，相信她見了我們也不會嫌我們俗氣的。」（《三三集刊》，第二十輯。）

紅樓夢自然的神韻是悟自天機，在胡蘭成的眼中，明清以來的小說，鮮有神韻與禮樂文章的自覺，所以「清朝惟紅樓夢的寶玉與黛玉是生在大自然裡的」（胡蘭成，《中國文學史話》。），比起宋儒空氣下的榮寧二府，及賈政、賈珍等迂腐下流，「大觀園中諸女子則尚有許多是活潑的」，紅樓夢所欲表現的就是這種活潑自然的天機，而中國歷來的讀書人寫小說，因思想已迂疏僵化，因此寫不出這樣的自然機趣，故「紅樓夢之後就不再有好小說了」。他認為寫小說只寫眼前的景物，而無神的示現、神的語言，那是失敗的。「紅樓夢前八十回是寫自己，後四十回卻是作者變爲像旁觀者寫他人的事似的，這裡發覺碰著了文章上很深的一個問題了，以前可是不知不覺中通過來了的。紅樓夢後四十回裡作者便是這點上沒有搞得好。」「如現在的日本作家，他們寫歷史小說，寫自傳式的小說，寫眼前的景物，寫廣島與長崎原子炸彈的紀錄小說，便是都在這一點上失敗了。連後四十回紅樓夢也是在這一點在上煩惱了，不說失敗，也是失意。」於是就文章而言，紅樓夢的前八十回已是完整的。因此，胡蘭成對《紅樓夢》的觀感並不拘泥於字句的斟酌、人物的刻劃以及敘事觀點的轉移等小說解析上，他以「天機」、「神韻」的視角探討《紅樓夢》，是一種強調「意在言外」的美感解讀，與清代王漁洋「皆神到不可湊泊」的神韻說前後相映成趣。

對於紅樓夢的虛實問題，胡蘭成亦有其見解：「紅樓夢的滿紙荒唐話，然而沒有比這寫得更真的眞情實事，惟文章之力可寫歷史的事像寫的是今朝的一枝花。」這種想像起來很洪荒，讀起來又覺得像是今天事的寫實手法，與一般的寫實小說有很大的不同，胡蘭成說：「法國小說家巴爾札克的寫實不如紅樓夢的寫實，這兩種寫實的方法一定要分別清楚，不論是學文學的或學歷史的。」在胡蘭成的心目中，好文章本身就是禮樂，因此閱讀好文章可以忘記禮樂、忘記中心主題，而文章主題自然會心。是故，「不爲文學而看紅樓夢，可以讀個看個無數遍，也還是喜歡，想之不完。……文章更要忘記文學。文章要隨便翻出哪一段都可看。」紅樓夢是胡蘭成所謂的好文章，無論從哪一段看起都能自然融入，這樣的閱讀看似沒有中心主題，其實好的文學作品處處都可與其主題相見。「即是讀之不費心機，而自然可有思省尋味無窮。」在此論點下，胡蘭成顯然對紅學中的「索隱」不以爲然：「但如紅樓夢亦有人要索隱，則不是曹雪芹之過了。」在胡蘭成眼中，《紅樓夢》雖是小說，然對讀者而言卻不是感情的刺激，而是知性的興發，他說《紅樓夢》：

……是有一種知性的光的。知性是感情的完全燃燒，此時只見是一片白光。而許多激動的刺激性的文學，則是感情的不完全燃燒，所以發煙發毒氣，嗆人喉嚨，激出眼淚。知性纔是歡喜的，連眼淚亦有一種喜悅。（胡蘭成，〈紅樓夢之外〉，《補天遺石》。）

知性的文章，往往是對人生提出問題，而有些文章提出問題同時也解決了問題，如易卜生的《傀儡家庭》，娜拉的出走是覺悟到自己獨立的人格並不附屬於他人。那麼賈寶玉的出走是否也解決了問題呢？其實紅樓夢所提出的問題是沒有答案的，因爲它不是可以輕易解決的，胡蘭成說：

像賈寶玉與林黛玉的情，相知相悅而不能偕老，應是天地間最大的憾恨，可是我們也無法想像寶玉因爲黛玉的緣故，而與薛寶釵史湘雲晴雯襲人等姑娘斷絕了？那麼這個問題要如何來解決呢？這不是可以解決了的，它唯有就是如此的，是青空白日下，大觀園裡不盡的歲月和渺遠的人世。

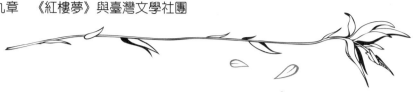

問題的解決與否不在於形式，因爲人生的覺悟是當下一念之間的事，不需要跑到另一個特定的場所去覺悟，所以朱天文認爲賈寶玉的出家其實是風格化了，寶玉的覺悟可以就在大觀園裡，一場人生的故事，最終的結局就是大家繼續過日子，在那樣的時代裡，那樣的家庭中，該發生的故事還是會繼續上演，一切留給聰明靈秀的讀者自己去體會，而故事就這麼結束了。從這個觀點看來，紅樓夢前八十回已經是一個完全，故事起於一場補天的瑰麗神話，卻在現實的人間生活中結束，這未嘗不是一個好結局，因爲在平淡的生活中，寶玉的心境已經是一個化境，那思想中所生發的氣勢，絕不會比第一回的神話稍弱。因此無論胡蘭成或朱文天，他們似乎從不爲「紅樓夢未完」而發愁。

至於紅樓夢裡的戀愛情節，胡蘭成也認爲是好的，寫愛，寫情，不如寫吵架，不如寫生氣，「林黛玉與賈寶玉時常又吵架，從來的小說寫戀愛沒有像這樣的。」而晴雯撕扇子、彩雲把賈環擲還給她的脂粉玩具拋入河水，在在都由生氣吵架寫出了人與人之間深刻的感情。能夠讀懂它的人，就不會爲了他們總是吵架而以爲他們不睦。這就是看到了物形背後的物象與物意，胡蘭成說：「物形背後有物象，那形纔也可愛。」（《三三集刊》，第十七輯。）

賈寶玉見了林黛玉，只覺得天地都在，自己也在，見了她就是三生石上的盟誓都再現眼前了。見了她只覺人世什麼都好，沒有坑吝，什麼都可以不擔心了。這是見著她的眞人了……。

賈寶玉與林黛玉的人性命相知，於是對她的形也愛，拿她的衣袖來聞，也是好的。愛她的眉眼與說話的口齒，愛她的身材與穿戴。

看到一個人表面的形，不算認識他，要體會出其形體背後的象與意，那才是見到了眞人，因此《紅樓夢》極少刻劃人臉部的表情，只是自然而然地我們就看到了她們內在細膩而幽微的情緒。所以胡蘭成說：

並非無表情，而是刻劃出了表情背後的無，此點通於紅樓夢極少描寫女人的臉面如何，而隨著行文，自然生動。（《三三集刊》，第二十二輯。）

張愛玲對於三三成員來說，表面看來好像遙不可及，而事實上卻是他們生活中不可或缺的一環，他們對於張愛玲的作品，信手捻來，如數家珍。如朱天心在談「畫畫」的時候。

有一天拿起《張愛玲短篇小說集》，隨手一翻正是「年輕的時候」，才看完第一段就驚住了，難道我曾活在那三十幾年前嗎？或是我曾入過愛玲先生的夢？（《三三集刊》，第六輯。）

三三對於中國的懷想，不僅來自胡蘭成的啓發，也有張愛玲的提示，馬叔禮每讀張愛玲〈中國的日夜〉都會怦然心跳，「張愛玲是在心疼中國文明的劫難難逃，她思想的背景裡，始終有著這惘惘的威脅。」（《三三集刊》，第五輯。）這種惘惘的威脅傳遍了三三每一個人的心坎，因此當胡蘭成欲從《紅樓夢》中爲人心的「荒涼」尋找救贖時，朱天文想到的不是別人，正是張愛玲，這不僅因爲胡蘭成與張愛玲有著今生今世的相知，亦是因爲張愛玲已將《紅樓夢》融入她的研究、創作以及生活中。因此提到紅樓夢就想到張愛玲，看到胡蘭成也想到張愛玲。張愛玲說：「紅樓夢永遠是『要一奉十』的。」（《張看》）因此她把它當作是一種理想，一種標準。就如同三三把張愛玲當作是一種理想，一種標準。

三三作者讀紅樓夢時，總是伴著張愛玲的作品一起讀，無論是她的創作或考據，例如：丁亞民認爲眞有鳳姐兒這個人，而且說不定就是作者的兄嫂，當小叔是個多情人時，兒時的記憶裡，鳳姐只能是能幹的、風采迷人的，然而「現實裡的鳳姐也許根本是個刁鑽潑辣的婦人，像張愛玲〈怨女〉的七巧也說不定。」（《邊城兒》）丁亞民說像這樣在現實生活中照顧家庭的女人，「在張愛玲的世界裡，她是七巧、白流蘇、戈珊，霓喜邋遢了一點，但還是；葛薇龍浪漫了點，也仍是。」）要知道一個人的性情，可以從他喜歡的紅樓人物上尋得分解，但是這句話在丁亞民身上似乎了打折扣：「我約是個現實的，最是愛看王熙鳳的風光；但我這個喜歡，卻倒都是來自張愛玲的，張愛玲多寫到女人內心深處的折衝婉轉，叫我好像是更懂得王熙鳳不爲人知的一面，所以忽生心酸。」丁亞民對於鳳姐的好感，不僅停留在她的風姿綽約上，更留心在她與寶玉的關係上，其由來都是緣於張愛玲的考據「夢魘」。寶玉的「玉」在紅樓夢中是一重要關鍵，那麼癩和尙與跛道士爲通靈寶玉持誦，爲的是治寶玉的病，把鳳姐扯進來做什麼？據說早本上有「鳳姐掃雪拾玉事」，那麼鳳姐與寶玉的關係應是非比尋常，丁亞民對此二人的關係極爲好奇，於是他向張愛玲處試尋其解：

按張愛玲的說法，謂寶玉神遊太虛之事原是在此五鬼回，後來改寫時將神遊太虛事前調至第五回，五鬼回亦前調至此二十五回，若是，則叔嫂同魘魔法之事，線索已斷，其中的緣由今已淹滅了，難以猜測。顯然又是作者早死之一罪。

在丁亞民的論調下，王熙鳳與賈寶玉關係之深，當來自作者少年的生活經驗，而他之所以如此傾心於這個部分的考證，最大的原因卻是受張愛玲的影響。此外朱天文的紅樓夢也不無張愛玲的參與，她對於紅學的考據「有些惱惱的」，但是唯獨張愛玲的考據，她百分之百地相信。

有關紅樓夢的考據，我只看張愛玲一人的，而且還未看，已百分之百相信，看著不懂，眞不懂的，仍然相信。另外一位宋淇也看看，因爲和張愛玲是好朋友。張愛玲在序中道，「十年一覺迷考據，贏得紅樓夢魘名」，讀之掉淚。紅學裡我認爲她的才是絕對的眞的。（朱天文，《小畢的故事》。）

絕對相信張愛玲的朱天文，亦認爲紅樓夢八十回後不好看：「鳳姐完全沒了鋒頭，寶玉一味傻笑，黛玉亦走了樣，居然出現『頭上簪一支赤金扁簪，腰下繫著楊妃色繡花棉裙』的異文，難怪把張愛玲駭了一大跳。」酷愛《紅樓夢》的人如此，就連跟《紅樓夢》不太有緣份的袁瓊瓊亦是因張愛玲的引介而發現《紅樓夢》的好：

是張愛玲的《紅樓夢魘》，這書有點像《紅樓夢》的大索隱，比較版本不同，推究《紅樓夢》怎樣寫成的，改了哪裡刪了哪裡。我跟紅樓夢對照來看，零碎看了些，發現紅樓夢個別插進去看倒挺好看的。

這裡呼應了胡蘭成的說法：好文章「要隨便翻出那一段都可看」。三三作者讀紅樓夢，離不開胡蘭成，更離不開張愛玲，於是伴隨著胡、張二人的紅樓論調自然隨處可見了。

## 四 「餘韻」「未完」

三三作者與《紅樓夢》的關係可一分為三：首先是三三作家眼中的《紅樓夢》，這部份包含了紅樓人物論與情節賞析，它們是在胡蘭成「神韻說」指導下的「餘韻」。其次是三三作家對當時紅學界的省思，包括討論紅樓夢的作者是誰、考證派紅學的問題，以及當年國際紅學會議的成敗得失。三三作家的紅學考證無疑是服膺張愛玲的外家考據（〈紅樓夢未完〉等篇），尤其是丁亞民在八〇年代為中華電視台編製的「京華煙雲」，及九〇年代的「紅樓夢」，皆可視為作家對林語堂模仿《紅樓夢》作品的興趣，以及從張愛玲以降，對「探佚學」的延續。最後是受紅樓夢影響的創作篇章，包括新詩、散文、小說，以及紅樓文句的引用等。

### ㈠「胡」說的呼應

三三成員在胡蘭成的指導下，對《紅樓夢》發表意見的作者主要有：朱天文、馬叔禮、丁亞民、仙枝，以及邀稿的對象袁瓊瓊等。他們探討的問題大多集中在人物論，寶、黛戀情的發展，以及丫頭們的心思。

#### 1. 朱天文

朱天文曾說：「紅樓夢裡有三個人，皆是「天生麗質難自棄」，賈寶玉、林黛玉，與晴雯。」（《小畢的故事》）而天文似乎更喜愛談晴雯，雖然晴雯在《紅樓夢》中是芙蓉花神，然而她寧願晴雯是桃花的化身，她說：「我喜歡危險這兩個字……桃花就是非常危險的……在春天的邊際上開著，一不留神就要岔到外面去了，眞使人懷念起晴雯來。」（《淡江記》）因爲晴雯對寶玉的至情及反逆，就像春天使萬物復甦的機鋒。朱天文比較紅樓女子的「英氣」，發現晴雯的英氣逼發比任何人都美，像「一條水光，一波雲影。」那尤三姐的英氣是「話劇性」的，王熙鳳的英氣又太世俗化了，林黛玉的英氣又不同，「她彷彿海天低昂迴盪，閃過一道青白電光。」而晴雯與寶玉的感情不像是戀愛，倒像是夫妻，原來賈寶玉的感情有四種：第一種是寶玉對黛玉自覺的愛戀，第二種是寶玉與襲人的感情，亦是自知的，第三種是寶玉對一般女子無差別的愛意，第四種就是他對晴雯的情了，那是怡紅院裡的家常歲月，古時夫妻只有新婚與大難時才知恩愛，而寶玉對晴雯的愛就是這種。「與晴雯，是寶玉在神前與最樸素的黛玉相見」。只有夫妻才會那樣的家常，那樣的樸素，從來沒有意識到什麼愛不愛的。而寶玉與晴雯又像是夏桀遇到了妹喜，幽王遇到了褒姒，爲之發繒裂帛、傾城傾國。賈寶玉道：「千金難買一笑，幾把扇子，能值幾何。」天文不得不嘆道：「這嗤嗤幾聲裡，全都是晴雯的人在著了，又激烈，又危險的！……這寶玉原也是個煞星下凡，亂世覆國之人！晴雯便是英氣帶妖氣，正也是她，反也是她，毀滅了，完成了，都是她。」

朱天文討論紅樓人物時，將其分爲「風」、「景」兩派，賈政、王夫人、薛寶釵、襲人是「景」，寶玉、黛玉、晴雯、熙鳳是「風」，「紅樓夢迷人的地方，還是那風光的撲朔迷離罷。」朱天文偏愛「風」派，所以在談論寶、黛、晴、鳳等人時，多有藝術警句：

寶玉黛玉生在大觀園人世的禮儀中，而兩人都有這樣一個大荒山靈河畔的夢境爲背景，飄揚蕩逸，櫻花的夢境。現實裡尋常見面，也只是相看儼然的「儼然」，親極，眞極，反稍稍疏遠的，似信似疑，帶著生澀敵對的。

薛寶釵的人生沒有這樣的夢境。

我就愛王熙鳳一等一的聰明人，善奪機先，言語潑辣，顧盼飛揚，好似神龍見首不見尾，隱隱一抹殺氣懾人。

林黛玉的一生……是爲求一個絕對。……寶釵黛玉寶玉本不是通俗小說裡慣使的那種三角關係，因爲黛玉的對手是寶玉，不是寶釵。早先黛玉每借寶釵爲題發揮，也不一定眞是嫉妒，多半還是激寶玉一激，試試他的眞心。

逢此場合本就是女子特有的聰明，慣會假話反話，攪得人一頭霧水，含冤莫辯，她倒又好了。

或者寶玉拜天地的那一刻才有淚如傾，他大觀園時代的結束，他身邊的人兒，他今後新的人生，人生裡那個最眞最眞的，迢迢的遠星啊。他是這樣清澈明白了，而面前一洗天地蕩然，他也膽怯的嗎？

探春，是位有氣概的。……生母趙姨娘討嫌，女兒可敬，做人都是自己做出來的。

朱天文是生活在紅樓夢裡的，她有一個好朋友苔苔，講話細聲細氣，喜歡用紅色調子的東西，日常用品上總有一股淡淡的香味，「不覺使我想起紅樓夢裡的尤二姐」（《懷沙》）。史湘雲不是「O型的俏姐兒」，就是「B型的甜姐兒」，她這個男女朋友一大堆，最適合穿T恤牛仔褲的女孩，「扮男裝，啖腥羶，睡相跟仙枝一個模樣。」她最喜歡看晴雯罵人、黛玉利嘴和鳳姐的口齒春風，偏偏自己是個口拙的，「幾次被仙枝的快嘴快舌搶白冤屈，弄得一顆深心無處表白……這裡幸好有個賈寶玉也是個口拙的。」

## 2. 朱天心

比起朱天文在散文中有《紅樓夢》的賞析，在生活中有《紅樓夢》的影子，朱天心則是在她的小說創作過程中像是曹雪芹在寫《紅樓夢》。「擊壤歌」寫男孩與女孩一起玩，看似散漫無主題，其實字裡行間是有所貫連的。紅樓夢也是看似隨意寫大觀園的風光，然而每一件事情連貫起來，無形中已形成了它的人生課題。胡蘭成說：「《方舟上的日子》與《擊壤歌》可比是寫了前八十回紅樓夢，還有後面的要寫。」（《中國文學史話》）就讀者的角度而言，前八十回以可以視爲一個完全，但是站在曹雪芹的立場，紅樓夢卻不能不繼續寫下去。朱天心的這兩部作品也是一樣的，就目前的文章來看已是完全，但朱天心在寫作上所遇到的是人生的問題，「朱天心在北一女的那些同學都就職的就職，結婚的結婚了，又若干年後開起同學會來，見了面個個變得俗氣與蕩然，像紅樓夢八十回後有一章是『病神瑛淚洒相思地』，昔日的一般姑娘都嫁的嫁了，死的死了。這時變得這樣庸庸碌碌的昔年同學，又將如何寫法？」曹雪芹的難題不知不覺也成了朱天心的難題了，當年一般的與姊妹們天眞無邪，寫的是自己的心境；後來姊妹們都變了，若是用旁觀者的立場來寫，則又落入後四十回的困境中，因此，朱天心的繼續寫作需以《紅樓夢》作爲思考的借鏡。

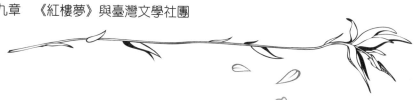

### 3. 馬叔禮

馬叔禮曾經藉著他看郭小莊女士「紅樓二尤」的平劇表演來抒發他對《紅樓夢》原著及改編劇本的觀感。對照小說與戲劇，馬叔禮認爲書上的二尤是多層次的，而劇中的二尤則是平面化了，他說：

祇這尤三姐爲人……原是在妾身未分明時，對生命的一種奢侈。……初是開開玩笑。到末了煞不住車，索性認眞大幹一場。這種膽氣，也使她突然覺悟到對生命的認眞。……便斷然潔身自好起來。女子對愛憎如此慷慨實在難得。無論順逆，她都能做來響叮噹。（馬叔禮，《文明之劍》。）

然而戲裡的尤三姐只取其潑辣剛烈，而不見其生命的多層次，是一項不小的敗筆。此外戲中賈璉向柳湘蓮提親，不照書上說是自己的主意，而據實說是三姐屬意，賈蓉替璉叔及二姐拉線，爲的是自己以後鬼混方便，劇中也沒有交代，倒像是賈蓉無聊了，還有柳湘蓮當面指著三姐說：「你們東府裡，除了那兩頭石獅子乾淨，只怕連貓狗都不乾淨」等，都是編劇不合理之處。此外，馬叔禮對尤二姐這個人物亦有精當的評述：「這個人物難寫也難演，在於一個淡字。像聽古琴，越淡越見功力。她性格上的平凡，若不是生得一個淒苦的命，眞不宜編劇。」而平劇人物既以含蓄爲美，則尤二姐的情感，就必須具有高度的藝術修爲來演飾，「她的演技要能昇華到成爲一種生命的姿態，直接用生命來撞動生命了。」這是馬叔禮的要求，然而事實上主角的聲音高亢卻微欠靜柔之意。至於鳳姐與尤二姐之間的關係，馬叔禮也有一番精采的著墨：

尤二姐的墮胎原是胡太醫的一劑虎狼藥……二姐吞金，是因爲環境逼得她走投無路，又丟了孩子，朝前也沒指望了，而病身又無起色，纔狠心結果了自己。她越發感激鳳姐的大度，便越襯出自己單純的可憐……。

她（鳳姐）的厲害，使二姐委曲受盡，還蒙在鼓裡，反過頭來感她的恩德，至終沒有「求大娘饒命」的話。

但是平劇裡的鳳姐和秋桐卻完全地「表面化」與「淺薄化」了。劇中安排鳳姐接生，秋桐以滾水殘害嬰兒。這樣的編劇實不近情理，也違反了平劇象徵化的美學作風。然而，《紅樓夢》改編成平劇劇本卻是很新近的事，因此馬叔禮希望《紅樓夢》的戲劇能不斷地有所改良，以期盼將來有更好的發展。

**4. 丁亞民**

丁亞民不僅讀《紅樓夢》原著，也喜歡看楊麗花歌仔戲的紅樓夢，以及李翰祥的電影紅樓夢。在他幼年的歲月裡，紅樓夢不是一部書，而是一個夢，一個恍惚迷離的夢。及至年長，才看出它是一本書，然而這本書再怎麼好，也永遠不及幼年的那一場十年之夢。「十年一覺紅樓夢，唯願常醉不願醒」（《邊城兒》）。他和張愛玲一樣都有一場十年的紅樓夢，不同的是，他做的不是考據之夢，而眞正是一場迷夢。他在《邊城兒》書中有一篇〈屬於我的紅樓夢〉，其行文彷彿是一場夢囈，在夢裡，他和寶玉、黛玉對話，並不時跳出來發表評論，而且他還自己排了一個情榜，第一名不是「情不情」的賈寶玉，而是西遊記裡的孫悟空，原因是：「孫猴兒畢竟是化外之物，沒有寶玉的文明；但寶玉沾情，悟空更聰明，一副怪模樣不叫女人起得動心，是早絕了情緣不近身。這跟和尚斷六根不同，說斷便還是有過……。」所以第一是悟空，第二才是「浪蕩子」寶玉，第三是黛玉，「她是仙界絳珠草植到人間，仍有她天界前塵的記憶，思之不能忘不能釋懷，亦就不能有委屈不能妥協，是天仙謫凡，人間事她皆不愛。」接著是寶釵，「寶釵則是人世的，她委婉貴氣，體諒人，知人心，世事人情她皆存在心上。」最後是鳳姐，「到了她，完全是人生的實，現世的愛，熱鬧繁華風光皆是她的心悅，她愛逞強恃驕，慣會張羅，愛做巧人……。」從化外一直排到現實，鳳姐是最後一個了，「再岔一點的我皆要打落下去，棄之如敝屣，因爲鳳姐已是個危險的了。」朱天文說晴雯危險，意思是晴雯心高志大，可惜是個丫鬟，但是她不甘爲環境所拘，故而處處顯得反叛。她的危險，像是開在春天邊際上的桃花。丁亞民說鳳姐危險，意思是從寶玉、黛玉到寶釵，是無形的仙境、夢境往有形的現實裡去，到鳳姐，已是個完全實際生活裡的人，因她丰姿綽約，與大觀園又有密切的關係，所以將她列入情榜，但也僅止於她，再現實一點的人，均已不夠資格入榜了。

此外，他與朱天文之論「史湘雲」時，也有異曲同工之妙。

（史湘雲）是現代人極樂意遇見的俏姑娘，很具可行性，若在公車上搭訕，她不會賞你一巴掌，會甩一下頭髮，笑說：「哦，眞的嗎？謝謝你，我都是用耐斯五六六。」她不扭捏，邀她上咖啡館，她會與你長談一夜，像是閨中膩友，然而要與她談情，她會對你笑說：「哦，我以爲我們是精神上交通的朋友。」（《邊城兒》）

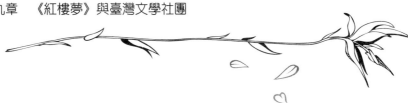

作家以其特有的細膩文思去體會紅樓人物的心思，並以寫小說與散文的筆調來詮釋紅樓人物，帶給人一種親切感與輕鬆的氣氛。而他們對紅樓的體會，多半來自本身年輕熱力的散發，以及靈感的文思泉湧。比之紅學論文所作的詮釋，自有一番嫵媚的風情。

5. 仙枝

仙枝對紅樓夢的體會著重在幾個丫頭的比較上，從這裡可以看出她最羨慕紫鵑與黛玉相知相惜的感情，黛玉待紫鵑無主僕之分，紫鵑服侍黛玉也最見情重，其至情至性，可與晴雯媲美。然而晴雯嬌豔，紫鵑家常，她純屬於瀟湘館，雖不能與鴛鴦、平兒、襲人的能幹相比，卻「她一心一意護著黛玉，是女子的細緻如風吹花落，一片片顚墜於綽約的花蔭下，她的烈是委之於土而不怨，隨侍於流水而不顧……」（《玨緣未了》）

在仙枝看來，寶、黛、釵三人其實談不上情愛，寶玉是「眞」，黛玉是

「淚」，寶釵是「冷峻」，「數九寒天的冷」，「北極冰雪的峻」，她特別強調。若論眞正的情愛，她認爲是司棋與她表兄的那一段，「他們的殉情是有聲有色，在人事的惡浪裡翻滾了的，是經過一番賭命的。」與殉情相映襯的是「殉性」，那是「像鴛鴦的烈行」。其他人安安穩穩地過日子，亦不涉及浪漫激烈的情愛了。在他們的關係中，黛玉是一棵絳珠草，晴雯是一朵芙蓉花，香菱是一株不知名的小花兒，寶玉是園丁，只是他獨愛那棵絳珠草。

對於寶玉出家，朱天文認爲那是「風格化」了，寶玉的豁脫可以就在大觀園裡，並不需要另外安排一個出家的場景來說明他的解脫。丁亞民則認爲依寶玉的個性，他的結果應該不是出家，「無所謂的悟，那也是有人要強說出個結果來。」（《邊城兒》）朱天文與丁亞民的說法相近，然而仙枝卻最是浪漫，她說：「正如那年我發的誓一般，也只有你不阻攔我，我可以從那木魚聲中和妳神交，這也是我此刻唯一想著的。」她把寶玉出家解釋爲在木魚聲中與黛玉神交，這種詮釋是和胡蘭成的思想風格最接近的，胡蘭成有一首詩的末句是這樣的：「獨愛求妻煮海人」，求妻煮海的張生，就是仙枝眼中的賈寶玉，是「方生方死，方死方生」的至情至性。

## (二)「張」看的回眸

七〇年代的紅學正是考證派當道的時候，然而也正是它開始遇到瓶頸的時候。

考證派所關注的首要重點是，紅樓夢的作者及其生平。不過在當時學術權威的籠罩下，紅學界始終難以突破紅樓夢的作者是否為曹雪芹的困境，以致大家在默認曹雪芹為作者的前提下，繼續進行研究，卻又內心隱然有所缺憾而難以發揮心思。三三作家們以旁觀者的立場，很清晰地看出考證派以及索隱派的問題，並以創作者敏銳的感受直指紅學困境的解脫之道，在於與文學素面相見，如此才能發掘紅樓本旨。這與上述諸位作家論紅樓之方式，以及早先余英時所提出的紅學「有機說」之新典範（《紅樓夢的兩個世界》），皆有相通之處。

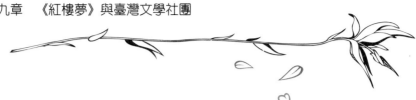

### 1. 朱西甯

民國六十九年，紅學會議曾數度在國內及國際間舉行，其中有一場在美國威斯康辛大學召開，臺灣作家白先勇應邀做了一篇〈紅樓夢對遊園驚夢的影響〉報告，這場會議讓朱西甯印象深刻。朱西甯認為這場會議，熱鬧有餘，卻讓紅樓疑案徒然陷於膠著。原因就在於自胡適之後，大家懾於權威之強橫，而不敢對《紅樓夢》的作者有所疑義。結果連作者是誰都不曾落案，遑論進一步的推敲。考證派只得在原地停留，做一些零碎無大用的題目了。朱西甯首先批駁周汝昌，因為他已經考察出曹雪芹五歲時即面臨抄家，又指出：「生卒年在一個作者事蹟首先要考察清楚的。」既考證出作者的生卒年，就應該進一步說明，曹雪芹恐怕對五歲以前家中的繁華無印象，是故《紅樓夢》的作者應該存疑。朱西甯第二個批評的是胡適，胡適是紅學權威、實證主義者，卻說出「最要緊的是雪芹若生的太晚，就趕不上親見曹家的繁華時代了。」並執意曹家抄家時，雪芹已經十一到十五歲了。這是爲了謎底而竄改謎面，胡適與周汝昌二人爲了曹府抄家時，雪芹是五歲還是十五歲爭吵不休，除了潘重規，沒有人敢懷疑《紅樓夢》的作者是否是曹雪芹，這不僅是紅學的瓶頸，亦是學術界普遍遇到的難題。原因出在大家的思考僅限於一個權威所設定的框框裡，而不能突破它。朱西甯不以爲然，他說：「讀《紅樓夢》可以就是我這個素人來與之素面相見，而得相忘于文學、乃至紅學，這才是大觀園裡逍遙遊，偶涉紅學諸家宏論，也有實在看不過去之處的膽識，哪管你是誰的一家之說，一樣的自有我見。」此說與胡蘭成的：「不爲文學而看紅樓夢，文章要忘記禮樂，忘記文學。」道理可互相參照。也因爲如此，才有仙枝等人無所依傍的詮釋。他們與《紅樓夢》素面相見，沒有紅學既有成規的束縛，頂多看看張愛玲與胡蘭成的說法。反而得到一種前所未有的親近紅樓之感。朱西甯說：「點破考查考證考據種種框框，大家都來興致勃勃的猜猜謎罷了。這樣先就好玩得緊，看看誰巧思靈活。」

2. 袁瓊瓊

袁瓊瓊愛看《紅樓夢魘》及《紅樓夢新探》等考證人名、地名、年代、關係、數字、版本的書，勝過紅樓夢原著。原因是這裡呈現著「實際的人生」，她說：「實際人生裡沒有鋪陳，沒有佈局，甚至沒有情感波動，有時只是三言兩語反而使人心沉重。」小說家本身有編故事的能力，因此單單看著考證出來的各種文字資料，就能夠想像當年的故事曾經怎樣美麗過。在袁瓊瓊眼中，曹雪芹、脂硯、畸笏是眞實的人生；而紅樓夢則是一場「機巧、華麗、濫情」的夢，相對於當年實際的生活來說，《紅樓夢》大概就像電視連續劇一樣煽情吧。「《紅樓夢》因而尤其像夢了，不僅是曹雪芹所推演的夢，而且是曹雪芹自己的夢。《紅樓夢》支持了曹雪芹的下半生，不是爲寫這本書，他的心境或許更難堪，《紅樓夢》是他們這沒落世家裡餘生眾人唯一的安慰。然比較曹雪芹寫出的與未寫出的事，寫實和編造的事。《紅樓夢》一書中有了三個不露面的主要角色，那是曹雪芹自己，和主要的批書人脂硯與畸笏。」曹雪芹「編」出《紅樓夢》，袁瓊瓊卻不想死死地認定故事就是那麼回事，「若讓命運自己來編，或許不是那麼回事。」「《紅樓夢新探》呈露的是曹雪芹家族的繁盛與沒落，沒落之慘，紅樓夢自己都沒表現出來。」《紅樓夢》強調的是「夢」，曹學卻亟欲考證出眞實的人生，或許袁瓊瓊是比曹雪芹更注重寫實性的作家吧。然而無論如何，袁瓊瓊對於紅學的興趣，始終是比對《紅樓夢》大，在探索故事背後眞相的同時，袁瓊瓊體會到紅學迷人之處：

> 我有點了解紅學爲什麼讓人迷。紅樓夢一書像水面倒影，我們在從這個倒影推究出水邊的眞相來，永遠只差一點點就破解了。有破解的可能性，可是總破解不開，結

果就永遠迷人。（《邊城兒》）

### 3. 丁亞民

作家們面對紅學時幾乎都能夠不受拘束，而可以運用自己的觀點解讀，丁亞民也不例外，「我是不管考據的，……卻是趙岡（《紅樓猜夢》）寫得我心大悅，愛極了他這巧人的巧理，姑且信之。……我看了忽然有意見，覺得如此影射來去太是巧又太是笨了，《紅樓夢》若按此一對一的編謎下去，不能夠如此生動。於此，我跳開趙岡的說法，獨自再來看《紅樓夢》，果然此處有個懸疑。」朱西甯曾經讚賞趙岡猜謎猜得比周汝昌、胡適等人好，袁瓊瓊也說，紅學迷人之處就在猜謎，丁亞民卻認爲趙岡的猜法還嫌笨，因此非得回到原著去探索。因爲紅學的考證，目的是讓我們無限逼近《紅樓夢》的眞，既如此，則紅樓夢本身就是考證的線索之一，當丁亞民暫放下考證而回到原著時，果然就發現了書中的重重疑案。這裡透露出一個重要的訊息，猜謎猜得越癡迷，反而離「夢」越遠。考證派所關心的如果只是考證，那麼《紅樓夢》將永遠只是個「謎」。

## ㈢紅樓用典與再創作

三三作家與大觀園內的青春稟息親近，更有胡蘭成、張愛玲、朱西甯等人對紅樓的重視，因此在創作過程中，有〈好了歌〉的出現，有與林黛玉、賈寶玉同遊、對話的情景，也是自然而然的。以下分爲新詩、散文、小說三項來呈現紅樓夢對三三文學作家的影響。

1. 新詩

紅樓夢第一回跛足道人口念〈好了歌〉道：「世人都曉神仙好，惟有功名忘不了，古今將相在何方？荒塚一堆草沒了。……」三三集刊第廿二輯《桃花渡》亦有一首裘林的〈好了歌〉：

爲了自己的耕種自己的膚
搭吧走吧是自己的橋
黑管、高低薩、大小提琴
我寧掀起朗誦，祇要你們歌
那枚小小郵票的鄉愁
爲了我曾爲紅樓失眠
請以現代非夢覆我
當木棉花泛起了笑意
讓長笛長出你們的歌

也讓南胡與定音鼓
拉打成經；會是一個結
一株璀璨自地昇起
一種新姿，不剪即成影
四面八方都是，我們的
歌我們的歌我們的
春風三月雨

在三三創刊集《蝴蝶記》中有一篇〈依白與我〉（高廣豪作），文後的〈心老歌〉，馬叔禮說「讓人想起了〈好了歌〉。」

來也好，去也好，多了又會再少。
真也好，假也好，閉眼隨風化去了。
春不語，花再開，花開也會自落不少。
任落，成泥，心老。一切也不再知道。

這首詩頗有紅樓夢〈好了歌〉、〈葬花詞〉之警醒世人的意味。事實上高廣豪這篇〈依白與我〉的短篇小說，有許多地方顯是受《紅樓夢》影響而成的，於是馬叔禮說：「她唱心老歌，可比『秋風無限瀟湘意，欲采蘋花不自由』。」

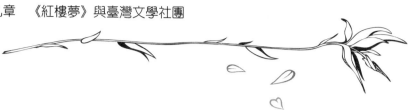

## 2. 散文

丁亞民〈屬於我的紅樓夢〉一文中有這樣的幾段話：

卻說那日我重遊紅樓夢，也不知是何天氣，只見大觀園裡景象依舊，瀟湘館翠竹依舊，蘅蕪院開軒迎風，花廊下走過幾名女子，喜洋洋的往怡紅院去了。我見了無端好笑，想著所謂的夢幻，所謂的歷劫，反倒後世的看官了，大觀園裡風光依然，一個個都好端端的，就連黛玉依然是挑著花鋤花帚在對過小岸坡葬花呢！依然是歌，說什麼：儂今葬花人笑癡，他年葬儂知是誰？——又是大太陽底下的喪氣話這是了！當下見了好笑，說：「好呵，看誰還這樣沒完沒了的！」她聽了眼淚未乾，招手笑說：「是你呀！」我道：「妳跟寶玉又怎麼了是不是？」她淚隨即應聲而掉，正是那句好話，是眼中能有幾多淚珠兒，怎經得秋流到冬，春流到夏。

金玉良緣之事，黛玉亦和我一樣是不信的，我說起那謠傳，……她慣是眉兒一蹙，笑道：「是麼？這謊兒也實在不高明，那旁人且不提，就寶玉即使是以起了呆症作慌兒，豈能將我跟寶姐姐分不清楚呢？而既然外面的人都當寶姐姐是慣會做人、玲瓏剔透、怎又忘了要她如何交代於我呢？我看這話又是外面的人編排的，存心是要貶他二人，瞧把寶姐姐描繪成這樣木膚膚！」

來說說我們這位寶二爺。那日我見他自蘅蕪院惹了無趣又要往瀟湘館找奚落，半途兩人狹路相逢，先便在園裡逛盪，他是個大閒人，一派心思閒逸的模樣……寶玉說大家都知道，大觀園這一干人都讓續書者給弄得家破人亡，不管他也罷……可是，這筆公案究竟該如何解決呢？寶玉詭詐一笑，說：「你呆瓜，不解決不就成了嗎？！」上回遇到一個人議論說：「是像寶玉這樣一個人，末了也畢竟是負了黛玉。」我說給他聽，寶玉又賴皮起來，小爺們性情，哼道：「是嗎？惜是他不懂得！」我看他這等不服氣，問：「那你是沒負嘍？」他隨即又搖頭晃腦苦惱起來，說：「這不是什麼負不負的！就像上回仙枝說四郎探母，是說忠孝，亦是不忠不孝，你要拿他怎麼說呢？」當下我隨即懂了，跳起來便要打他，說：「好啊，你這人！」兩人一件心事笑在心底，先就在大觀園裡玩耍去。（《邊城兒》）

丁亞民心中的賈寶玉、林黛玉是永遠不要長大的，他將寶玉、黛玉，甚至《未央歌》裡的小童，都當成是他的好朋友一般遊戲筆墨。從文中亦可看出丁亞民對紅樓夢續書的不滿，以及他心目中的寶玉是個灑脫、紈綺的小爺們。

此外在朱天文的散文中亦可看到《紅樓夢》的痕跡。朱天文在〈懷沙〉一文中曾說：「我想和淡水的山水玩，一面玩，一面辦三三，等三三成事了，就化成一縷輕煙吹散去。」如同賈寶玉曾說過的：「只求你們同看著我，守著我，等我有一日化成了飛灰，飛灰還不好，灰還有形有跡，還有知識。等我化成一股輕煙風，一吹便散了的時候，你們也管不得我，我也顧不得你們了，那時憑我去，我也憑你們愛哪裡去就去了。」天文在《淡江記》中說：「今天三三所做思想運動而被時人譏爲空想家，皆是一場荒唐。」「是從一場荒唐仗裡打出來的。」紅樓開卷云：「滿紙荒唐言。」這裡朱天文是將經營三三比爲當年作者撰述《紅樓夢》的苦心了。

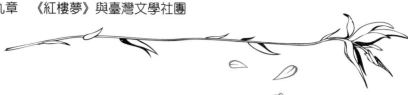

### 3. 小說

陳芳明曾分析張愛玲的小說：

> 張愛玲之接納傳統文化，表現於她所經營的細微格局，以及她所揭示的偉大主題。大題小作，無疑是宋代話本與明清小說一脈相承的傳統。從明代的《三言》、《二拍》到《金瓶梅》、《紅樓夢》的出現，都顯示了傳統小說對中國大社會的小悲劇的重視。……張愛玲熟讀這些古典小說，有時還不自覺使用了前人的辭句。……張愛玲小說藝術之所以放射無限的魅力，便是因爲她避開了才子佳人或聖人英雄之類的題材。張愛玲不擇細流、不卻細壤，終於成就了巨大的主題。傳統文學的生命力，到她手中又到復甦。（《危樓夜讀》）

因此古典小說對現代作者的影響，是值得我們玩味的，以三三文學而言，《紅樓夢》裡寫的是中國人家常的情感與對話，寫得那樣自然，使得三三群士們了解到寫人需眞實自然，「賈老太太對媳婦邢夫人說話，雖是斥責，亦還是顧到對方的面子，賈政那樣迂，對兒女親而不熱，都有一種賓主之禮，賈府，主子連對老管家們亦禮之如賓，否則也不能有那樣活潑的鳳姐了。鳳姐的綵衣娛親，說話討老太太喜歡，那是與中國人對賓客說話的同一風光。」（《三三集刊》，第二十二輯。）朱天文說：「父母子女的做得不像父母子女，即與人家戀愛也不是一回事便是這自然。」（《淡江記》）寫小說若刻意寫得父慈子孝、兄友弟恭，連談戀愛也風花雪月、熱情如火，那就失去眞實自然了。因此像仙枝〈一枝草一點露〉中張義對他的母親，〈夢中娘〉裡的嬰兒睡中微笑，是與夢中的「祖母」玩耍，以及〈于歸〉中，姐姐出嫁時的糊塗情景……，這些都是自然，也都是中國家庭裡的人世風景。

前述〈依白與我〉中亦有兩段像《紅樓夢》的話，依白說：「凡是晶瑩透徹的品樣，都是從大化陰陽失調裡不小心竄出來的，流亡在人世的。」使人彷佛看見了《紅樓夢》第一回裡補天遺石的故事，「其實是中國傳統的觀念。『反者動之道』。」馬叔禮卻說，這篇小說卻沒有《紅樓夢》寫得自然，「因爲《紅樓夢》起筆是神話，本就在合理不合理的問題之上，而〈依白與我〉則是落實的，固然他是用對話來表現，但總覺牽強。」小說中的我與依白從來沒有好聲氣的對話，亦很像寶玉和黛玉的對話。「都是頂認真，頂把對方的毛病看在眼裡，但也沒有人比他們更相知，更要好的。人要好到把生命都給了對方，便看對方處處如看自己，對方說錯話，是自己丟面子。」依白似乎也有林黛玉的心情，當她面對悠悠的天地，無盡的人世，她只有唱唱〈心老歌〉來咒咒自己吧。

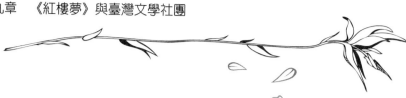

傳統文學對現代人生活的影響，可以從古典小說在現代小說的「再生」中找到線索，三三的主要作家們，以及大多數的投稿人在當時多是高中至大專的青年。他們的作品極天真，富有年輕浪漫的創作氣息，使人無異於領受著大觀園這美好國度的青春與熱情。

由於文化背景的差異，導致不同的社群對於《紅樓夢》有不同的詮釋角度，三三文學社團僅是其中一例。猶如日本侵華時期，索隱派的紅學論者將《紅樓夢》賦予反清復明的政治思想。在台灣一九七〇年代鄉土文學論戰風氣下的三三成員，不自覺地以《紅樓夢》及其他中國古典文學抗衡鄉土論述，借以迴護懷想朦朧的中華文化，使得《紅樓夢》在當時台灣社團性刊物中發展出自成一格的浪漫論調，是在大眾文學以及現代派作家以外的另一類紅樓接受美學。而鄉土派的文壇大老葉石濤在九〇年代亦曾以追溯的方式談論早年閱讀日文版《紅樓夢》的景況，並發表對於北京官方紅學研究的看法，則鄉土文學論戰中的兩方對應立場似乎都在《紅樓夢》中找到了發揮的著力點。

臺灣文學界作家，尤其是文藝社團中的青年學子，以同儕間的情誼與大觀園裡的姊妹兄弟素面相見，體貼並接受他們。胡蘭成雖自認爲是帶領著三三走向正統中國，然而他的旖旎文風，及其備受爭議的一生，卻又是正統中國之外的一條歧路，在這一條風景殊異的紅學小徑上，詮釋同質性的浪漫主義作品《紅樓夢》，便自有一番風流韻致的解讀與書寫。其運用心靈、巧思體驗《紅樓夢》的作法，大致而言爲文學作家的本色，與清代以來一向以理智研究紅學的樸學作風有著本質上的異趣。

三三成員因其共同的意識型態而廣泛地閱讀古典作品，更在精神導師胡蘭成與張愛玲的影響下，閱讀、詮釋、創作有關《紅樓夢》的議題。他們對紅樓夢的論評是接近「新批評」的原則，並不考據曹雪芹的傳記與清代的歷史，而視《紅樓夢》爲一部探討人生的大書，他們對紅樓夢的解釋，通常亦就是胡蘭成或張愛玲的解釋，再加上他們自己青春熱情的參與，而構成了一種浪漫不羈的詮釋風格。不僅在寫作上受《紅樓夢》的影響，甚至他們的人生以及創作的心路歷程，也都是以《紅樓夢》爲其良師益友。直到胡蘭成去世，朱家姊妹長大了，便是三三大觀園時代的結束。

# 第十章

# 《紅樓夢》與臺灣日據時代的家族書寫

## 一 張我軍的新文學觀

日據時期推動臺灣建設新文學觀的先鋒者，可以臺北板橋張我軍爲代表。他早年曾渡海至廈門，在工作之餘受中國傳統文化的薰陶，對於漢詩的格律十分熟稔，也因此緣故，對於傳統詩文中互相因襲、模仿，而不能充分反應殖民地社會的文化與風俗感到不滿，於是將留學中國的經驗與胡適、陳獨秀等人的文學觀念引介到臺灣來。同時，透過《臺灣民報》轉載了魯迅、馮阮君、冰心、郭沫若等人的小說，以及鄭振鐸、焦菊隱等人的新詩。

## 二 張梗的自然主義

對於日據時期的臺灣民眾而言，《紅樓夢》既是一部傳統小說，同時又是一部外來文學，在新、舊兩種異質文化交替時期，對《紅樓夢》的取捨該是當時個人在歷史情境影響下的抉擇。畢竟文學典範的選用攸關文化人的認同意識。因此，從文化界對《紅樓夢》這一議題的不同看法所折射出來的光譜，正反映出臺灣處於過著中國、日本、西洋，以及本土等多元文化處境。與張我軍同時對《紅樓夢》提出觀感的是台南人張梗，他在《臺灣民報》中以〈討論舊小說的改革問題〉一文針對流傳於本地的中國傳統小說進行評論：

> 我想我們臺人苟自居爲文化人、爭並肩而立於二十世紀的地球上、爲什麼竟不要求小說的發達？

張梗的新文學觀建立在世界主義的基礎上，「直接擷取世界近代文學觀」來評述經典。他的科學精神，與自然主義文藝觀，乃至寫實主義的創作理念，來自十九世紀西歐自然派文學，面對現實社會與黑暗人生的直接觀察。

這種文學理論應用在藝術技巧上，使我們清楚地看到作家們企圖強調小說人物如何受到時代與特殊環境的影響。創作者並且身兼科學人的使命，仔細觀察社會的循環法則。冷眼旁觀的結果，是對人物內心世界的精準剖析。自然主義的理論，在日據時期臺灣社會的運用上，開啓了詮釋鄉土寫實論述的扉頁。

張梗在上述的立論基礎上，提出《紅樓夢》等書以說明小說與作者自身的密切關係：「不論東西古今、著名傑作、皆著者自身、身臨其景。用著者自身的體驗實事做規準……小說家須以科學的態度爲經、寫實筆法爲緯。持眞劍的態度以付之。」他以自然派文人的角度贊賞《紅樓夢》將人生世事的眞相赤條條地暴露出來，不僅是《紅樓夢》，中國的著名白話小說《金瓶梅》、《水滸傳》也都是如此。爲了提倡新文學觀，小說變成爲可運用的文類。然而眞正展現科學法則的小說觀，尚需有更縝密的分工，「像《紅樓夢》這樣將建築、裝飾等生活細微末節完全描寫出來，是歷史與文學尚未分系的結果。」張梗對於傳統小說的不滿，主要在於它們往往承載了很繁瑣的歷史帳，反而阻隔了小說的「興味」。好小說的精采處在於餘韻無窮，「不知不覺自引起研究『人生』的興味。」世界上的一草一木莫不含有意義，作者雖已體會其義，卻不直接呈現給讀者，而是將它包藏在所描寫的自然人生當中，供欣賞者自行去體會。

## 二 呂赫若的家族書寫

《紅樓夢》與中國傳統家族文化的關係密切，猶如《水滸傳》與社會、《西遊記》與政治一般，是極顯而易見的事實。許多紅學家提出，《紅樓夢》寫傳統大家庭的故事，卻又能跳脫出後花園相會、狀元衣錦還鄉等舊式才子佳人的陳腐俗套，以主角通過人生歷程來探討傳統家庭的禮教、習俗與種種觀念，是該作成功的原因之一。曹雪創造了中國家族小說發展到極致的作品，其後踵武前王，風流未沫，亦享譽國際的中國大家庭書寫，應推林語堂的《京華煙雲》。

閱遍中外小說的林語堂，極力推介《紅樓夢》的原因在於它將眾多人物容納在一個完整的結構中，並著力於男女情感隱微曲折的細部描繪。在世態人情裡，愛情經驗是最細緻隱微的心理狀態，它同時可以輻射出一個人的性格特徵，如果作家的筆力高，則可集中光度和焦距於人物的一顰一笑、舉手投足之間，充分展現人情小說美學的高度藝術水準。

日據後期以臺灣大家族內部腐化、骨肉相剋，乃至於崩解或重組等素材為創作主題的是才子型的作家呂赫若。他身兼作家、聲樂家、演員、教師、記者、編輯等多重身分，而且長相俊美，葉石濤在《臺灣文學史綱》中則稱讚他是「日據時代作家中是文學成就最高的一位」。呂赫若在中日戰爭爆發後負笈東京學習聲樂，並加入東寶劇團演出，同時又從東京吸收了西方世界的文藝思潮，幾乎和他開始嘗試創作同時在他心中成形的是，他認清了臺灣爲日本殖民的事實。一九四一年十二月太平洋戰爭爆發，翌年呂赫若返臺，加入了張文環主編的《臺灣文學》，開始他努力的創作生涯。從他的日記顯示，自東京時期至返臺初期，他一直對中國的古典戲曲及小說有濃厚的興趣，例如：一九四二年三月九日，呂赫若閱讀《浮生六記》，十四、十五日欲爲之前讀破的《紅樓夢》進行大事翻譯，六、七月閱讀《北京好日》（即林語堂的《京華煙雲》）。就其創作計畫而言，這段時間他正在構思〈鴻河堂四記〉、〈常遠堂主人〉等同系列的大家族小說。到終戰前夕，他甚至於想借鏡《紅樓夢》與《北京好日》的家族書寫，將他出身的鄉村望族呂氏老家的故事改編成小說，題目即以呂赫若老家的堂號爲名，暫定爲〈建成堂記〉。呂赫若於一九四四年一月一日的日記中寫道：「完成長篇小說《建成堂記》（暫定名稱），爲此要讀破古典作品。」

以他實際發表的作品而論，呂赫若善於將鄉村、土地、自然、傳統，以及人物的命運融入家族小說之中，林瑞明曾說：「呂赫若作品的最大特色是從「家庭」著手。一切的小說都與家脫不了關係。」呂赫若以控訴封建舊制與異族統治爲家族小說的基調，可以說從創作前期至後期都是一以貫之的。然而一致性的表面下卻隱藏著尖銳的對立與苦惱的掙扎。由於呂赫若的寫作時期，臺灣的新文學運動已進入決戰時期的皇國文學，所有臺灣作家皆籠罩在大東亞政策的陰影下，必須「回歸」日本傳統。呂赫若借鑑於中國家族小說的典範（《紅樓夢》與《北京好日》），堅持臺灣家族鄉土的書寫，在此便顯現了特殊的意義。

一九四三年五月在《臺灣文藝》及《興南新聞》上，針對張文環與呂赫若所爆發的「浪漫主義與寫實主義論戰」可以說是呂赫若堅守家族鄉土寫實的一場危機。日本浪漫主義作家西川滿對於本島作家之著重描寫鄉土的地方風俗與家庭糾葛十分不滿，認爲寫實主義作家應該對報國隊與志願兵自覺地產生熱情。不僅是日本人對臺灣的鄉土寫實提出批評，連自幼受日式教育成長的文藝少年葉石濤，也銳氣十足地點名批判呂赫若與張文環，指稱他們的作品缺乏皇民意識、有普羅文學之嫌，並點醒大家「回歸古典的雄渾時代」。

這場論戰中，雙方陣營都提到了浪漫主義、寫實主義，以及古典時代，而無論就呂赫若的小說或《紅樓夢》，乃至以《紅樓夢》爲學習對象的《京華煙雲》，其寫實的立場都是基於家族與鄉土長期穩定的社會力量，這種文化模式被社會學者費孝通視爲「亞普羅式」（Apollonian）的文化觀，它的哲學基礎是，宇宙有一超自然的完善秩序，人們只須接受它的安排，並且維持它。而西川滿與葉石濤師徒的觀點則是希望借由戰爭的衝突，撞擊出生命的熱情與火花，這種與亞普羅式相對的文化模式被稱為「浮士德式」（Faustian），唯有無盡地衝突與激情，才能讓人生的前途在充滿變數的前提下創造輝煌的意義。而以自身遷就外界之亞普羅式的生活態度，相信神的存在，其實就是古典的精神，證諸《紅樓夢》的家族人倫位階，及呂赫若小說中念茲在茲的「孝道」、民間習俗與迷信等等，莫不暗含古典精神在內。而浮士德式的生活態度，因為在人與人之間注入了舊式社會所鮮見的激情，遂使得傳統社會以家族為主幹的恆常秩序開始瓦解，這無疑是現代社會文化價值觀的一種胎動與萌生，費孝通在《鄉土中國與鄉土重建》中指出：「這兩種文化觀很可以用來瞭解鄉土社會和現代社會在感情定向上的差別。」

然而如果將「浪漫主義與寫實主義論戰」化約為新、舊文化的衝突，顯然又過於簡約，因為無論《紅樓夢》或呂赫若的小說，均於封建家族的腐化與崩解上著墨甚多，賈寶玉對傳統仕途的激烈反抗，呂赫若的小說〈風水〉以「製糖公司的煙囪」作為尋路回家的標誌，皆象徵了舊有秩序、道德、禮教的崩頽，可見他們並非對於新文化腳步的到來無動於衷。而西洋的古典主義、浪漫主義與寫實主義乃自文藝復興以來，即有其一貫的發展史線，浪漫為新，則古典為舊；寫實為今，則浪漫為古。在東洋，則新、舊雜揉於同一時空中，作為鄉土社會面對現代化腳步逼近的現象觀之，亦無不可。可以肯定的是，家族小說與鄉土書寫是漢系社會裡，作家處理個人心靈成長與生命處境的最佳選擇，因為在傳統社會裡，「家」並沒有嚴格的團體界限，他可以借由親屬的關係向外擴大，延伸到社會的每個角落。

此外，在呂赫若的家族鄉土寫實主幹下，有一個明顯的分支，就是女性的描寫。曹雪芹爲使閨閣昭傳，曾一度將此書題名曰：「金陵十二釵」。《紅樓夢》與呂赫若的女性書寫在共同意識上，都突顯了女性受壓迫的事實。呂赫若小說裡女性的結局經常不是死亡，就是流亡，例如：〈暴風雨的故事〉裡的罔市、〈前途手記〉裡的淑眉，以及〈廟庭〉中的翠竹等等，造成女性困境的外在因素固然是龐大的殖民體制與帝國主義的陰影，然而陳芳明提醒我們：「舊式大地主的剝削掠奪」，以及「性別歧視」，才是往往爲我們所忽視的重要因素。（《左翼臺灣——殖民地文化運動史論》）呂赫若對女性形象經營的獨到之處，在於許多女子「勇於抗拒男性沙文主義的文化，並且積極追求屬於自我的命運」，從〈婚約奇譚〉中離家出走的左翼少女琴琴，以及〈山川草木〉裡放棄音樂、藝術所帶來的名利，而選擇鄉間生活的寶蓮等人身上都可以看到，追求獨立自主的新女性身影。

呂赫若長期閱讀《紅樓夢》，對於瑞珠觸柱、金釧投井、鴛鴦截髮、三姐飲劍、二姐吞金、晴雯倒箧、司棋撞牆、迎春遇狼等悲慘的命運與抗議精神的感慨，使我們領悟到《紅樓夢》的表現手法，也許在某個角度上對準了封建末世文化人苦悶的靈魂。因此，從清初的曹雪芹到新文學時代下的呂赫若，知識分子的抗議精神可說是易地皆然了。

## 四 葉石濤的浪漫文風

相較於決戰空氣下，呂赫若對《紅樓夢》家族寫實性的堅持；葉石濤對《紅樓夢》偏於浪漫、唯美的詮釋，則可視為烽火漫天之中，面對官方文藝政策的一種迴避。葉石濤的寫作始於一九四三年，首篇作品〈林君寄來的信〉刊登於日本官方雜誌《文藝臺灣》，當時他十七歲。而《文藝臺灣》的主編，正是推動皇民文學的靈魂人物，日本的浪漫主義詩人——西川滿。在太平洋戰爭最慘烈、大東亞政策如火如荼，以及擁護大和民族的呼聲達於顛峰之際，青少年時期的葉石濤反而完全無視於那些血淋淋的訊息，戰爭對他而言，只是「日本人一廂情願的神話」，他寧願以唯美、浪漫的法國文學作為精神支柱。「我仍寧願埋首沙坵，眼不見耳不聞為淨，設法逃避這種叫人驚心動魄的衝擊。我那時候，躲在校園尤佳利樹下偏僻的角落或家裡灰暗房間的古老紅木眠床上，聚精會神地耽讀一系列的法國小說。」（《文學回憶錄》）當時葉石濤年少懵懂、逃避殘酷的戰爭現實，雖未見容於寫實文藝路線的《臺灣文學》（張文環主編），卻反而受到日人西川滿的贊賞，這對於文學和思想都大有可塑空間的青少年來說，自然會造成很大的影響。不過葉石濤對西川滿的崇敬，甚至奉他為恩師的原因，與其說是西川滿的皇民文學，毋寧說是他的浪漫詩人氣質對葉石濤產生了極大的吸引力。

陳芳明說：「在大東亞戰爭臻於高峰時期，葉石濤在小說裡全然沒有觸及現實中的緊張時局，反而耽溺於愛情的幻境裡。」（《左翼臺灣》）葉石濤之耽美於愛情固然為事實，然而此時的愛情是否為「幻境」？卻是個有趣的問題。在〈再見吧！梳髮的amie!〉一篇自傳性的散文中，葉石濤說他十八歲以前的第一個女朋友是「寶釵型」的大姐，「肉體豐滿，講話率直，大方而開朗，從不陰險。不過據說《紅樓夢》的寶釵非常工於心計，這一點，陳家大姐是沒有的。」（《女朋友》）而第二個女朋友春娘則「可說是黛玉型的；不過這是指她冰肌玉骨修長的體型而言。」這個女人，喜歡看哲學，頭髮烏黑直亮，「是個弱不禁風的女人，骨骼很纖弱，發散著冷冷的不讓人冒犯的傲氣。」可見文藝青年不僅文學耽溺於愛情，連生活都過得像《紅樓夢》。特別葉石濤的「初潮」經驗，也飄蕩著濃濃的紅樓雲雨情！「那液體從內褲裡慢慢地滲出來，擴展開來，濡濕了外褲，然後在燠熱的陽光下迅速地乾燥，漿燙了他外褲褲襠的一小部分。快樂的波浪不再衝擊他，代之而起的是一種鬆懈的舒適感覺……。」

兩、三年後他在松枝茂夫所翻譯的「紅樓夢」日文譯本第六回裡讀到賈寶玉初次嘗試雲雨的那一段時，心臟悸動，臉色紅潤，禁不住把手伸到褲襠，在那一剎那他覺得他是世界上最不幸福的一個人；因為在他身旁缺少溫柔嫵媚的襲人來輕輕撫摸他火熱的暴漲的身體。

從此以後，他涉獵世界文學名著。想要找到一段這種初次經驗的描寫，可惜很少有「紅樓夢」那麼美的……。（《女朋友》）

葉石濤聲稱「自幼生長在紅樓夢『大觀園』般的生活環境裡」，他出身於台南府城的地主家庭，小時候的生活就是以曾祖母為中心，伴隨著環繞在曾祖母身邊的幾個丫環，他回憶當時是滿屋子的脂粉氣和搖銀鈴的笑聲。因此在女性氛圍中成長的葉石濤，對《紅樓夢》裡的大家庭的接受與欣賞，是順理成章的事。當然，大家庭的風波他也體驗過。而他以小說家特有的細膩心思體會《紅樓夢》女性的心靈之美，他傾向於日本紅學家的看法：《紅樓夢》是一部追求女性美的小說，特別是討論女性的心靈之美時，林黛玉有女性最高的心靈之美，所以賈寶玉始終對她難以忘懷。循此，葉石濤並不同意《紅樓夢》是自然主義的小說，因為自然主義描寫的是人生醜惡的現實；而《紅樓夢》卻旨在啓發人性之美！如果人性之美也是人生的眞相之一，那麼與其說《紅樓夢》是一部自然主義的作品，毋寧改為寫實主義之作，較為妥當。

一九二〇年代展開的新文學運動，引導三〇年代鄉土文學與臺灣話文的發展，若無皇民化運動的阻隔，臺灣文學的發展或可提早臻至成熟的階段，然而日文教育阻隔了當時文學語言的一致性，在葉石濤開始寫作的四〇年代裡，前五年，臺灣文學是日本文學之一翼，後五年，臺灣文學是中國文學的一支，因此在光復前夕，不願被時代淘汰的作家，只得重頭開始學中文，葉石濤說：

我是日本統治的晚期，禁止使用漢文，皇民化運動如火如荼地推展的時代長大成人的，我只受過日本語文教育，對祖國語文卻一竅不通。

至於我本身的文學事業，這一時也想不出辦法，要找中文書來自個兒進修嘛……費了九牛二虎之力好容易在舊書攤上買到一本破破爛爛的康熙字典，如獲珍寶，在兵營的暗淡燈光下，挑燈夜戰，硬背下許多單字和字義，倒學了不少冷僻的字。（《女朋友》）

更好的辦法是，把《紅樓夢》第一回到第一百二十回抄一遍！

我眞的抄了，而且抄得很講究，碰到不知道的字，就查《康熙字典》，唸法不懂，就在旁邊寫ㄅㄆㄇㄈ的注音。這樣愼重其事地把一百二十回抄完了。抄完後我豁然開通，可以寫白話文了！確實妙策！

我發現《紅樓夢》裡很少「的」、「呢」、「嗎」等詞，前十回裡只找到一個

「我的」的「的」。這是《紅樓夢》道地白話文的表現。

一九九八年九月十九日葉石濤在國父紀念館以專題演講「日治時代的臺灣紅樓夢」，描述了個人的閱讀經驗，陳萬益回應這場演講時說：「在認定《紅樓夢》是世界上偉大的文學作品之一後，進而將它當作一個學習的典範」。葉石濤之所以認定《紅樓夢》是學習典範的原因還在於：

文學必須紮根於本土的現實，反映本土民眾的意願，沒有這關懷和生活之根，要經營一部世界性規模的作品是很難做到的。

「紅樓夢」為什麼偉大？它把整個華夏民族的「天空」都寫進去了。

所謂「天空」指的是整個大自然和生活空間：土地、人民、歷史、傳統、性靈、社會和時代，無所不包。葉石濤說：

這裡有一個大前提：所有偉大的作品必須紮根於作家所生存的大地和空間，正確地反映民眾現實生活的光明和黑暗，指引民眾力求上進，獲得自由、民主和幸福的生活。

日據終戰時期，葉石濤所呈現的文風可以分爲兩端來討論：他在面對大東亞政策與皇民化文學運動時，爲迴避戰爭的慘酷與大和民族主義的壓迫，因而選擇了「耽美」的藝術風格。不但喜讀《紅樓夢》，同時自己也創作浪漫小說。在此基礎下，面對即將光復的事實，他只有不斷地吸收中國文學，才能延續他的創作生命，因此他以《紅樓夢》爲研習的對象與進修國語的教材。然而浪漫文學對他的文學生命而言，既是他的興趣，同時也是他逃避現實的「大觀園」。他眞正希望的是，在沒有國境壓力的前提下，挖掘人心深處最眞實的困境。回顧年少時期，葉石濤晚年自我重建時說：「四〇年代，也就是太平洋戰爭時期到終戰這個階段……那是一個許多人都苟且偷安的時代。」

《紅樓夢》的鄉土寫實性與耽美的浪漫性，同時爲葉石濤所吸收，成爲他文學風格一體的兩面，他是浪漫主義作家，同時也以鄉土寫實作爲理想，兩者之間的擺盪，端看政治力量對文人控管的鬆緊，猶如中國歷代文人時局緊迫則耽溺於唯美，天下有道則暢所欲言。在葉石濤的身上，屬於民衆的新文學作家與描寫貴族的舊小說不僅擦出了異樣的火花，而且還模糊了浪漫與寫實之間的界限。

## 五 特殊的時代，特殊的接受美學

「鄉土文學」在西方曾經是指涉一種特別的文學運動，主要是因爲作家們厭倦了現代文明和工業主義對人性的摧毀，所以特以農村生活對抗工業主義，例如：德國的巴爾斯泰和萊因哈德，他們的態度等於是在現代文明的社會中走回頭路，這樣的保守主義後來與希特勒的國內社會主義合流。因此鄉土文學的原始概念本非定格在一時一地，而文學作品的寫作與欣賞亦不可能拘泥於當時當地，而形成一種自我的局限與封閉。但是我們同時也可以說，巴爾斯泰和萊因哈德的表現亦不失爲受時代因素的影響，張道藩說：「事實上，沒有一個作家不受到他們的民族意識和時代意識的影響……偉大作家，都是最富創造性的作家。」這是很允當的說法，文學從不自外於民族與時代，然而最重要的還是作家本身豐富的創造力，它使藝術創作者運用傳統，融舊於新，完成足以代表自我及整個時代的創意。

日據時代新文學作家的紅學觀，自有別於其他年代作家們的紅樓書寫。在特殊的時代氛圍裡，在新舊文化交替之際，《紅樓夢》變成新文學領導者引用的典範或批評的箭靶，使得北京與臺灣、中國與西方、傳統與現代忽遠忽近；《紅樓夢》也因殖民主義對作家的侵略與壓迫，而搖身一變，成爲漢系家庭書寫與抗議文學、國語文學的楷模，當然，它也爲戰爭時期的遁世者建築出一座與世隔離的大觀園，供浪漫作家耽溺其間。日據時期因而形成一種不同於其他時代的紅樓接受美學。如今世界各地的區域文學已在後殖民論述及全球化的趨勢下成長茁壯。經典的重塑也同時出現在每一位讀者及其時代的對話中。創意的閱讀是參與藝術作品空白的塡補，其意義不僅在於發掘文本的秘密，同時，也正訴說著我們生命內在的旋律。

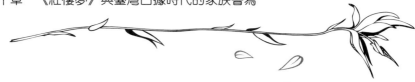

# 第十一章

# 《紅樓夢》與臺灣現代主義

《現代文學》是一本在一九六〇至七〇年代初期，有系統地將二十世紀西方現代主義譯介於臺灣的刊物，其間的作家群在當時臺大外文系的文學殿堂上對現代主義理論及文學技巧多所吸收，甚至借鏡西方的文學理念來檢視現代中國人的生活和心境，在試圖爲臺灣文學理出一條可行的成功途徑。不僅小說家從而躋身文壇，《現代文學》這份刊物本身亦在臺灣文學史上留下不可抹滅的重要地位。

如上所述，《現代文學》是一九六〇年代臺灣學院中帶有「研發」性質的一本同仁性刊物，它的聲譽和權威，在文學批評界被視爲是嚴肅文學的代表，與大衆通俗文學雜誌，如：《皇冠》等，分別在臺灣文學社會中樹立起相互對應的關係位置。根據李歐梵的〈現代文學中的「現代主義」和「浪漫主義」〉一文，以瓊瑤爲代表的《皇冠》大衆通俗文學，其上游史線來自五四時期的浪漫主義傳統。經過二〇年代的郁達夫、丁玲，在三〇年代的巴金達到五四浪漫主義的高峰，而在張資平、章衣萍、無名氏等人身上開始轉入商業化的領域，進而產生鴛鴦蝴蝶派的作品。直到徐訏的《風蕭蕭》和王藍的《藍與黑》，商業化的羅曼蒂克愛情故事直接成爲瓊瑤的言情小說開啓了一系列的寫作路線。這條史線在六〇年代初期，臺灣文壇爲迴避反共教條而大行其道。反觀大陸卻因工農兵的文藝政策與十年文革而中斷了這條文學路線。

相形之下，追溯《現代文學》的歷史線索則略爲繁複，一方面是二十世紀初一次世界大戰後，歐洲工業文明及新興中產階級庸俗的價值觀產生反動，於是作家研究一種寫作上實驗的技巧，以心理學探討內心、自我追尋。此一反叛的觀念與精神在一九六〇年代初爲臺灣的一群師生所援用與實驗。而他們作品的主題則往往在於關切現代海外華人在傳統秩序與西方文化衝擊下，生活與思想的轉變，例如：白先勇的《紐約客》、《臺北人》，以及王文興的《家變》等等。他們自視爲中國固有文化的繼承人和發揚人，因此他們寫的總是中國人，說的是中國故事。誠如現代詩人楊牧及曾任《現代文學》主編的姚一葦先生所言：「舊文學對臺灣現代文學的影響難以明示，但滲透的程度，比血液還甚；一個中國人絕不可能從他的意識中完全甩掉自己的文學遺產。」「我們的傳統在我們的血液裡面。」（白先勇，一九八七。）《現代文學》的作家群對中國古典文學及文化傳統的重視程度可與其譯介西方現代主義的精神等量齊觀。他們集體的文學作品爲一九六〇年代的臺灣文學展現出一種特殊的文風，以西方意識流、心理學、內心獨白等形式技巧鋪敘中國人的歷史滄桑，形成「中、西『混聲合唱』在臺灣」的特殊風貌。

## 一　二度西潮

一九六〇年代臺灣的知識青年在新與舊、中與西之間尋找認同的對象。由於二、三十年代的中國作家作品還在禁書之列，赤色中國又是最深重的威脅，臺灣的全面政治動員，以反共戰鬥文藝爲主流亦不能滿足知識青年對文學的追求，當時臺灣在風雨飄搖的環境中，最迫切的需求就是「現代化」。這經濟、工業現代化的需求，同時習染到文化層面來，就文學思潮本身的變遷而言，臺灣文學在爲反共救國等政治目的服務過一段時間後，文學創作者很渴望能藉由作品深入個人的內心世界和主觀意志，於是《現代文學》不僅譯介現代主義的作家、作品與評論文章；同時也運用現代主義的文學技巧，例如：意識流、佛洛依德的心理分析、象徵、內心讀白等手法探討生命中深刻幽微的思緒。猶如外科醫師剖析人體，《現代文學》的小說家則剖析人的心理。他們創作小說，同時也檢視、分析中、西小說名著，多位作家因而道出《紅樓夢》是他們少年時期成長的同伴，也是他們一生創作的借鑑。

除了臺大外文系的學生創辦《現代文學》，爲文學揭開了現代主義的序幕之外。一九六五年另有一群留法的學生創辦了《歐洲雜誌》，而同年影劇界則還有一份名爲《劇場》的刊物，臺灣讀者透過這三份期刊接觸歐美的存在主義、荒謬劇場，進而帶動臺灣文化普遍性地趨向西風，與一九二、三〇年代上海的一度西化相比，臺灣二十世紀中期的現代主義思潮，爲劇作家馬森稱之爲「二度西潮」。

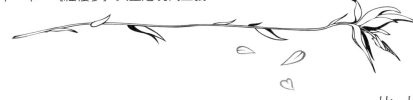

## 二 白先勇與王文興

白先勇認爲偉大的文學必須同時兼具其時代性與超越性，例如《紅樓夢》寫十八世紀、乾隆一代的貴族興亡，卻也同時反映出人生變幻、世事無常等超越性的主題，而每個時代的人閱讀《紅樓夢》，都從中體會出不同的意義來，因此優秀的小說通常含有多重主題，人們甚至不必以主題來類別小說的優劣，重要的是，作家是否應用了適當的形式來表達其所欲處理的題材。「我認爲一部好作品之所以了不得的話，是因爲在每個時代都有新的意義產生，這樣才會長存下去。」（白先勇，一九八七。）他說：

> 一本書文字的好壞並不能單獨抽出來看，要看整本書的體裁。講文字，得跟題材配合，《紅樓夢》的題材很典雅，是極華麗富貴的，感情很濃的。如果《紅樓》用很白描的白話泛開來，恐怕不能表現得好。曹雪芹是很講究技巧的，他對詩、詞、曲，尤其是曲，很熟很熟；文字，我想他是注意的。

白先勇並不刻意將文學的語言與形式，用「傳統」與「現代」來截然區分，他更希望嘗試將傳統融入現代，文學風格本身與內容的配合，可以增加題材的效果，在創作過程中突顯其主題意識。白先勇將小說視爲一種藝術，因此從文學的形式與技巧來判斷其完整性是比較客觀的批評法則。作家最重要的事就是以美的形式表現普遍而永恆的人性課題，故事本身並不重要：「不管怎麼寫，我們還是在重複老祖宗說過的話。」（白先勇，一九九〇。）

白先勇重視《紅樓夢》的藝術技巧。觀察書中人物形象的塑造，白先勇認爲人性中善惡的衝突是小說家最感興趣的課題，現實生活中，個人與天的衝突、與社會的衝突，甚至於人與人之間的衝突，在在顯示了人性的複雜。了解人性的作家才能創造出成功的藝術典型。

> 有經驗的作者一定不會三言兩語把它講盡，一定從多方面反映，像紅樓夢，鳳姐這個人，到底是怎麼樣一個人，你三言兩語很難講，但曹雪芹就厲害了，他設了很多線都表現了鳳姐的一面，她對應長輩的，對應下人的，對應情敵的，對應丈夫的，他從來不講鳳姐是怎麼樣的一個人，他是從各方面表現出來，這才是戲劇化。（白先勇，一九八七。）

白先勇強調：人性本能中的惡性、色慾與道德理性的種種衝突，往往成爲小說

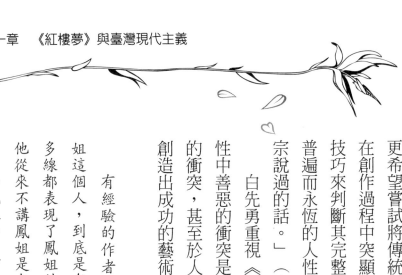

家取之不盡的題材。以現代派文學擅長分析心理、刻劃人性的角度閱讀《紅樓夢》白先勇首先感到佩服。

我看曹雪芹之所以偉大，他看人不是單面的，不是一度空間的。他對這樣兇、這樣心毒手辣的女人，她極人性的一面，他也顧全得到。因爲人不可能完全壞的，而且鳳姐，講起來，整個來說也不算是完全百分之百喪失道德能力的人，你看她臨死對女兒那種母愛，我覺得是很動人的一幕。是賢妻良母的話，寫他人臨死對女兒關切，不會怎樣動人，但像鳳姐這樣的人物，到死的時候如此淒涼，尤見曹雪芹悲天憫人之心。（白先勇，一九八七。）

將鳳姐死前懇求劉姥姥搭救巧姐的一幕，對照劉姥姥一進榮國府時，王熙鳳不可一世的高姿態，我們怎能不感嘆世事無常。對白先勇而言，小說是先有人物才成其故事的，因此他對人物刻劃的要求很高，如果作家沒有一定程度的人生經驗，對於人性和人生觀沒有完整的體認，便很難出現好小說：

紅樓夢裡面沒有十全十美的人，也沒有一個十惡不赦的人。（白先勇，一九八七。）

在小說敘事觀點的選擇上，白先勇分析《紅樓夢》的作者善於運用「全知的觀點」來表達小說主題中的各種概念。例如借忠僕焦大之口說出賈府子孫不肖，及其家風墮落的悲哀，這便很有說服力。又如賈家榮華富貴、盛氣凌人的家業，經由劉姥姥一個鄉下老太婆的眼睛來看，又比任何人都更有效果。

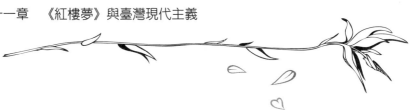

焦大只出場兩次，第一次就是罵公公爬灰，對賈珍下了道德判斷。從一個幾代的忠僕，他吃馬尿，省下水給賈代化，從這忠僕來看他們的家勢，第一是可信，因爲他經過呀，第二以這樣一個忠心耿耿的義僕來批評他的少主……比作者自己寫一段罵賈珍，有效得多。

第二次出場……在抄家以後。我記得他講，我只跟太爺去綁別人的，到這個時候，我怎麼會給別人綁呀，你想想，一個八九十歲的義僕到賈政面前痛哭，這一場非常動人，表現了賈家的沒落，……從義僕的眼光來敘述貴族家庭的沒落遠比曹雪芹自己說有效得多。

劉姥姥進大觀園一段，發生了很大的意義，非常細膩，非常精微的來批評賈家那種朱門酒肉臭的生活，因爲主題之一是賈家的興亡。劉姥姥問鳳姐茄子怎麼做的？鳳姐說這些茄子用多少隻雞來配，……又問賈家吃幾籮螃蟹，劉姥姥在算，五五二十五，三五一十五，夠我們鄉下人一年的生活了，那種窮極奢侈的生活由劉姥姥的嘴來批評，可信得多。（白先勇，一九八七。）

作家深知小說中每一次觀點的轉移都是不容易的事，像是開車變換車道，自有很危險性。然而《紅樓夢》的作者卻能夠自然地將敘事觀點從寶玉身上（通常寶玉在場時，作者都是以寶玉的觀點看事情）轉移到更適當的人選上。這種觀點轉移的運筆技巧，西方現代小說理論中稱之爲shifting view-point。《紅樓夢》既是一部複雜的小說，則不可能單用第一人稱敘事到底。然而在「全知觀點」的運用過程裡，該選擇那一號人物作爲視角，以及每當觀點轉換時，如何自然而不露痕跡？卻又是一門匠心獨運的學問。能從這個角度解讀《紅樓夢》，顯示白先勇本身作爲小說家的傑出。

此外，《紅樓夢》在結構層次的安排上也非常得宜，勝於其他世界著名。《紅樓夢》的主題之一是人生聚散的無常，白先勇舉出在凸碧山莊賞月的那一晚，一反過去的烈火烹油、鮮花著錦。先是賈母不肯睡，衆人勉強說些笑話湊趣兒。待賈母瞌睡睜眼醒來，眼前只剩探春一人，搭配著淒涼的笛音，眞有曲終人散的悲涼。接著寫湘雲和黛玉聯詩，最後出現「寒塘度鶴影，冷月藏詩魂」的詩句來，前者暗示賈府的凋零，後者預告了女主人公的死亡。作者將此二場景緊鄰在一起，加強了《紅樓夢》的主題。所以小說結構層次的安排得當也成了烘托主題的有利條件。

場景的安排，在小說中是很重要，這一場這個時候出，那一場那個時候出，很要緊，等於戲劇，場景的轉換在戲劇裡更重要，某一場在整個戲的先後，不能亂來。整個來說，《紅樓夢》裡，每個人出場的先後，每個場景安排的先後，都很好的。（白先勇，一九八七。）

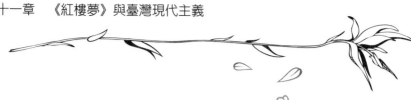

關於《紅樓夢》中運用實際的語言文字象徵抽象的意義，白先勇也做了闡述和分析：

中國文字長於實際象徵性的運用，應用於symbol，應用於實際的對話，像紅樓夢，用象徵討論佛道問題，用寶玉的通靈玉，用寶釵的金鎖，很concrete（具體的）、很實在的文字。

從頭到尾完全是非常實在的action，非常實在的人物，表達了非常抽象的問題。（白先勇，一九八七。）

《紅樓夢》作者以具體節令的移轉，透露中國式的人生觀。以時節表現時間的歷程，又同時襯托出人物內心意識、情感的流動，這是高度的象徵藝術。《紅樓夢》中一眞一假兩個寶玉，也可以說是象徵著寶玉內心出世與入世的掙扎。白先勇說：「賈寶玉眞正的意思是要出家，甄寶玉呢，是socialbeing，社會化的，走社會要求的路，求功名，象徵意義重。」在中國，儒家的理想世界和佛道的理想境界是不相容的，因此寶玉感到掙扎。這種象徵的技巧，西方現代文學要晚至二十世紀德國文豪赫曼．赫塞的《徬徨少年時》等作品出現才成形。曹雪芹用摔玉（欲）這個動作試圖解除人生最痛苦的根源，「這就是《紅樓夢》之偉大，雖然表現的是很抽象的思想，但是，卻寓在那麼實實在在的生活裡。」白先勇如是說。

儘管構成《紅樓夢》成功的藝術條件很多，但是最基本的還是語言本身的魅力。白先勇明白地領悟到自己的文字受《紅樓夢》影響很深。曹雪芹能將《紅樓夢》中如此複雜的世界栩栩如生地描繪出來，需要相當高的文字技巧。白先勇最注意的其實是《紅樓夢》中的對話，如果將小說的文字大致分爲兩部分，則一部分是敘述，另一部分是對話：

> 《紅樓夢》中的對話技巧，在中國小說史上是無出其右的。他這種技巧，西洋批評稱爲劇景法（scenic method），他能夠把《紅樓夢》中的每個劇景（scene）都處理得那樣成功，整本《紅樓夢》從頭到尾都成功的戲劇化了，因此《紅樓夢》呈現的世界是那樣的生動活潑，歷歷如繪。（白先勇，一九八七。）

《紅樓夢》中寶玉和黛玉的對話全是日常生活語言，卻又能輕易地談禪說玄，其功力在於「對話」，因此白先勇肯定地說：「要學對話嗎？熟讀《紅樓夢》。」文學作家如果有豐富的閱歷和悲天憫人的襟懷，卻獨缺很好的文字技巧來表達，是多麼可惜的事。「單是好文字，不能寫出好小說，但是好小說，一定有好的文字。」白先勇說：「影響我文字的是我遠在中學時，看了很多中國舊詩詞，恐怕對文字的運用，文字的節奏，有潛移默化的功效，然後我愛看舊小說，尤其《紅樓夢》，我由小時候開始看，十一歲就看《紅樓夢》，中學又看，一直也看，這本書對我文字的影響很大。」人生的豐富情感，如果能夠以適切的語言表達出來，受惠的將不僅是作家本人。

許許多多讀者都喜愛白先勇筆下女性，像是：金大班、尹雪豔……。她們個個形象鮮明難以歸類，《紅樓夢》開宗明義即反對「千部一腔，千人一面」的模式，因此書中的女子也各有不同的容貌情性。堪稱白先勇專家的歐陽子曾說：「身爲一個男人，白先勇對一般女人心理，具有深切了解。她寫女人，遠比寫男人，更細膩、更生動。」而白先勇卻笑著說：「我不覺得我偏重女人，我什麼都寫啊！我小時候，最親近的倒是一個副官。」白先勇確實賦予了每個小說人物力透紙背的歷史滄桑感。〈永遠的尹雪豔〉裡說：「宋家阿姐，『人無千日好，花無百日紅』，誰又能保得住一輩子享榮華，受富貴呢？」一句話道出了「臺北人」的底蘊，那是一首沒落貴族的輓歌，換成《紅樓夢》的話，便是「好了歌」：「世人都曉神仙好，只有金銀忘不了！終朝只恨聚無多，及到多時眼閉了。」

現代主義是西方戰爭瓦解傳統價值秩序的產物，對人類、人生信仰的動搖，以飽含悲觀、懷疑的態度看盡炎涼。白先勇與《紅樓夢》關係最深的作品是〈遊園驚夢〉，故事藉竇夫人眼中富麗堂皇的宴會傳遞一項訊息：如此華麗唯美的大觀園，其實只是一場虛幻的夢境。〈遊園驚夢〉「以戲點題」的藝術手法源自《紅樓夢》，小說以《牡丹亭》提醒世人彩雲易散、歲月無常，唯解脫是眞。曹雪芹預示了帝國文明的衰退，而西方世界卻是在戰後文明毀盡之時，才有如大夢初醒。魯迅因而形容《紅樓夢》：「悲涼之霧，遍被華林」。

中國小說以人爲本，戲曲也以人物爲刻畫的主軸。白先勇小說的「忠僕」形象，是他著力甚深，用生命的情感寫就的藝術典型。《臺北人》秦義芳，這個上將的貼身副官，曾經跟隨主人南北征戰數十年，一旦年老多病，即被辭退，住在臺南榮民醫院裡，羞於向人提及自己被趕出公館的委屈。誰知主人竟比他先走！他抱病前來奔喪，對那些頭臉收拾得十分乾淨的年輕侍從官萬分惱火：「長官直是讓這些小野種害了的！他心中恨恨的咕嚕著，這起吃屎不知香臭的小王八，那裡懂得照顧他？只有他秦義方，只有他跟了幾十年，才摸清楚了他那一種拗脾氣。」秦義方的忠僕形象具有賈府焦大的特質，也是白先勇說他自小曾和副官親近的具體寫照。

此外，夏志清教授探討白先勇小說人物時，曾指出的阿宕尼斯式的美少年」，尤其是在白先勇早期的作品：〈青春〉裡的少男、〈月夢〉中老醫師的伴侶，以及〈玉卿嫂〉裡的慶生。「阿宕尼斯」（Adonis）是英國古典文學的「原型」（archetype），代表儀表出衆的美貌男子，同時具有同性戀傾向。在〈月夢〉中，老畫家面對這可望而不可及的模特兒，低呼：「赤裸的，Adonis!」〈玉卿嫂〉裡容哥兒也對慶生懷有深情的好感，他喜歡慶生的眉清目秀，「水蔥似的鼻子」，「嘴唇上留了一撮淡青色的鬚毛毛」，特別令人醉心，「看起來好細緻，好柔軟，一根一根，全是乖乖的倒向兩旁，很逗人愛，嫩相得很。」而他對玉卿嫂的醋意是足以置慶生和玉卿嫂於死地的。白先勇曾在〈賈寶玉的俗緣：蔣玉菡與花襲人〉一文中分析賈寶玉和蔣玉菡的同性之愛，從蔣玉菡私贈茜香羅，以及兩人在紫檀堡置買房舍等事實看來，二玉確實過從甚密，及至九十三回，寶玉眼中的蔣玉菡直是「鮮潤如出水芙渠，飄揚似臨風玉樹。」顯見其同性之愛。白先勇說：

就同性戀的特質而言，同性間的戀愛是從另外一個個體身上尋找一個「自己」（Self），一個「同體」，有別於異性戀，是尋找一個「異己」（other），一個「異體」。如希臘神話中的納西色斯，愛戀上自己水中的倒影，即是尋求一個同體之愛。賈寶玉和蔣玉菡這兩塊玉的愛情，是基於深厚的認同，蔣玉菡猶之於寶玉水中的倒影，寶玉另外一個「自我」，一個世俗的化身。

從蔣玉菡到Adonis，這樣一首傳誦男性美的中西混聲合唱，使夏志清不由得說：「白先勇的同性戀傾向，我們儘可當它一種病態看待，但這種病態也正是使他對人生、對男女的性愛有獨特深刻看法的一個條件。」

根據李歐梵的說法，《現代文學》在王文興手中，與陳獨秀主編《新青年》倡導「文學革命」有某方面的類似性。（李歐梵，一九九六。）其間嘗試探索新的文學風格形式以改良傳統。因此也可以說他們是中國的文藝復興者。《現代文學》的作家群一方面介紹西方現代小說，同時呼籲新的文學形式。王文興因此從許多角度批評了中國傳統小說的大旗《紅樓夢》。在思想內容方面，他基本上同意其人生主題，但是卻又認爲這個主題在《紅樓夢》中並未發揮很高的格調和深度性：

> 主題格調不高，儘管其中也充斥了佛道思想，但始終不能發揮其哲學的深度性，可以說僅僅祇是扛著「佛道」的旗幟徒聲高呼，而並沒有實際深植於內容的造就上。（王文興，一九八七。）

以長篇小說而言，王文興仍承認《紅樓夢》是獨冠群芳之作，但是並非所有的優點都被它獨佔。尤其是情節架構方面，《紅樓夢》堪稱「零亂」，「全像一部未經整理的草稿」。情節上，一般人樂道的黛玉葬花、湘雲眠芍、劉姥姥醉臥怡紅院等，都不算理想：

> 葬花詞是感傷主義的氾濫，醉枕芍藥太通俗了，完全是cliche（陳腔濫調），劉姥姥的喜劇場面又是電視趣味，甚至黛玉的死都寫得太淒厲了，這是文學寫作的大忌。

王文興鄙薄感傷，卻提出「人性尊嚴」，藉機強調真正可與五四浪漫主義相連的價值精神。他曾應婦女刊物之邀，寫了一篇〈紅樓夢中的人力浪費〉：

> 我讀《紅樓夢》看到眾多婦女的人力浪費，彷彿發現了一座千人塚一樣，那是一座婦女的千人塚，閉目都會看到成千成百的美麗眼睛，幽靈的眼睛在對我一眨一眨飛來飛去，這是一本極美麗的書，也是一本恐怖的書，大觀園就如同一座女性集中營。

詩禮簪纓之族在道德禮教制約下，僅有豐厚的物質享受，卻受到沉重的精神壓抑。從太太、小姐到丫環、戲子，錦衣玉食的背後總有戕害人性自由與尊嚴的傷痕。張錦池教授說：

既看到「禮」給人以生存和溫飽的王道性，又看到「禮」不給人以自由發展的霸道性。賈母們精心築就的王道樂土，卻原來同時也是一座禁錮青年們的肉體和靈魂的黑暗王國。

縱然那「女強人」王熙鳳，最後又何曾擺脫「夫者天也」的播弄，還不是「哭向金陵事更哀」！什麼「七情六欲」！什麼「人格尊嚴」！這在兩性關係中從不屬於女子。禮所賦予她們的天職，就是或充當被發洩性欲的工具，或充當情欲被禁錮的展品，如此而已！（張錦池，一九九三。）

「家」在傳統社會的正面形象是詩禮簪纓、富而好禮、忠孝傳世；反面卻也不乏桎梏人心、葬人青春的傷痛。在這樣的鐘鳴鼎食之家，女子除了守禮之外，連爭取身爲一個「人」的尊嚴都不可得。晴雯、芳官傲然不屈的神情，被王夫人視爲「成精鼓搗」，結果還是告別了青春，枉送了生命。縱使是王熙鳳，又何曾爭取到獨立的人格尊嚴，結局也只能是「哭向金陵事更哀」。賈府女子盡歸薄命司，在寶玉的眼中無非是殘酷的打擊。他之不能「留意於孔孟之間，委身於經濟之道」，不能以「小惠全大體」的薛寶釵爲妻，在率性地揚棄了傳統人生價值觀與禮教法典之後，又不知何處才是新生的出路。這悲愴的身影徒然在「體仁沐德」的牌匾下，不斷地蒙昧、失落與幻滅，終於徹底地與時代絕裂。賈寶玉的形象看在現代主義作家眼中，無疑是「家變」與「孽子」的典型。陳萬益因而指出：

從《紅樓夢》、《家》、到《家變》，時代變遷的軌跡是很清楚的，中國的家庭制度也確實起了巨大的變革：大家庭變成小家庭，父親的權威喪失，兒女逐漸獨立自主，父子關係重新調整，綱常倫理大大乖違。這三部書中的「逆子」正好代表不同階段的產物。（陳萬益，一九八七。）

對於《紅樓夢》的眾多女性形象，王文興說：「這麼多女性，不管是黛玉、寶釵，皆非眞正的人，都缺少『人物空間』。」所以那不是一個立體的故事，而是一座平面的「人像畫廊」。

> 社會對《紅樓夢》最大的誤解是絕大多數人以「愛情故事」來讀它，其實全然不是這樣一回事，如果眞的有寫情的話，那麼在比重上也只佔十分之一。比較恰當的歸類，應該把它視作西方文學術語所謂的gallery of characters，也就是所謂的「人像畫廊」，這才是眞正《紅樓夢》可以歸類的名稱。（王文興，一九九七。）

以人物刻劃爲一大特色的名著，獨令現代派作家關心的還是人物之間的「對話」。王文興認爲《紅樓夢》的優點首先在於「書中對話的成功」，其間每一個句子、每一個辭彙的質地和音色，都値得仔細推敲。「我以爲成功的對話絕不僅只於流暢動聽而已。《紅樓夢》對話的成功並非一口『呱啦鬆脆』的京片子如此簡單。主要包括三項條件：一、語言要清楚。二、對話要建築在說話人當時的心理背景上。三、對話應該流露出說話人的性格。」：

書裡有關王夫人、賈母、邢夫人這些長一輩婦人的對話確乎是好，那樣的話，就是那樣身分那樣年齡的婦道人家，在那種場合裡所可能說出來的。曹雪芹揣摩得十分成功，十分成功。

王文興在課堂上經常提示學生們注意作者埋下的極微妙的隱線。例如聆聽黛玉說話的口氣時，要想到她是一個「吳儂軟語」的蘇州人，一荏弱體質的妙齡少女：

單單黛玉一句「眞眞好笑！」都是綜合了她的「年齡」「氣質」「籍貫」三者才寫出來的絕妙好辭。

仔細聽，晴雯現在正患著傷風，所以每一個字都帶著濃重的鼻音。聽出那味道沒有？

王文興寫小說以慢工出細活聞名，其實他的閱讀也有極細膩的觀察。小說對話的講究，不僅在字正腔圓、流利動聽而已，還得配合人物的身分、性格、方言，甚至於體質，以及說話當時的情景。「文字」在王文興的要求下，必須承載多重作用：

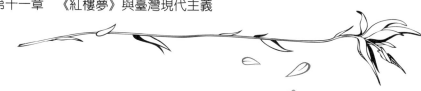

《紅樓夢》有的對話實在動聽，找不出一句比一「嘟嚕」更恰適更妥貼的口語化量詞來形容葡萄串聚的形態，「這果子樹上都有蟲子，把果子吃得疤喇流星的，吃掉了好些了。姑娘還不知道呢。這蜜蜂最可惡的，一嘟嚕上，只咬破兩三個，那破的水滴在好的上頭，連這一嘟嚕都要爛的。」婆子說的這段話就是純粹是口語運用的成功，但除了字正腔圓、流利動聽外，就沒有別的作用；至少我個人寫小說是竭力避免這種對話的。

## 二 李歐梵與楊牧

李歐梵曾認為《紅樓夢》是中國文學史上最偉大的「頹廢小說」。中國文化在十九世紀中葉以後，因西方文明的引進而產生了巨變。《紅樓夢》成書於十八世紀的清初，可以說是中國傳統貴族生活的迴光反照，李歐梵認為曹雪芹早有預感中國的「世紀末」即將來臨。「正由於他知道往世的繁華已不可重返，所以才苦苦追憶營造出一個幻想的鏡子式世界。」（李歐梵，一九九六。）臺大外文系畢業之後，李歐梵先後赴美從事政治、歷史及文化研究，他對《紅樓夢》的詮釋卻脫離了現代主義掌握小說細部藝術技巧的評析，而從廣義的文化視角予以俯照。「頹廢」一詞指陳那極致輝煌的唯美。當文明發展至顛峰，對於「色」與「情」追求推向燦爛的頹唐之美，這就是「頹廢」的意境。《紅樓夢》等於是中國文化史上「夕陽無限好」的那一刻，再往下走勢必面臨日薄崦嵫。包括曹雪芹創作的年紀也是近黃昏的中年，他追憶往日的繁華，將文明帝國逐漸沒落的背景，烘托得令人傷憐。於是《紅樓夢》成了中國頹廢文學的寫照。

現代詩人楊牧在〈王國維及其「紅樓夢評論」〉中討論《紅樓夢》的悲劇與喜劇：

就王國維的看法：《紅樓夢》與其他中國小說戲曲最大的不同，在於其顯著的悲劇哲學，它以悲觀的態度處理人和人的關係乃至於其他世俗的問題。而且《紅樓夢》的悲劇收尾其實早已顯現在小說的開端，寶玉一步步走去，通過憂患與勞苦，恐懼和疼痛，只是爲了去證實這個預言。所以有別其他大團圓的小說，《紅樓夢》卻是一個悲劇。曹雪芹在這裡提出了一個嚴肅的問題：愛情和聲名的追求，甚至生命本身，也許是完全虛幻的吧？

楊牧從而提出了古典喜劇的說法：

其實《紅樓夢》應該是一個古典喜劇（comedy）——曹雪芹譬若旦丁（Dante），在它特殊的文化背景裡，創造了一個神乎其神的「喜劇」，而他正如但丁之標準化了意大利白話文，標準化了中國白話文。

但丁從地獄出發，通過煉獄，到了天堂；寶玉從樂園出發，下凡歷劫，終又回歸樂園，獲得了永遠的生命。大觀園只是紅塵裡一個虛幻的園囿，摹仿那眞正提供「道德上的自由」樂園，而保證永遠的樂園卻一直都在青埂峰下，寶玉一度遠離它，如今又毅然回歸。雖然《紅樓夢》「字字看來皆是血」，其結構卻是西方世界裡眞正典型的喜劇。

楊牧提出的一種從出發、歷煉到回歸的過程，來掌握《紅樓夢》主題思想的完整性。他在一九八五年寫下一首現代詩〈妙玉坐禪〉，可視爲古典喜劇說的注解。後來，他又引用歷史學家湯恩比的比喻來談歷劫/回歸的概念：在風雪交加的夜晚，許多人圍在大房子裡烤火取暖。突然一陣風把窗戶吹開，一隻鳥隨風刮了進來，在屋裡繞了一圈，得到有限的溫暖，又被一陣風吹出了窗外，在度回到茫茫風雪中。

整個生命是黑暗陰冷的，而那一圈只是暫時的舒服。

人生是受苦，人生是受罪，人生大部分是不快樂的，快樂只是點綴。就像《紅樓夢》裡的感覺，「渺渺茫茫兮，歸彼大荒！」最後賈寶玉走到白茫茫的世界中去。

賈府的富貴鼎盛不過是短暫的溫暖，寶玉懸崖撒手的那一刻，人生才有了眞正歸宿。

## 四 蕭麗紅

一九七〇年代末期，臺灣文壇以鄉土文學論戰為大事；創作場域則以多數女作家模仿張愛玲纖細、荒涼的筆調，進行男女情愛的書寫為大潮。兩股風潮匯聚在一九八〇年蕭麗紅以《千江有水千江月》得到聯合報小說獎的那一刻。這部小說以對傳統民俗的描摩，和貞觀、大信的感情世界，透露蕭麗紅鄉土寫實與懷舊抒情的立場。在此之前，蕭麗紅以《桂花巷》連載於「聯副」（一九七五），前後二書承襲《紅樓夢》的大家庭書寫，主題環繞著女性本位的情感與經驗，女主人公剔紅從小父母雙亡，嫁到辛宅十八年後才恍然覺悟自己是寄人籬下的孤女：「她又那裡像主子？倒是他們在維持家計，而她來投靠人家……她原來寄居在這些人的籬笆下，像孤鳥飛入人家的群隊裡。」至於《千江有水千江月》裡，作者也寫道貞觀寄宿外婆家，古繼堂認為這部小說的前半部在結構上「有《紅樓夢》的明顯投影」：

> 以蕭氏大家庭的盛衰故事為中心，將各路英雄聚匯到這裡，再一一對他們進行解剖。蕭氏大院使我們想起榮國府，貞觀寄宿外婆家受到恩寵，使我們想起了林黛玉，貞觀的外婆形象中彷彿也有賈母形象的某種滲透。（古繼堂，一九九六。）

貞觀平時和表兄弟姊妹的相處，也頗有大觀園姊妹們的風格。表姊妹和嫂子在「伸手仔」吃吃喝喝的情景，已足以媲美蘆雪亭割腥啖羶一回，而閨中戲耍「揀穀粒」，益智的程度也不亞於黛玉手中的「九連環」。貞觀父親過世的那一晚，他來到夢中與她道別，也像是秦可卿放心不下鳳姐的意思。直到貞觀聽歌後觸動了深情，才使我們聽懂了黛玉當年聽曲和葬花時的悲吟：

「——春天花蕊啊，爲春開了盡——」

……

前後怎樣，她都未聽明白，因爲只是這麼一句，已經夠魂飛魄散，心折骨驚了

——

春天花蕊啊，爲春開了盡——

旋律和唱詞，一直在她心內迴應，她像是整個人瞬間被磨成粉，研成灰，混入這聲韻、字句裡——

……

貞觀由它，倏地明白：情字原是怎樣的心死，死心；她二姨夫婦，相互爲花蕊，春天，都爲對方展盡花期，綻盡生命！

蕭麗紅在《桂花巷》中同樣用了「以戲點題」的筆法，將剔紅一生的宿命題點出來。她年輕時到北門嶼第一富室李清風家聽戲，戲臺上卻唱道：「錦—排—場—本—是—假」、「放眼盡是瓊花玉樹，此身列仙班，早不墮輪迴萬古轉。……無奈呀，終久是寂寞山中寂寞人……。」儼然「世外仙姝寂寞林」的寫照。剔紅喜歡聽的歌：「守孤單」、「五更鼓」，常吃的兩味藥：「寄生」、「獨活」，都是她無可躲逃的命運：「直挺挺的一株小草，就把人世間，某個魂魄所必須經過的前後曲折，都說出，道盡。」剔紅嫁入四大家族之一，書中對於辛家的描述也頗似「護官符」裡的賈、史、王、薛。清末臺灣臺南府轄下的四大家族是這樣說的：「北門風，林石月，金棺材，玉遮蓋。」剔紅一身榮華，卻不比從前屋漏接雨的日子幸福，一條象徵人間富貴的桂花巷辛家歲月，是她真正苦痛的命數。她生就一身「清白至貴女兒身」，一副「水晶做的心肝」，「若教人說出個不字，也枉費父母生養一場」。這些來自《紅樓夢》的文句，在《桂花巷》中上演著另一齣生命困頓與情欲衝突的嶄新戲碼。蕭麗紅成功地將古典美文轉換成自己故事裡的養分。

農曆大年初九是天公生的日子，一家的主婦子夜就得起來拜天公，貞觀父親已經過世，所以母親只能依靠兒子阿仲來幫忙點鞭炮，「伊的膽子極小的，看阿仲點著，還得搗著耳朵呢；從前父親在時，這樁事情自是父親做的，一個婦人，沒了男人，也就只有倚重兒子了。……有那麼一天，她也得摸黑起來參拜天地、眾神，她當然不敢點炮竹——貞觀多麼希望，會是像大信這等情親、又知心意的人，來與她點天公的引信啊！」在拜天祭祖的重要儀式裡宣示此生不渝的愛情，貞觀是將大信引爲知己：「啊，大信，相惜之情，知遇之恩……知己何義？他難道不知紅樓夢裡那兩個人；寶、黛是知己，知己是不會有怨言的。」中國人「情」，最重知己：「中國是有『情』境的民族，這情字，見於『慚愧情人遠相訪』（這情這樣大，是隔生隔世，都還找著去！）見諸先輩、前人，行事做人的點滴。」然而，和黛玉離開寶玉的結局一樣，大信離開了貞觀。大信說：「就是《紅樓夢》裡說的——反認他鄉是故鄉。」他放棄貞觀留學英國，反以異鄉爲故鄉了。

蕭麗紅描繪大家庭中娘、婢之間的情誼，也是令許多讀者印象深刻。留在剔紅身邊最久的貼身丫環是給印，而給印溫厚念舊的性格宛若平兒，甚或紫鵑。她最了解當家奶奶的脾氣，不僅替少主人挨板子，還記得在少主娘生日時煮一碗豬腳麵線，即使出嫁了也常回來探望，是剔紅比自己還相信的人。剔紅理家也自有一套處世哲學：瑞雨還在的時候，即使她的能力足夠，她也懂得深深收藏，凡事由瑞雨做主，等瑞雨表現出實在不愛管事時，她才不得不出兩聲，頗有寶釵之德。瑞雨病中，她獨坐無聲偷灑淚，又大有黛玉的姿態。瑞雨過世後，她成爲當家主事的少奶奶，出了房門來給大老爺請安，頓時聲勢高張了起來，人未到，聲音卻搶在先前，讀者彷彿又見到了鳳辣子。大伯公死的那半年裡，全家治喪，她不能盡情地在唇、頰上點胭脂，便抹在兩側耳珠上，這點淡暈水紅，縱使平淡無奇，也還是看得出來。這叛逆的舉動，不也就是晴雯？蕭麗紅因此說：

剔紅是誰？在我的感覺裡，剔紅是最可愛的中國舊式女子，眞眞她愛恨強烈，恩怨分明，叫人愛也不是，不愛也不是……。

「石頭記」裡幾個異樣女子，探春的敏，黛玉的情，晴雯的癡，熙鳳的毒，她都兼而有之，另外，鴛鴦的俏皮，芳官的伶俐，平兒、紫鵑和麝月的靈巧，甚至紅玉、墜兒的小奸小壞，都可以在剔紅身上找著。

漢文化的悠悠年歲、光陰裡，不知生活過多少這類女子？她們或遠或近，是我們血緣上的親人，在度夜如年的時空中，各有各的血淚與悲辛，所以桂花巷的故事，說假是眞，說眞是假。她們的好，難掩她們犯下的錯，而那些錯，卻也減不了她們的好，就因爲這縱橫交錯，叫人嘆息，又對人性產生另一種更清楚的明白。

小說中時光荏苒，人性、欲望在大家庭中糾葛與掙扎，那是敘述不盡的好題材。進士府內姨奶奶和正頭夫人之間的明爭暗鬥，對剔紅而言，雖是牆院外的事，然而哪家不曾上演這類戲碼？春樹說：「主子既是這樣，那東西兩廂院的女婢，也就如同烏眼雞般，天天相拚，無事找事。」也是探春的話：「咱們倒是一家子親骨肉呢，一個個不像烏眼雞似的，恨不得你吃了我，我吃了你！」

女性文本中一展廚藝，是自《紅樓夢》、張愛玲以降，作家們拿手絕活兒。王熙鳳口中的一道茄鯗令人瞠乎其後，蕭麗紅的菜單，也並不令人失望。五香鹹菜和炒雞絲等，就見得出作家的手藝：「精肉切得薄薄的，再入火燒，炒去血水，等微白了，取出切絲，加醬瓜、糟蘿蔔、蒜頭、砂仁、草果、花椒、橘絲、香油，拌好盛起，加一滴醋。」「雞胸脯去皮，切細，用豆粉、麻油、秋油拌勻，蒸粉收之，再以雞蛋清抓過，臨下鍋加醬瓜、薑蔥末。」「然而最要緊的是用旺火，量不能多，一盤頂多四兩，如果炒一大盤，就會像給印家的阿引嫂那樣，炒得不入味。」

茫茫大士、渺渺眞人是一場紅樓夢在開場和結尾時，警醒世人智者。在故事裡，和尚給寶玉治病、贈寶釵金瑣，又指明了「金玉良緣」，因而也就暗示了悲劇的理由。《桂花巷》的化緣和尚也為瑞雨算命，卻道出剔紅一生孤寡的命運。曲終藉由老尼姑的指點，剔紅領悟了她與秦江海註定一生緣慳。同樣的，貞觀也在走下碧雲寺的路上，悟出了禪境，解脫了思念大信之苦。從紅樓到千江，小說家在悠悠家常歲月裡，用悲憫的宗教襟懷給予不平的人世心靈上的撫慰。蕭麗紅笑看紅樓，將懷舊、鄉土、家庭、寫實綰合在人間情愛的世界裡。女主角一生愛慾糾葛、幾度出軌，卻是傳統正面意義下備受壓抑的女性眞實處境。女作家透視文化底層，直指人心的批判意識，包揉在古樸典雅、令人醺醺然的舊式情懷裡，其中應也有道不盡的紅樓緣。

# 第十二章

# 《紅樓夢》與臺灣現代散文

這裡我們蒐集了各家論及《紅樓夢》的小品文，以見《紅樓夢》與現代女性文學高度相結合的特殊現象。

《紅樓夢》是一部描繪女性生活與貴族精緻文化的豐碩寶典，臺灣戰後的散文家們往往以很自在的心情，泅泳在大觀園的婆娑之洋裡，又像是在一片清淺白皙的沙灘上，盡情地吸收高耀的豔陽，釋放出對於生活的無限憧憬與活力。他們對文字及文學符號具有特殊的感悟力，由此開創多元性的視角，發揮小品文輕、薄、短、小的特色，情趣兼涵哲理的特質，一再地塑造出現代散文中的紅樓女性之美與生活意趣。

## 一 多面夏娃

爲金陵十二釵作傳，是《紅樓夢》作者創作此書的主要意圖之一，文中第一回說道：

書中所記何事何人？……忽念及當日所有之女子，一一細考較去，覺其行止見識，皆出於我之上。何我堂堂鬚眉，誠不若彼裙釵哉？我之罪固不免，然閨閣中本自歷歷有人，萬不可因我之不肖，自護己短，一併使其泯滅也。

雖我未學，下筆無文，又何妨用假語村言，敷衍出一段故事來，亦可使閨閣昭傳。

後因曹雪芹於悼紅軒中披閱十載，增刪五次，纂成目錄，分出章回，則題曰《金陵十二釵》。

曹雪芹爲使閨閣昭傳，曾一度將此書題名曰：「金陵十二釵」。而書中對閨閣女子的容貌、性情、才華，及其生平故事皆有細膩的描述，如此傳神地圖繪閨閣生活與想像的筆法，自可與《西廂記》、《牡丹亭》等前代巨著遙相呼應。

在現代文學中，爲呂正惠所歸類爲「閨秀文學」的作品，經常也出現了如同曹雪芹對傳統才子佳人的寫作模式所提出的反叛：

至若佳人才子等書，則又千部共出一套……以致滿紙潘安、子建、西子、文君，不過作者要寫出自己的那兩首情詩豔賦來，故假擬出男女二人名姓，又必旁出一小人其間撥亂，亦如劇中之小丑然。（第一回）

戰後初期，許多以現代婚戀爲題材的閨秀作品，已經能夠在傳統禮教觀念的延續中，突圍性地發揮其獨特的感性思維。以社會活動空間逐漸擴大的的經驗背景，發抒有別於古典男性的雄渾筆調，將生活中細膩的感官體驗釋放出來，並因此使得女性文學在文壇中爭取到一席地位，這是可喜的現象。然而：「隨著現代社會的日趨複雜化，女性所面對的問題也相對的增加起來，譬如，上班的女性如何兼顧事業與家庭，單身的女性如何面對擇偶或獨自生活的問題，以及外遇、未婚媽媽、色情行業等等。總而言之，我們可以毫不誇大的說，現代的臺灣社會已經累積了不少女性的社會問題」。（呂正惠，一九九〇。）

現代女性的生活散文，在善用特殊的敏感性格及銳利的女性意識觀點上，已經呈現出跨越新、舊時代氛圍的特殊意義來。我們只要看看她們將生活的細部問題具體地反映在作品中，便已確定她們並不枉費了處在戰後初期新兩性權力結構關係的重新運作與隨之而來的種種微妙處境上。唯有女性勇於自覺，才能創造出同時屬於其時代，並且充分展現自我的女性文學。

依據呂正惠的觀點，現代閨秀派作品至少比曹雪芹的時代所處理的閨閣文學要多出許多屬於現代人的問題，包括與戀愛對象的性生活、中年婦女在與男性的共同生活之外所獲得的自主性空間該如何定位等等。現代女性文學是否能夠走出古典閨閣的範疇，成為有意義的新型態女性書寫，關鍵在於男、女作家本身的自省與自我超越意識。以下我們就各家散文的探討，分析他們藉《紅樓夢》所抒發的現代社會生活的各種領悟，及其間所做的自我頗析。例如她們以林黛玉的性格來談論古典文學中的女性對現實生活中從事文學工作的女作家，乃至一般女性的影響。又或者提出鳳姐與探春兩個案例來處理「女強人」的內外處境。亦有許多作家從史湘雲的樂觀派，來提醒現代女性如何維護良好的人際關係等。

在古代父權社會裡，《紅樓夢》以「閨閣昭傳」為名，創作出一部屬於女性的專書，成為彼時最富女性意識與自覺的代表作。今日的女性書寫，則將《紅樓夢》化為典故，以用典、譬喻、象徵等手法，敘談他們處於現代社會的各種觀感，並各自兼具世態人情與哲理意涵。以其各成一家之言，而成為傳統文學對個人才性有所影響的範例。此處所謂的女性書寫，實際上是專指承襲了《紅樓夢》的題旨與風格，雖然作者並非特定為女性，而其所關懷的文學主題，則與《紅樓夢》同為以女性本位的意識來關懷女性處境的作品。

## ㈠林黛玉「共名說」

古來著名的文學家們對於女人的描述與刻畫，不僅反映出當時社會對女性的制約態度，同時也將這些文學中的女性人物典型化，影響了後起的作家與讀者群，使人們在女性問題的思考方向上，前有所承。現代作家們在閱讀古典文學的同時也發現，女性的思想、言行、際遇其實都是針對男性思想、行為的反射。因此當文學作家寫出命運悲苦的女性故事時，事實上正是對不平等的男權社會及其文化的有力批判。有鑑於此，專欄作家謝鵬雄對於「文學中的女人」所作的詮釋，或可視為古今女性文學的基本概述：

> 女人，是文學的故鄉。因為任何人都以女人為母親。文學家以其無限的憧憬、獨特的想像、深邃的思維與對人世的了解，構造文學。在這些文學中，他們如何雕塑女人、理解女人、期待女人、想念女人、想像女人、愛慕女人、憎恨女人、讚美女人或批判女人，乃是我們所極為關切的。（謝鵬雄，一九九三。）

當代文學作家們最常借用的紅樓人物，還是那令人關切的林黛玉。她是大觀園中文學修養與造詣最高的女性，也是明顯具有身世之感的人物。謝鵬雄分析林黛玉的「無家可歸」至少有三層含意：第一層是她的父母雙亡、寄居榮府；第二層是儘管她才情傲視群倫、智慧卻不足以自救的落落寡歡；第三層是曹雪芹塑造了林黛玉這樣一個人物，前無古人，後無來者，竟使讀者無法在舊小說的人物類型中找到同類。因此在中國文學史上，林黛玉是無家可歸的類型。正因爲她獨特的思想與性情，因而予人深刻的印象。「林黛玉」三個字成爲兩百年來中國文化意涵中「多愁善感」的代名詞，甚至比「多愁善感」這個形容詞更能強烈地表達了這個的意念。林黛玉孤立而強烈的形象特質，形成了一種「社會代碼」，代指多愁多病與傾國傾城的女子，因此這個名字一直流行在我們的生活中，成爲順口的「共名」了。

在古代社會裡，林黛玉是徹底反體制的人物，她自小父母雙亡、寄人籬下，所以沒有薛寶釵那樣的教養，藉以懂得運用理性思維處理人際關係。她只知順著性情來做自己想做的事，以她才慧的超群絕俗，在大觀園衆多姐妹組成的海棠詩社中，她總是屬一屬二的瀟湘妃子，吟詩、塡詞、聯句，從五律、七律、排律，到古風、小令，林黛玉無所不能，而且她的生活中也充滿了琴音樂理與寫作讀書，惟有女兒本份中的紡績女紅做的極少。關於「女人與詩」這個自始便不該相遇的結合，洛夫說道：

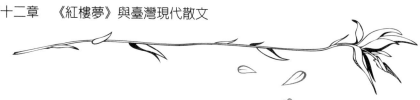

自古男女相悅，藉以暗通心曲最爲有效的工具有二，一是眼睛，一是詩。賈寶玉說：男人是泥做的，女人是水做的。水性至柔，我國詩的傳統講究溫柔敦厚，可知女人兼有水與詩的性質，而事實上女人寫情詩寫得最好。（洛夫，一九八六。）

林黛玉內心深處潛藏著一首絕美的詩——她的愛情。在兩百多年前的封建大家族中，林黛玉的生活形態與生命情調是一種病態，薛寶釵勸她：「女孩兒家不認字的倒好……連做詩寫字等事，這也不是你我分內之事。」當賈母得知她和寶玉私下的感情後，平時疼愛她的心也煙消雲散了：「咱們這種人家，別的事自然沒有的，這心病也是斷斷有不得的！林丫頭若不是這個病呢，我憑著花多少錢都使得，就是這個病，不但治不好，我的心腸也沒了！」作家方瑜感嘆地說：

用今天的眼光來看，兩百多年前封建社會大家庭制度下目之爲「病」的，其實正是一片眞純的至情。（方瑜，一九七六。）

他提醒我們讀《紅樓夢》時，勿以現代人的愛情觀與思唯直率地定義它：「如果不先認知書中的時代背景，及寶、黛所面臨的外在壓力，而單以現代人的戀愛態

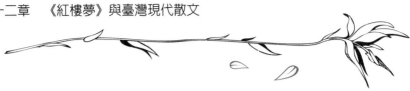

度來讀《紅樓夢》，絕對無法了解二玉感情發展的曲折幽微和作者筆法的細膩傳神。」

林黛玉的悲劇屬於性格悲劇，有別於其他舊小說中人物的命運悲劇，她的身世、才華與愛情，就是她的致命傷。謝鵬雄認爲曹雪芹透過一個古今無類的孤女形象來訴說封建社會的虛僞，實在是苦心孤詣，因此脂硯齋才說這是：「今古未見之人，亦是未見之文字。」就此人物刻畫的文學思想而言，林黛玉的形塑，可謂劃時代了。謝鵬雄說：

中國小說，到了《紅樓夢》而從命運的悲劇進入性格的悲劇。作者爲了營造這悲劇的性格，用盡了旁敲、側擊、暗喻、明敘、反寫、陪襯，乃至透過詩詞聯句呈現性情的方法，終能創造林黛玉這曠古以來必然悲劇的人物。（謝鵬雄，一九九三。）

謝氏分析林黛玉的性格說：「有一種人，很需要別人特別注意他，特別照顧他，特別想到他，但他又太驕傲，絕不能平白去求人照顧他。」因此她用她的文學、音樂和犀利的言語去引起別人的注意。第四十二回「瀟湘子雅謔補餘音」，林黛玉想起大家口中尊稱的「劉姥姥」，不禁笑道：「他是哪一門子的姥姥？直叫他是個『母蝗蟲』就是了！」這句話令大觀園衆人樂不可支，尤其是薛寶釵：「世上的話，到了二嫂子嘴裡也就盡了。幸而二嫂子不認得字，不大通，不過一概是世俗取笑兒。更有顰兒這促狹嘴，他用春秋的法子，把世俗粗話撮其要，刪其煩，再加潤色，比方出來，一句是一句。這『母蝗蟲』三字，把昨兒那些形景都畫出來了，虧他想得倒也快！」之後黛玉忙問會畫畫的惜春，是單描大觀園呢？還是將大觀園裡的人物都畫出來？惜春說：「老太太叫連人物都畫上，就像行樂圖才好。」林黛玉繼續打趣說：「人物還容易，你草蟲兒上不能。」李紈不解：「這上頭何用草蟲？」黛玉正等這一問：「別的草蟲罷了，昨兒的『母蝗蟲』不畫，豈不缺了典？」「你快畫吧，我連題跋都有了，叫『攜蝗大嚼圖』！」眾人哄然大笑，史湘雲笑得連人帶椅都歪倒了，咕咚一聲，眾人越發笑個不住。這時林黛玉還不罷休，指著李紈道：「這是叫你帶著我們作針線，教道理呢！你反招了我們來，大玩大笑的。」李紈也不禁莞爾：「你們聽他這刁畫。她領著頭兒鬧，引著人笑了，倒賴我的不是。眞眞恨得我只保佑你明兒得一個厲害婆婆，再得幾個千刁萬惡的大姑子、小姑子，試試你那會子還這麼刁不刁了。」文學女人透視了生活中的荒謬性，甘冒大不韙，用犀利的言詞，以語不驚人死不休的氣勢發表自己對長輩、對同儕的評論。然而她們的孤獨與不被理解，甚至於在人言可畏的社會裡，所受到的批評與笑罵，也可謂古今皆然了。

曹雪芹對金陵十二金釵的工筆彩繪，給予現代作家趙淑俠的啓發則是以微雕的技法，呈現中外文學女性的精神存在。在文學解讀中，接受主體與文本對象之間的對位關係大致分爲兩種：當文本的敘述內容爲普遍的人生經驗時，接受主體可以運用「冷眼旁觀」的視角，在文本與讀者之間保持一定的審美距離，並在此距離中介入理性思維及其人生閱歷，將文本內容做客觀的分析與詮釋。作家採用上述的解讀方法時，往往系統化地舉出文學中的女性形象及其思維，用以展現系列性的評述。另一種文藝接受美學的態度，則是因爲文本內容與接受主體的片斷人生經驗吻合，好像物理學中所說的：它的「振動數」與我的相同；文學性的說法則是：它的「燃燒點」和我的相等。事實上，如果一件藝術作品所具有的情感觀念不符合我們自身的類似情感，我們就不可能理解和評價那件藝術品，無論它是一座雕像或一首詩。臺灣許多現代女作家從林黛玉的身上看到了自己人生的渺茫與痛苦的情愛掙扎，那是她們共同的生活經驗，尤其是情愛的經驗，與林黛玉的思想性格達到了共鳴，而女作家們往往強調「熱讀」《紅樓夢》，甚至於以「深情式」的投入，做爲愛好此一文學作品的回報。以寫作一系列「文學女人的情關、婚姻與愛情」的女作家趙淑俠爲代表。她試圖呼籲現代女性作家，寫作領域的擴展與無限延伸：

女作家要從茜紗窗下的玫瑰色夢中醒來……，女作家完全可以寫海上的波濤洶湧、莽原上的壯闊天空、戰場上的風雲變色等等。（趙淑俠，一九九二。）

書評家因而稱賞她的風格爲「浩氣」，英國劍橋大學將她列入《世界婦女名人錄》，趙淑俠自創「文學女人」一詞，指「內心細緻敏銳，感情和幻想都特別豐富，格外多愁善感，刻意出塵拔俗，因沉浸於文學創作太深，以致把日常生活與小說情節融爲一片，夢與現實眞假不分的女作家——多半是才華出衆的才女。」文學女人最大的苦惱起因於自身的矛盾心情。她們常常是內心火熱，外表孤傲。對人生的頓悟敏銳而高超，對世態人情的掌握卻幼稚而拙劣。提起筆來靈感泉湧，滔滔不絕，卻往往不懂得腳踏實地的眞實意義。她們天眞而富於幻想，因爲不切實際，以致令一般人看來迂腐可笑。對感情固執而認眞，如果自己挖個陷阱蹲在裡面，十萬個人也休想把她拖出來。她們的作品同時能夠引發千萬人的共鳴，因爲：「從心靈裡流出來的東西才能最順利地流到他人的心靈裡去。」

讓文學女人至死不渝的「陷阱」正是她們的愛情，曹雪芹說那是「癡病」、「心病」，方瑜則稱之爲「內心的地獄」，趙淑俠形容這是「內心的風暴」。古今多少文學女人陷落於此，李清照心境的淒涼蒼老、蕭紅的飛蛾撲火、張愛玲生命意境的荒涼、三毛的自殘……，文學的靈感來自內心一場又一場的風暴，但雋美而寂寞的詩心卻與五光十色、爾虞我詐的現實世界形成了戲劇化的張力。趙淑俠以爲林黛玉短短的一生，活在愛情的煎熬裡，說穿了，是因爲她不能隨俗，缺乏應付人際關係的手腕。

幻想與文思同生，白紙黑字下筆千言，彷彿無所不知，實際生活裡笨手笨腳，拙於應付社會，和多少有點神經質……。

文學女人對愛情的頑強執著，在林姑娘身上已表現無遺了。曹雪芹太了解人性，怪不得他筆下的人物得以永生。（趙淑俠，一九九二。）

文學女人將自己置放在飄邈的雲端，不讓心靈沾染一點俗塵，所以註定她們要與孤絕相終始。然而她們總算是爲美化人間、點染人生而創作了多少詩歌與音樂，假如世界上沒有這些人，多采多姿的人間該遜色多少！因此趙淑俠希望讀者，單單爲了這一點，也該對身邊的文學女人給予寬容的體諒和了解，生活在她們身邊的人，和她所置身的社會，應給予極大的寬容與體貼，使她們從內心的困境折磨中，同時也感受到外界的同情與溫暖，在相對平和的空氣裡，寫出人間之悲、之喜、之美。

## (二)「女強人」的形象

從事廣播劇本和兒童文學創作的女作家鮑曉暉，在她的散文集《女人的知心話》中收錄了一篇〈大觀園的女強人——王熙鳳〉。她認爲《紅樓夢》中的女性大多像賈寶玉所說「骨肉是水做」的，既冰雪聰明，又多愁善感。唯有王熙鳳與衆不同，「頭腦冷靜，行事果斷，不讓鬚眉。」當大觀園裡的人安享著榮華富貴而不問紅塵俗世時，王熙鳳單獨扛起了嚴酷的現實生活重擔，挑著管理賈府中人與事的大樑。她除了善於管理外，還懂得在賈母、寶玉及眾姊妹間展現其討喜的一面，因此她也是個善於處理人際關係，而且具有政治頭腦的人物。她既擅長管理學，又有政治抱負，卻徒使鮑曉暉替阿鳳感到生不逢辰。

如果生在現在，受過良好的教育，以她那管理的頭腦，細密的心計，處理事務的魄力，定是社會上一位出色的女強人。

鮑曉暉發出的喟嘆，也和謝鵬雄的說法吻合：「具有企業管理學碩士的頭腦。她（王熙鳳）若活在今天的社會，可能是大飯店裡的經理人才。也可以做一個大工廠的廠長。」她協理寧國府時所做的處置，「完全以現代化的分工與分層負責要領，把人與事分配好。這種頭腦與魄力，是一個大企業裡的主管所應有的能力，而鳳姐都有了。」（謝鵬雄，一九九三。）此外，小說家楊小雲也曾在《中華日報》的「家庭生活」版中針對王熙鳳這個角色抒發感懷。素性爭強好勝、言詞犀利的鳳姐，臨終前卻只能低聲下氣地哀求她向來鄙視的鄉嫗劉姥姥搭救自己的女兒巧姐，曹雪芹一貫的悲憫帶給讀者什麼警示？

一個人如果沒有愛心，沒有寬闊的胸襟，光有一張利嘴，除了令人厭惡外，還有什麼值得得意？像鳳姊兒，夠厲害了吧，嘴上從不能吃半點虧，講話像鋼刀削蘿蔔一樣傷人，結果呢？臨了還是要說好話、要求人。（楊小雲，一九九五。）

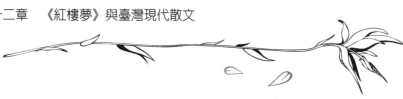

如果文學作品讓我們及早體認到三十年河東，三十年河西的炎涼世態，那麼我們更應該在掩卷之餘，期許自我在人生的頂峰，放下過於得意的身段，隨著生命風光的江河日下，儘以平常心泰然處之，一切只為留下璀璨的記憶火光，求仁得仁，求愛得愛……，也就不至於步上鳳姐兒昏慘慘的歿世處境了。

《紅樓夢》作者對小說人物的精工美學，大約也可分為寫意與寫實兩大藝術視野。和寶玉、黛玉、妙玉、秦可卿等帶有神話色彩的人物相比，王熙鳳活在形而下的世界裡，具有十足的「寫實性」。對於她曾經當著趙姨娘的面痛罵過的賈環，鳳姐高高在上的尊貴與環兒的猥瑣低劣，又恰好互為極端的對照。鳳姐形象的塑造，或許正是《紅樓夢》作者在她身上具現了理想中俗世的榮耀。

曾有另一位作家宣建人，在他的《紅樓夢雜記》中，將「女強人」這個頭銜頒給了三姑娘「探春」。而王熙鳳則僅僅領到了一座為陰影所籠罩的「蛇蠍美人」。探春在宣建人眼中，是一位「有經濟之才兼有陽剛氣的千金小姐」，她有籌組詩社的雅興，又有當家的本領，她的美是一種氣度不凡的英姿：「顧盼神飛，文采精華，見之忘俗。」一巴掌打得狗仗人勢的王善保家的討了個沒臉，讓讀者大快人心！比起害了賈瑞、尤二姐，又和賈蓉有曖昧關係的王熙鳳，三姑娘才德兼修，所以探春才是鼎天立地的女強人。宣建人說：

> 曹雪芹善於運用女人的語言，眞精彩！我想，探春如果生在今天，實在是一位女強人！眞眞要愧煞許多男兒漢、大丈夫！（宣建人，一九九三。）

一語透出兩層含意：曹雪芹的女（陰）性書寫很成功！而賈探春才是眞正當之無愧的女強人。在文學解讀的世界裡，接受主體對文本中的人物產生了現實心理對位的投射。讀者們分別認同故事中的角色，並投身在小說事件中。隨王熙鳳犀利的眼光一轉，狠咒賈瑞道：「幾時叫他死在我手裡！」讀者彷彿自身就是那個耍了手段，修理色鬼的麗人。這種移情作用，讓讀書人任憑自己的情感支配，進而選擇了那心目中唯一的偶像。

### ㈢「女性自白書」與「愛情厚黑學」

文學語言和一般的語言不同，前者採取一種開放式的符號組合，其中蘊含了豐富而廣大的審美空間。這空間的創造乃由於作者運用了各式各樣的詞組，發展出語言脈絡中的相似義、相反義、聯帶義、不盡義，及象徵義等，促使文學語言所傳遞的訊息打破了符號與意義間的習慣連接，而讓讀者得到閱讀過程中的創意與興發。例如《紅樓夢》第九十八回黛玉臨終前直聲叫道：「寶玉！寶玉！你好……。」此一不確定的語義，在中國傳統社會人情的複雜性演義之下，言詞所形成的意象，可以找到許多相應的概念來闡述。例如：寶玉！「好糊塗」、「好狠心」、「好自保重」……。

當代通俗文學作家在紅樓文本的縫隙間，植入遊戲筆墨般的主觀意見，可先以苦苓爲例。苦苓的《女性自白書》第一卷「中國查某」，即是介入《紅樓夢》中不明確、不穩定的藝術語言，以逞其遐想之才，編造出黛玉和寶釵兩人一來一往的「較勁」宣言。作者先借由林黛玉的現身說法來傾訴現代女子「眞愛已足，何必婚姻？」的心聲：

偌大的賈府要眞來辦選舉，那恐怕除了寶玉以外，大概不會再有任何人會投我一票了。因此我早就知道自己的命運，要想跟寶玉廝守終身的唯一途徑就是私奔。可惜我們兩人都不事生產、無一技之長，總不能叫我們在路邊表演葬花和吃胭脂吧！不過我還是驕傲的勝利者，那薛寶釵竟然要冒充我，才能和寶玉結婚。可見我才是寶玉想要共度一生的人。如此有眞愛已足，婚姻只不過是世俗社會的成人把戲！

苦苓特別運用選舉模式，藉以突顯林黛玉孤僻絕決的心境，並由此帶出這位女主人公的宿慧——早就知道自己愛情與命運的悲劇下場，同時也在字裡行間將林黛玉視婚姻爲世俗把戲的反體制性格有效地映襯出來。苦苓以遊戲筆墨輕鬆點出林黛玉作爲文學人物，其造型的三大特色：不得人緣、悲劇命運與反體制性格，在寓莊於諧中突破了《紅樓夢》本身的語言邏輯性，做到以個人風格對全書主旨的掌握。

俏皮如苦苓者，當然不會只讓林黛玉一人站上風，若不引得薛寶釵也出來做一番驕傲的「勝利女神的宣言」，「中國查某」怎見其熱鬧有趣？

哈哈！林黛玉妳畢竟輸給我了！妳以爲寶玉眞心愛妳，妳就勝利了？如果沒能和她長相廝守，那些短暫的歡愉歲月不過是鏡花水月，徒留悵恨而已。我早就知道，決定我嫁入賈府的，不是寶玉，而是在府中眞正握有權力的人，所以我一到賈府，就上上下下打點得服服貼貼。如果當時可以投票，相信我一定會高票當選！我也知道寶玉最恨科舉功名等俗事，但我仍毫不猶豫地勸他向上，這麼一來，所有賈府裡的人不得不支持我。你看！當你站在所謂「正義」的一邊時，勝利是多麼輕而易舉呀！什麼？妳說寶玉最後還是出家了？那有什麼關係？反正他從來也沒有眞正愛過我。對於我們這時代的女人來說，寶玉做到了求取功名、結婚生子，我得到了榮華富貴，又坐穩了「賈夫人」的寶座，我可以說是如願以償了。

兩篇文字的對照，使得薛寶釵作爲女子的心機，無所遁形。苦苓也許在無意間造成了文學欣賞者，發揮想像力與再創造的自由性，以文學解讀與審美意識爲起點，開展出超經驗的創作。當接受者從文本中選取了一個審美對象，進而將實相轉虛，使得現實的感知意識轉化爲非現實的想像。俄國文評家別林斯基教人們體會莎翁名角「哈姆雷特」時說：「必須不依賴莎士比亞，根據你的主觀性去想像他。」這種接受主體的非現實想像，前提在於審美對象必須是典型人物，例如：林黛玉、薛寶釵、哈姆雷特。這些人物長期流行在讀者的現實生活中，形成了一個個「社會代碼」，於是苦苓等人便在欣賞想像中自由地發揮其創意書寫。

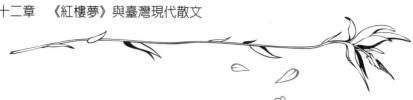

此外，成功的人物形塑，還在於小說家藉由人物所烘托出來的生命境界與價值取向，這些言有盡而意無窮的神韻與文學趣味，落實在《紅樓夢》的文本解讀中，便是曹雪芹的手法在在適度地掌握了以少勝多、虛中見實的魔幻寫實技巧，讓欣賞者的心理活動得到充分發揮的空間，以至於有許多作家在小說人物的整體神韻概念上賦予她們活靈活現的千姿百態。猶如不同時期的藝術家以其彩筆妝點出的十二金釵畫像各不相同，每一時代作家爲紅樓之靈所賦予的血肉，亦飽含了各時代的社會特色及作家屬性。

事實上，幻覺與想像正是閱讀過程的中心，在這些作家讀者虛構《紅樓夢》的心理狀態中，許多意識與潛意識層面的活動，其形態往往就是基本概念下的審美體驗。作家閱讀《紅樓夢》時，同時也在建立其想像中超越了文本的虛構疆界。在紅樓文本中馳騁超經驗女性書寫的另一位作家是吳淡如，她的「愛情厚黑學」將《紅樓夢》想像成「一個美麗動人的少年心事」：

說穿了，《紅樓夢》不過是一個中國少年的愛情史。是一個作者對人生的看法，不吐不快的遊戲筆墨。（吳淡如，一九九五。）

因爲是愛情史和對人生的看法，因此吳淡如用《紅樓夢》爲現代人建立了一套「愛情厚黑學」，再進一步「從愛情看人性」，發展出一套「人性的厚黑學」。「讀《紅樓夢》等於是上了『人性』的一課，而男女之間的感情，是最能夠看出人性的。」現代人在《紅樓夢》中學習人生必修的戀愛學分，曹雪芹這位老師指點我們，首先要懂得讚美，並且減少不必要的批評。從賈寶玉讚美女孩兒的眼神中，以及鳳姐兒開心地歡迎林姑娘等肢體語言裡，我們體會到「讚美」在兩性之間，乃至各種人際關係當中，扮演著多麼的重要的角色。再者是尊重。賈寶玉死心塌地愛著林黛玉的原因正是黛玉尊重他的自由，絕不逼他成爲祿蠹，和專做八股文的書獃子。「即使你逼他做到了你要求的地步，他也不會感謝你。」

我們還要學會寬容，但是又不能太寬容。迎春的寬容太徹底，卻成了懦弱和姑息養奸。因此，過與不及需要仔細權衡。同時，人要能不失天眞，才更難能可貴。而史湘雲的天眞確實很可愛，值得參考；林黛玉的天眞，卻過於小心眼，總以爲別人要欺負她，這種天眞便不可取了。在處世的幹練上，鳳姐雖能幹，可是道高一尺，魔高一丈，所以她的丈夫也最花心。平兒可學，她貌美而公正，氣質清新高雅，處於花心的賈璉和善妒的鳳姐之間，往往能明哲保身，確實是難得的學習榜樣。

此外，爲人的自信與清高，有時也需要做出明顯的分界。妙玉做人過於挑剔，連黛玉都被她譏爲俗人！是給現實社會中許多眼高手低者的警醒。戀愛中人還要不斷吸收新知，讓自己成長。畢竟封閉的大觀園生活史中都是現代人的一個警訊，它告訴我們，唯有充實的人生才能眞正掌握屬於自己的命運。最後，戀愛中人要有好聚好散的心理準備，林黛玉得知賈寶玉的新娘不是她，立即萬念俱灰，病情直轉急下，終至藥石罔效，撒手歸天。這樣的殉情者不該一而再地出現，事實上，林黛玉死後，世界並未因而變，樹葉還是一樣的綠、花兒一樣的開，少了一個人，地球一樣在轉！

《紅樓夢》是一部人性學，千古以來，人性改變的成分不多，隨著時代社會腳步的演進，現代人需要學習處理更多元的人際生活課題。「厚黑學」本爲市場經濟牽引下備受扭曲的人格解析，作家引用它來分析紅樓人物的性格傾向，爲人們提供了許多生活態度上的引導與啓發，也爲讀者將《紅樓夢》轉化成一部實用的智慧文本。

文學史的經驗告訴我們，歷史上千古傳唱的作品畢竟不占多數，而作品享譽盛名的因素也很複雜。從歷史的角度審視，一部名著的接受理論要義不僅在於學術界所給予的直接描述與闡釋；更重要的是文學被視爲一種文化產品，與消費大衆之間的長期辯證關係。作品的歷史內涵在於匯聚一代又一代人之理解與詮釋的接受理念，使得一部作品的美學價值獲得印證。對於《紅樓夢》而言，舊時代的藝術作品與當前人們所關注的生活焦點產生了某些密切的聯繫，而現代作家的作品，同時可被視爲連接過去與現代的中介。人們追尋紅樓美學的歷程所展現出的意義，在於不斷地以自己的閱讀史與生命史爲文本延展出更寬廣的詮釋空間，那將是屬於個人的，同時也是整體時代的特殊審美觀。

### ㈣敬業樂群

《紅樓夢》對現代作家與社會的特殊效益，還在於作家們以其自身實際的工作經驗，以及每天所接觸的團體生活場域，比附於紅樓人物及其相關事件，架構出他們對《紅樓夢》的特殊審美視野，同時也開展出自我教育的學習與成長空間。在閱讀並寫作的過程中，作家把《紅樓夢》的原始意圖與具體的可親的現代社會活動進行比較，通過對文本的尋思與詮釋，爲讀者提供了生活觀念上的提醒與建議，展示散文做為一獨立而特殊的文體，在社會功用層面上，有別於詩歌、小說的特殊意義。散文作家與讀者共同成文是紅樓文本的「實踐者」，使得紅樓文本的意涵在散文家與讀者群的共同理解活動中完成。

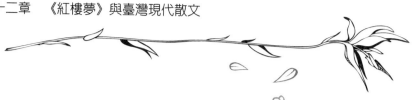

在十二金釵中，小說家兼及散文創作者楊小雲，最喜愛天眞爛漫又率直的史湘雲。湘雲活潑、自然和樂觀的人生態度是繁忙於瑣碎細節的現代人特別需要自我培養的人格特質，而且尤其是女性。史湘雲醉臥芍藥、大吃鹿肉、搶聯即景詩等，無不顯示出她的率眞。楊小雲在〈成熟中不失嬌態〉一文中特別提及她這種「嬌酣」的可愛特質。

> 用現代的眼光來看，史湘雲的性格有一些傻大姐的味道，心理想什麼嘴上就說什麼……。（楊小雲，一九九五。）

這樣的性格對現代女性的生活有何助益？原來「純眞」的表現很可能是女人美麗與可愛的關鍵，因爲這份赤子之心，同時也是愛心、溫柔心和同情心的綜合體：

> 就是一分眞誠、質樸的率性，事事關心，時時開心；尤其對吸收新知，永保興趣；對生命，總懷抱著欣欣向榮的活力；對朋友，又總是那般的熱情。

因爲人的一生中，最可貴的部分就是「眞」，所以史湘雲的特色顯得特別有價值。它包括了孩子的無邪、少女的靦腆，以及成熟女性的嫵媚。對於現代女性而言，這幾乎是一種在失而復得中，必須備感珍惜的處世哲學與人生智慧。表現在具體行動中像是：

說該說的話，做該做的事，開心時，開懷大笑，悲時，掩面而泣，不故做淑女，也不故做神聖，想吃就吃，要喝就喝，不假仙，不矯揉做作。在工作場合當中，不搶鋒頭，不蓄意出頭，但是若需要開口的時候，也不退縮，不膽怯，而能從容不迫地表現；即使表現的結果不如理想，不夠完美，然而在態度上的誠懇，卻是眞實的，如此便以贏得了別人的認同，獲得衆人的肯定。

楊小雲藉史湘雲的特質提醒讀者，現代女性在職場以及一般人際關係的處理當中，每多一分率性純眞，就給對方減輕一分壓力；每多一點嬌酣可愛，就可以在人與人的關係中減少一分緊張，這是使得婦女確保優勢的智慧。然而要讓這種特質散發出來，卻也很簡單，那就是「自然」：

盡量將自己最自然的一面表現出來，即使不完美，也總比裝腔作勢要好得多。

表現「自然」只是基本的自我教育，更重要的是常保赤子之心，才能爲自己的生活帶來新鮮、活力與健康，成爲一個不斷成長與更新的魅力新女性。

類似的例子還有方瑜利用《紅樓夢》中的一個事件提點讀者能夠樂其所業，才能精益求精、更上層樓。《紅樓夢》裡有一回王夫人要用人參，偏偏家裡用完了，不由得她感嘆道：「可眞應了那句俗話：『賣油的娘子水梳頭』。」賣油的娘子因爲油賣完了，所以自己反而用水抹頭。方瑜覺得由王夫人口中說出這句俗諺頗値得現代人深思。原來在臺灣如果賣油的娘子用水梳頭，那可能是因爲她看多了、用膩了，以至於偏偏不肯用油。現代人普遍存在著「職業性的冷漠」，每天忙著跑新聞、編報紙，卻忙得沒有時間看報；醫生每天替病人看病，反而對痛苦呻吟充耳不聞：「熟極無感，習焉不察」，這樣的結果使人變成「除了自身利器攸關的事物之外，其他一概視而不見」，直到養成了只問利益，而不願在職場上精益求精。王夫人因爲有感於平時家裡人參多，偏偏要用的時候都沒有了，因此才會說賣油娘子水梳頭。試想如果賣油的娘子桶裡還有油，她又何必用水梳頭？因此這並不是因爲賣油的嫌油膩，而是出於一份敬業的態度：

> 能敬業，當然比「做一行，怨一行」好得多，然而，「好之者，不如樂之者」，如能樂其所業，成就豈非更不可限量？自己蒸的饅頭連自己都愛吃，客人還有

不口碑載道的？……只要對周遭的人、事、物能多付出一份出自心底、無利害關係的關懷，相信人間一定會更好！（方瑜，一九八五。）

無論「認眞埋首於工作中的人最美」，或是「樂其所業」、精益求精，創作生活散文的女性作家往往願意提醒現代人敬業與樂群的積極意義，因爲它是一種人生的美感，女作家以其感性的筆調書寫《紅樓夢》以降的「女性工作美學」，讓我們看到的是，《紅樓夢》的寫作在原作者心目中或許只爲了某種獨一無二的精神意念，而創造這樣一部單一的結構，卻在後世的許多閱讀心靈世界裡，沉澱、發酵，釀造出豐富多樣的各種故事結構。作品的多樣性精華一旦展開它有效的歷史，便似流淌的江河，綿延不盡。它的開創性意涵將會在讀者與文本之間永續地交流下去。

由於文學作品的文本意義在於讀者的心理交流過程，此間讀者的活動乃是透過各式各樣的觀點來建構文本，使得文學研究發生理論中心置換的現象。例如「紅學研究」於此意義上即可脫離傳統的「曹學」或版本考證與索隱，甚至於超越《紅樓夢》原著的美學探索，而更上一層樓地進入「讀者的解釋學」領域，其意義不僅在於紅學研究的拓展，同時也是對現代作家之文學背景的進一步觀察。由於許多作家主觀性地對於紅樓生活美學存在著閱讀及詮釋上的主動掌握，因而激發了他／她們閱讀的多樣化潛能。其間所產生的作品，多數可以理解爲個別的「紅樓夢解釋學」。此外，另有一種關於女性的紅樓書寫經驗是在某一段時空範圍內，將生活的瞬間感受具體地比附於《紅樓夢》，使得當下融入此情境中的人都感染到了《紅樓夢》裡一場場猶如狂歡節般的歡鬧氣氛。康芸薇的散文〈十二金釵〉描述作者和邢夫人、蕭、李胖、張太太、熊大媽等十一位鄰居太太的相處情形，她們每天中午聚在一起吃飯聊天，久而久之變成了習慣，所以號稱「十二金釵」：

幾個看過《紅樓夢》的人彼此尷尬的望著，彷彿是說：「我們十二個人，那像金釵呀！」

沒有看過《紅樓夢》，不知道十二金釵的人，以為是熊大媽要大家結拜姊妹……（康芸薇，一九八四。）

作者的丈夫甚至笑說：

「我不知道你們十二金釵都有誰，」他說：「我知道你閣下、李胖、張太太和邢夫人，你們幾位走到街上，人家看了會趕快讓路，以為是從日本來的女子摔角隊，怎麼也不會想到是十二金釵。」

不過時間一久，大家都接受了這個稱號，並且開始學蘇太太她們在公司未蓋房子的土地上種菜，「這種氣勢讓蘇太太他們幾個種菜的太太很羨慕，竟組成了九美圖，要和我們十二金釵分庭抗禮。」類似的例子，還有一九九〇至九一年，蜜斯佛陀公司借取法國和日本經驗，招考十二名男子組成彩妝巡迴發表團，叫做MMA（Male Makeup Artist），當時也被媒體喻爲「十二金釵」。當年的十二金釵之一，現任聖羅蘭藝術總監的董國榮說，之所以是MMA，而不是FMA（Female Makeup Artist）乃是因爲當時的社會背景，認爲男性代表專業，而且在女性消費爲大宗的化妝品市場上，「性別」本身就是一個絕佳賣點。因此「十二金釵」在臺灣曾經有一段時期在化妝品領域裡，指得是十二位專業的「男性」化妝師。

此外，電視節目及報導媒體亦將獲選接受十二件旗袍贈予的觀衆稱爲「十二金釵」。除此之外，被社會引用最多的還是「大觀園」，因爲劉姥姥進大觀園的情節帶給民衆普遍深刻的印象，所以台北的茶藝館、自助餐飲店均有以「大觀園」爲店招的實例。有線電視節目，例如：CBS HOUR的「馬戲大觀」、衛視中文台的「電玩大觀園」、DISCOVERY的「動物大觀園」及「發明大觀」，還有《作文》雜誌中的「童話大觀園」等，大觀園的式樣繁多，意涵包羅生活各層面，尤其是在民衆文娛需求方面，事實上已成爲民族文化的重要符碼之一。此外還有「石頭記」、「紅樓夢」之引用亦不乏其例。這種情形與前述之「紅樓解釋學」對映，是一種

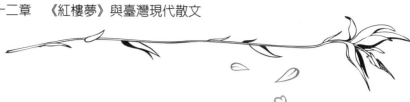

《紅樓夢》與社會、商業命名現象的考察，在紅樓文本給予現代人的多樣啓發與實踐上，無疑也是具有參考價值的分析素材。

## ㈤戀玉／慾癖

《愛玉的人》和《玉想》分別是鍾玲與張曉風兩位女作家談「玉」的散文集。鍾玲因中學時就迷上了《紅樓夢》而對「通靈寶玉」產生了遐想，認爲這是寶玉靈性的代表：

> 上面依附著他對人生一切美好事務的愛和欲。（鍾玲，一九九一。）

作者透過寶玉的靈性在善於分析自我、探討人生，進而將其對人性潛意識的體察進一步滲入其散文作品中，形成文學傳統影響個人才性的顯明範例。賈寶玉的愛與欲，原是《紅樓夢》文學思想所探討的重心，第二十一回寫道寶玉白天與襲人嘔氣，晚飯後見大家嘻笑有興，卻落得他獨自對燈，冷冷清清，待要趕上她們去，又怕她們得了意，若是拿出作主子的光景嚇唬她們，似乎又太無情。說不得只好心一橫，全當她們死了，橫豎自家也是要過的。卻反倒毫無牽掛，而能怡然自樂起來。於是命四兒剪燭烹茶，自己仿《莊子．胠篋》寫了一篇續文：

焚花散麝，而閨閣始人含其勸矣。戕寶釵之仙姿，灰黛玉之靈竅，喪滅情意，而閨閣之美惡始相類矣。彼含其勸，則無參商之虞矣。戕其仙姿，無戀愛之心矣；灰其靈竅，無才思之情矣。彼釵、玉、花、麝者，皆張其羅而邃其穴，所以迷惑纏陷天下者也。

愛與欲是迷惑天下人心的兩大纏綿無休的陷阱，寶玉爲一時間的困頓而續《莊子》，並不保證從此得到解脫，因爲人生的欲求隨生而來，從死而去，有時也自有它的循環起伏，我們唯一能確定的是，它始終與我們相依違、相終始。對此人生課題，張曉風也曾將賈寶玉和通靈寶玉的合而爲一，視爲一場情刼與一切人生欲求的象徵。

只是那欲似乎可以解作英文裡的want，是一種不安，一種需索，是不知所從出的纏綿，是最快樂之時的悽涼，最完滿之際的缺憾，是自己也不明白所以的惴惴，是想挽住整個春光留下所有桃花的貪心，是大澈大悟與大棧戀之間的擺盪。（張曉風，一九九五。）

王國維先生解釋《紅樓夢》中的「玉」說：「所謂玉者，不過生活之欲之代表而已。」（王國維，一九九四。）依據第一回女媧煉石補天的神話，王氏認為生活中的欲望在人類出現之前就已經存在，人生的過程不過是為了印證欲望之使人墮落。所以人生的不幸來自生活的無窮欲望，而解脫痛苦之道在於出世，此乃寶玉最終脫離生活之欲的沉溺，而飄然遠遁的原因。鍾玲和張曉風兩位作家由寶玉的玉與欲在幹念上的互相融攝，提出人性欲望與生命不離不棄的依存關係，是繼紅學專論之後，以生活散文的形式，精要地為讀者點出寶玉的「玉」與人生之「欲」相互疊影，以映照人間萬千景象的抒情之作。

## 二 紅學的應用與實用

同一文本對象，和不同時代、不同地區、不同興趣的讀者發生聯繫時，以其審美意向與其本身所具有的知識系統，所構成的價值取捨往往也同時反映出作家所身處的時空背景的液體圖像。這種情形好比海市蜃樓，遠方虛空中的城市樓閣，確實是作家心靈深處一座大觀園的側影。《紅樓夢》中所描繪的繁華榮景：飲食、醫藥、服飾、園林建築，乃至親子、兩性等等生活體驗，並未隨其時代的消失而停留在原有的歷史情境中。它的轉化是在現代作家們自覺地發展其生活美學的當下，一一重現的當年繁華。每一個時代都有作家對這些生活細節發表自己的想法。無論這個時代的理解有多透徹，下一個時代總有更新的想法出現，並且任何一個時代都不能把所有的話說盡。《紅樓夢》兩百年來在民間生活藝術上所散發的影響力，於此處得到印證。這開採不盡的富礦，在作家們反覆地賞析中，新的體驗和聯想也不斷地出現，於是，審美欣賞中的再創造便永無止境。

### ㈠「鐘鳴鼎食」的省思

許多作家都曾試圖將《紅樓夢》中的飲食、醫藥、服飾、園林藝術等現象與價值觀還原到現實生活裡，以散文情境刺激讀者的感官接受，在美的薰陶與想像的滿足裡，完成一個一個藝術型態的美夢，更由此理解傳統中國的生活美學。盧非易是特別對飲食感興趣的作家，他藉《紅樓夢》中吃粥、喝茶等養生之道，闡發個人的心得。「粥」在古代是貧人和病人的食物，早期的臺灣社會則更是窮困的象徵，尤其是地瓜粥裡的米已經稀薄到以地瓜來取代的地步時，「粥」給予現代社會的一般印象並不高尚。然而古人食粥者事實上曾另有一番高雅的講究，宋代林洪著有《粥譜》，其中記載將梅花掃落洗淨，以雪水與白米同煮，稱爲「暗音粥」，依法炮製的還有茶糜粥、木香粥等。兼具高雅品味與養生之道的粥，當推《紅樓夢》裡的幾種煮法，如「鴨子肉粥」、「棗兒粳米粥」，以及薛姨媽家的半碗「碧粳粥」等。清代《食味雜詠》中記載，碧粳是一種細長、微綠、炊時香氣四溢的優質米。而粳米粥則是燕京一帶的清晨點心，《養生隨筆》亦云：「粳米甘平，宜煮粥食，粥飲爲世間第一補人之物。」即使以現代營養學的觀點來看，粥有米粒中的營養精華，同時又有易吸收消化的功能，無怪乎成爲賈寶玉經常性的營養點心，這種景況與雪芹當年窮困潦倒而「舉家食粥」的窘局，形成鮮明的對比。而今，後者多爲一般人所熟悉的食粥文學意象；猶如賈母將鴨子肉粥換成清淡的棗兒粳米粥之後，賈府的勢運竟也清淡到繁華難再的地步，而從前養生與情趣兼備的粥品藝術與食粥美學，亦漸漸乏人問津了。至於《浮生六記》裡的主人公沈三白，因爲送堂姐的花轎至城外，回家時已過三更，肚子餓了卻又嫌婆子給的棗乾太甜，這時未婚妻芸偷偷拉著他的袖子進了閨房，原來房裡藏了熱粥和小菜，三白正要動筷子的時候，堂兄玉衡來了，芸急忙關門說：「已經睡了。」結果還是被玉衡擠了進來，調侃道：「剛才我向妳要粥吃，妳說已經吃完了，竟然把它藏著，專門款待妳丈夫的呀！」這件事傳開後，惹得當事人一見面就躲躲藏藏，家族上下人等卻都引爲笑談，直到新婚時還成爲兩人的話題。「粥」之作爲飲食文學天地裡的成員，在往日閨房情趣的追憶中，無意間扮演了催情者的角色，沈三白運用溫熱的清粥譜寫夫婦之愛，「粥」在中國傳統世俗人情裡的意象，由此更爲淳厚豐富，含藏了居家人倫的溫情與閨房間談無盡邈遠的人世風光。

除了品粥的藝術之外，「紅樓茶事」是另一項爲人所樂道的生活文化。古人一般掃雪烹茶，或以茉莉花爲柴薪，已被譽爲風流雅事，上述《浮生六記》裡，芸在夏季夜晚用小紗袋裝一點茶葉，置於荷花含苞的花心裡，第二天早晨花開，取出茶袋，以泉水沖泡，茶香自是美極。《紅樓夢》裡的妙玉從蘇州玄墓蟠香寺（又名「香雪海」）的梅花上收集浮雪，藏於甕中埋在地下五年，始得一盅清水煮茶，作家盧非易認爲這是一種中國式的自我完成的儀式。

> 妙玉透過了掃雪煮茶的儀式，完成了自我潔淨，也信從了中國天人合一的神話。（盧非易，一九九八。）

《紅樓夢》裡的飲食文化突顯了文學中的象徵性，通過妙玉奉茶的儀式，作者爲我們展現了妙玉的爲人。上海飲食文化研究者陳詔指出，佛教傳入中國後，清雅的茶文化與修養高深的僧侶文人結合，名山古寺往往興起飲茶之風，茶事因而成爲僧人、士大夫所講究的清修和藝術品味，這也許是妙玉對茶文化感情虔誠的歷史因素，而「檻外人」一番茶藝知識的演示，同時也是自我性格完成的儀式。

書寫紅樓之美的散文，是現代作家對《紅樓夢》審美體驗的藝術成果，作家們企圖還原歷史經驗的再創作，不僅是凝結於《紅樓夢》的一種純然客觀的討論，更是在欣賞與接受的過程中，實現了主、客體的互動，與開放感官以探尋藝術生活的成果，同時也形成了作家們對藝術本質的新興觀感。在還原歷史的前提下，於作家本身的學養，以及創作動機等因素在他們的意識中錯綜變幻，使他們不僅爲自家的某種概念以書寫的活動來進行衍化，同時也試圖提供讀者豐富性的人生經驗與閱讀觀。王溢嘉論林黛玉的愛情、疾病與死亡，也是典型的例子。古典浪漫愛的精神在於將愛情永遠懸擱在最熾熱的高原狀態，讓愛情故事在最燦爛的一刻凋落殆盡，留給世間讀者盪氣迴腸的萬種情思。因此主角必須通過「適時的死亡」來成就其浪漫愛。

十八世紀以來，肺癆患者呼吸器官顫動的咳嗽，在文學家的眼中成爲一種與生命掙扎的淒美姿態，肺結核也成爲藝術家與多愁善感者所得之病。王溢嘉認爲，林黛玉之所以罹患此疾，其實是一種以文學筆法試圖傳達女主人公內心情感的投射，亦即渾身火熱、面上作燒等症狀，象徵著她心中可欲而不可得的愛情在體內的壓抑與悶燒。是父母之命、媒妁之言的禮教社會，浪漫愛本身被視爲一種病態，這也使黛玉生病成爲一種文學性的隱喻。王溢嘉以其醫學的專業眼光及文學的心靈感受，認定林黛玉只該得此肺病來證明她的內心無由消除的熱烈情愫，以及詩人獨有的濃厚藝術家氣息。而事實上大部分青春期患上此病的人，都在疾病的摧殘下，逐漸耗損了形體，像一朵嬌豔的鮮花，慢慢地枯萎，最後掉落到泥土裡。也許是時代或生活不安的動盪感，讓人們產生了厭倦的情緒與憂鬱的心理，使得許多偏愛美與人格明顯呈現自戀的人，把自己潛意識深層的孤獨感用文學、音樂、繪畫等媒介傳達出來：

她在寶玉送來的絹子上題詩時，「覺得渾身火熱，面上作燒」，照鏡子發現「腮上通紅，眞合壓倒桃花」。這一方面固然是肺結核「發燒」的症狀，但一方面也是她「體貼出絹子的意思來，不覺神痴心醉」的結果。病歟？情歟？我們宜兩者合而觀之。（王溢嘉，一九八九。）

作家們或以其專業的判斷、興趣的參與，及對於人性的觀察與體驗，發揮想像以詮釋曹雪芹以及高鶚等人在小說中所設計生活樣貌，讓讀者以人情之常、世事之美體驗大觀園等特定時空下的感性生活，在飲食與醫藥等方面，尤其如此。至於與飲食和疾病相呼應的是《紅樓夢》的作者也擅長應用服飾裝扮來刻劃人物的性格與界定角色地位。曹家祖上三代世襲江寧織造，前後長達六十年，曹雪芹在耳濡目染中，對於官宦之家的衣料與做工，自然有其講究的一面。而作家張曉風對其間服飾美學的體悟，則是由色彩及染料的來源，進而領悟人物基本性格的異同。她談及寶玉的「大紅猩猩氈」和香菱的「石榴紅裙」時說道：

> 和寶玉的猩紅斗篷有別的是女子的石榴紅裙。猩紅是「動物性」的，傳說紅染料裡要用猩猩血色來調才穩得住，真是悽傷極點的頑烈顏色，恰適寶玉來穿。石榴紅是植物性的，香菱和襲人兩個女孩在林木蓊鬱的園子裡，偷偷改換另一條友伴的紅裙，以免自己因玩瘋了而弄髒的那一條被眾人發現了。整個情調讀來是淡淡的植物似的悠閒和疏淡。（張曉風，一九八五。）

《紅樓夢》告別讀者的鏡頭是在白茫茫一片雪地上的大紅猩猩氈，如此醒目！的確予人強烈震撼的悽傷。這足以驚世的色彩學，暗示我們小說原作者獨特的奇情才思與強烈的個人風格。也容易使我們對照起第四十九回的「琉璃世界白雪紅梅」。寶玉在清晨看見玻璃窗上光輝奪目，誰知不是晴光，竟是一夜的雪，下得將有一尺厚，而天上仍是搓棉扯絮一般。他高興得出了院門，四顧一望，遠遠的清松翠竹撲人一股寒香，他意識到自己彷彿置身在玻璃瓶裡了。回頭一看，卻是妙玉的櫳翠庵中，有十數枝紅梅，如胭脂一般，映著雪色……，那場景讀者自可想像了。後來寶玉聯句落了第，李紈說道：「我才看見櫳翠庵的紅梅有趣，我要折一枝插在瓶裡，如今罰你去取一枝，插著玩兒。」

白茫茫的冰雪世界裡十數枝火紅梅花，牽惹出妙玉的情欲是那樣的潔白純淨，又熱烈得似火焰燃燒，我們也就認出了另一頭青春喪偶的年輕寡婦，遙望紅梅的眼裡，有著永不熄滅的愛與欲。賈寶玉的紅氈是用血色染成的極至的悽傷，站在火紅梅花林中的妙玉又是怎樣的煎熬？那遠遠凝望的寶玉怎能抵擋情欲之流底層的漩窩？自己也站立不住非得陷進這片火熱的花海中，體驗縱情的滋味。在此一旁靜靜地觀看這熱情展演的是同屬植物情調，悠閒而疏淡的草木之人，她總在「茜紗窗下」映照出一片飛紅的容顏，有時也似火燒的青春。茜草畢竟不是無情物，曾經化作紛紛的殘紅，教葬花人獨自哀憐。寶玉冒雪前往櫳翠庵，只有黛玉明白爲什麼李紈還要派人跟著，黛玉卻阻攔：「不必，有了人，反不得了。」寶玉的情，只有黛玉懂得。中國以《紅樓夢》爲首的傳統人情小說，就是這樣以園林與服飾等無謂的筆墨渲染，傳遞出重要而大量的文學訊息。

## ㈡堪嘆古今情不盡

人們的時代與社會生活，往往建立在過往的基礎上。「傳統」於是成爲現代社會生活的背景一隅，而新時代的種種思潮有時也不免殘留著舊社會生命的賡續。因此我們的生活必然繼承了某些過往的人的影子，它們存在於一切的社會規範、人際關係與道德倫常之中，化爲無形，卻如影隨形。於是即使是不同條件與狀況下的社會生活，往往也有極相似之處。散文家朱自清曾說：「古人所謂『人情不相遠』是有道理的。儘管社會組織不一樣，儘管意識形態不一樣，人情總還有不相遠的地方。喜怒哀樂愛惡欲總還是喜怒哀樂愛惡欲，雖然對象不盡同，表現也不盡同。……人情或人性不相遠，而歷史是連續的，這才說得上接受古文學。」（朱自清，一九三九。）《紅樓夢》所反映的性愛生活、家庭倫理，乃至生老病死……，等等感情現象都必然積澱在任何時代與社會的中國人生活裡。文學是人學，其永恆的精神存在於歷史與生活的連續性之中，挖掘人類精神中普遍而不朽的藝術價值，同樣能爲現代人提供經驗與借鏡。

儒家傳統倫常極重視父子關係，然而實際上父子之間的感情往往只存在著應然的道理，而缺乏實質的內容，最顯著的例子是賈政和寶玉。現代作家藉由賈氏父子探討現代父親形象的轉變，以及由父子之情延伸出男子之間的情感問題。曹又方曾感嘆道：

每回想到要爲中國式的傳統父親選舉一位代表，《紅樓夢》裡，賈寶玉的父親賈政，便會油然浮現腦海。這對父子非但全然無法溝通，而且兩人連共處一室都感窒息，更不要說彼此能夠交流和自在了。（曹又方，一九九五。）

傳統社會的父親具有尊嚴和權威，卻在情感上過於內斂，父子之間只講義務，而不求認同。謝鵬雄指出：

賈寶玉不但「不像」他的父親，而且意識上反對他父親所認同及重視的所有價值。

平日互相迴避，一旦有事，老子生兒子的氣，兒子找祖母做靠山，父子之間永無眞正相互了解的時候了。（謝鵬雄，一九九四。）

寶玉扛著千年的教條枷鎖，被迫以單薄飄零的生涯抵擋廣大虛僞的人生，但是他並不敷衍，也不虛與委蛇，他只是找不到安頓身心的地方，在怡紅院裡他總是心慌慌的，眼看所有的女兒正值青春恣情的奔放年齡，他只能放任她們，任她們在雨天折紙船潑水，任她們在陽光草坪間簪花鬥草，任憑她們喜笑悲歌，他隨著她們綻放歡顏，也陪同她們淚落悲泣。他遂變成一個教父親生氣、讓母親擔心的兒子。曹又方借此說明父子關係是亙古以來的沉默：

> 從一開始，父子關係，便是一種地位不平等的人際關係。
>
> 這種陰沉而緘默的父親形象，幾乎是千古屹立不變。
>
> 父親是我們一生中，第一個給予我們壓迫感的人。又由於我們對他寄予厚望與信賴，但往往換回來的卻是冷漠、失望與痛苦，致使我們對遭受背叛的恐懼極爲深重。
>
> （曹又方，一九九五。）

曹又方期待「新人性爸爸」的出現，至少能夠依循父女關係柔婉而不對立的模式：

> 也許，父親放下身段，拉下面子，與孩子們，尤其是父子之間，重新建立更爲人性化的親子關係，爲時已不遠了！（曹又方，一九九五。）

除了親子關係，性教育的正確倡導也在我們的社會裡成爲另一項重要的人性教育課題。警幻口中的「意淫」曾經是學者和作家討論的重要觀念。康來新教授對警幻的意淫有如下的公式：

警幻說法的「淫」（意淫）卻是諸好的匯流，淫（意淫）等於色＋情（或＝形＋神，肉＋靈，外＋內），淫（意淫）等於悅＋戀（或＝賞＋愛，美＋善，藝＋德）。

警幻，集理性與感性於一身的愛情女神，她提醒寶玉，性愛（淫）不是一件壞事，而是兼具智慧與感性，由心理到生理，由欣賞到愛戀的過程，是一種藝術，同時也是一種道德。這就是寶玉和賈璉、賈赦、賈珍等人之低級的淫欲不同的地方。關於「意淫」，謝鵬雄說：

他（寶玉）是一個，將性情與性欲混爲一談，在懵懵懂懂之中，卻也對性之爲物有些直覺的感覺的人。

曹雪芹創造了這麼個人物，對世俗之事反批判，對自然之事（性欲）有彈性」。

寶玉的意淫與性欲，在曹雪芹的筆下，相當不安定、複雜而多元，就如自然本來就多元而複雜。（謝鵬雄，一九九四。）

寶玉對秦可卿的迷惘、對薛寶釵的遐思、對林黛玉的心儀、對襲人的親密和對晴雯的寵愛，都是心理、感情、意念等多元互動下的微妙產物，也是自然生發的事情，和賈府中其他男子沒有愛的性欲不同，因此特稱爲「意淫」。曹雪芹創作《紅樓夢》時已經意識到性愛是精神到生理上的和諧：

曹雪芹對性的了解是非常徹底的。

而大觀園，其實就是性的專家警幻仙姑用來講解性的微妙的「太虛幻境」。所以稱「太虛」，因爲奧蘊很深，觸之似無物，究之終不盡也。（謝鵬雄，一九九四。）

藝術的美感在於符合生命本身活躍的律動，使讀者對自身生命也衍生了無窮的開發與追尋。《紅樓夢》貫通不同時代的社會生活，也概括了人類喜怒哀樂的各種情緒，它是極符合人類生命活動形態的一部藝術作品，因因滿足了許許多多欣賞者對生命的欲求和幻念。它對於欣賞者的潛移默化是以藝術形式完成提供讀者本能的感應、吸收與融會，人們閱讀《紅樓夢》，可以直接感受到自我內在的生命力，以及身體與心靈之間存在著某種天然的和諧，於是我們能從書本中達到詮釋自我的目的。

作家衣若芬曾經在二十歲時舉行了一場「青春祭」，爲哀悼失去的天眞年華，那時她的心情是：

紅樓夢裡黛玉聽到《牡丹亭》的戲文：「則爲你如花美眷，似水流年」，「不覺心動神搖」，「站立不住」，再想起古人詩中有「水流花謝兩無情」之類的句子，「湊聚在一處，仔細忖度，不覺心痛神癡，眼中落淚」，彷彿是頓悟了花開花落恰是處於一頂峰的生命本質，明瞭年少青春之不可久恃，歡樂時光之不能長留，更難以負荷這人生無常的大悲。（衣若芬，一九九五。）

這是林黛玉心情的剖析，同時也是作者心境的寫照。她在自己二十歲那天深深感受到燦爛的人生如此短暫，很快的，人們必須付出成長的代價——成人世界的虛僞和欺騙。因此她穿上一身喪服似的黑衣裙，憑弔永不實現的少女青春夢幻。此時她感受到林黛玉葬花的悲悼心情。另一位中文系出身的作家方杞，則在從事授業解惑多年之後，發現自己華髮如霜，直接體會到〈葬花詞〉內容的深意：

悚然而驚之餘，這纔知道人生眞如朝顏一般易開易謝——時命苦短，而年華易逝，到終了誰也不免一納頭栽進土裡，千年萬世同歸陰冥。

無怪乎曹雪芹一部《紅樓夢》，千言萬語，總繞著「夢」「幻」兩字打轉，要警醒那世上風塵碌碌錦衣紈綺之徒；寫到黛玉葬花，更是直陳人生最眞實的歸宿，勸那世人切莫執迷——一朝春盡紅顏老，花落人亡兩不知。（方杞，一九九三。）

作家們體驗萬物消長的過程往往和曹雪芹有著共同的感觸，當年芝加哥公牛隊的喬登、皮朋、羅德曼等世界級的籃球選手即將退休之際，象徵著一時多少豪傑的「公牛王朝」也面臨曲終人散。長期觀察NBA，同時也倡導運動文學的作家徐望雲，不由得感嘆：「誰都不忍這個漂亮的黃金組合輕言解散，一如初讀《紅樓夢》時，總希望寶玉和黛玉的綿綿情韻能在賈府那幽幽的迴廊與書頁間，持續流轉，不要斷去！」（徐望雲，一九九七。）然而公牛隊迅速的年輕化，勢必讓它將第六座、第七座，甚至於第八座、第九座……總冠軍的獎杯拱手讓人。徐望雲在〈看公牛、讀紅樓〉一文中說：「王朝悠悠，人間猶有未了情！」「人世間，原來多的是類似《梅花》、《紅樓夢》這般的況味吧！」人心與故事產生共鳴的審美體驗，還有趙淑俠〈恰似遮不住的青山隱隱〉，篇名來自賈寶玉的〈紅豆詞〉，同樣也為人生匆匆、世事無常而感觸良深：

世間的生命，從能言善道，會利用時機創造歷史的人，到沉默無語，根深屹立的花樹，呈現的總是「無常」的悲劇。

歲月隨著流水逝去，當你有天驀然回首，竟發現自己已是個牢固似鐵的百年身，除了死心塌地的往前走，再也沒有第二條路。（趙淑俠，一九九二。）

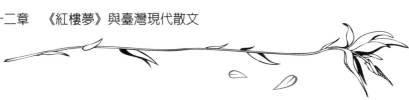

趙淑俠在瑞士蕾夢湖畔，放眼脈脈青山，正像人間傾訴不盡的悲歡，綿綿無絕。作家的生活經歷和特殊情緒雖屬個別，然皆與《紅樓夢》中象徵性的普遍意蘊建立起邈遠的聯繫情誼，作家們不僅在情感上找到了詮釋的註腳，同時也在創作上得到靈感與啓發。

有別於趙淑俠常年定居於歐洲的遊子心情，黃碧端的紅樓生活美學書寫來自人生的旅遊片段，〈我打江南走過〉是在青埔的「大觀園」中看到兩岸遊客的表現，大失所望而抒發的文章：「青埔的大觀園，不見十二金釵、不見寶玉秦鐘，園裡走的是焦大、劉姥姥。」「大觀園的裡裡外外，走著賈寶玉想趕出園子的人物。」（黃碧端，一九九三。）大觀園是曹雪芹以詩情畫意創造出來的水榭樓閣，背後隱藏著反禮教的人文精神，對於黃碧端而言，無產階級建立起貴族庭園來，充斥著可口可樂與粗糙的紀念品，衣著古板、姿態不雅的遊人，使人傷感大觀園這座文化殼子不能沒有觀光客的購買力作爲經濟後盾，作家難掩的失望眞是溢於言表了。《紅樓夢》同許多詮釋者的當代生活達到各種經驗的聯繫，而過去曹雪芹試圖分辨的無常之感、嘗試突破的性觀念和禮教束縛，如今都已成爲我們心中的眞理。

### ㈢無事忙

有些作家運用戲謔的筆調、暗喻的手法，將《紅樓夢》轉化爲自己的文字遊戲，而不與一般古今看法聯繫，屬於自己所開掘出來的文學歧途，如清末學者譚獻所謂：「作者之用心未必然，而讀者之用心何必不然。」以文風奇特的管管為例，他的兩篇有關《紅樓夢》的散文〈蝨子〉與〈食蛆圖〉都是非常怪異有趣的文字。〈蝨子〉裡面說林黛玉和賈寶玉成天在瀟湘館裡玩蝨子，而襲人、晴雯、紫鵑則幫寶哥哥和林妹妹養蝨子。

這樣寶玉黛玉一天到晚沒事做就養蝨子玩，把餵得飽飽的蝨子放在棉被上看蝨子們賽跑看蝨子們打架，他們把蝨子放在平坦的棉被上一個一個排好一聲號令，看誰的蝨子跑得快誰就贏……就像鬥蟋蟀一樣，眞是熱鬧非凡。（管管，一九八五。）

最後連小戲子芳官、最愛乾淨的妙玉也玩起蝨子來：

整整玩了一下午，臨走他們還送了好多隻蝨子叫她帶回去養，妙玉一個人怪冷清的，有幾隻蝨子作作伴，晚上念經也不會打盹兒，眞沒想到一隻小小的蝨子會有這麼大的用處，連曹雪芹都沒想到，要不他就寫進石頭記裡去了。可是話又說回來，曹雪芹晚年就靠著賣蝨子維生！這倒是後話了。（註五十六）

管管寫詩之餘受到菩提的鼓勵而開始創作散文，他的散文被孫如陵主編評為

「文氣不通」，卻為王鼎鈞主編所賞識，他文中的蝨子，可以視為某種處境的暗喻，亦可以說是管管認為《紅樓夢》非得這樣子玩一玩才有趣！文章以一種諷刺性的諧謔筆調，與管管向來的奇崛文風相映成趣。另一篇〈食蛆記〉就更加新奇！竟然是沈三白寫給亡妻林黛玉的情書，而且演變成一齣殉情記：

玉兒我一定要跟你去的，我已經好幾天不食人間煙火了。知道吧我在吃你呢，那天我突然發現，你身上已經生了一些蟲子，白白胖胖的，這是你的化身呀……你放心老王會為我們料理好的，一把火為我們燒得乾乾淨淨，如果下雪該多好，大雪一埋，一片白，甚麼也沒留下，只留下了上天下地一片白。（管管，一九八五。）

可好事的老王還是為他們留下了墓碑，是沈三白與林黛玉的「情種之墓」。也許錯亂、不通管管真心認為嬌驕女林黛玉與人間好丈夫沈三白，才是幸福生活的疊影。他們可以在冬天夜裡孤星數點之下，擁被賞梅、數繡被上重重疊疊的鴛鴦、偷摘別人家院子裡逾牆出來的香梨，卻因狗吠而和牆內的退隱老者成了忘年朋友，或學學林和靖梅妻鶴子，收留一隻小野貓當書童……。林黛玉若真能過此平凡的夫妻生活，何妨告別大觀園這傷心地。管管深情如此！亦不妨封他為情癡、情種了。

作家閱讀紅樓文本的經驗，猶如當年曹雪芹創作《紅樓夢》時一樣重要，在現代文學理論中，寫作與閱讀均被視爲一種社會活動。作家對《紅樓夢》的感性閱讀與想像中，確實存在著有不少重新發現的價值。現代閨秀派作家因爲大抵言情，因此比較缺乏學院派評論家口中的社會意識，或許因而更貼近大觀園中的閨閣情態。她們所擁有的是某種絕不專業精深的社會意識，和不走極端偏鋒的女性自覺，而開放的心靈與熱愛生活的態度，卻讓她們從大觀園裡吸取了無數的人生閱歷，以爲現代人生活與思維的參照座標。

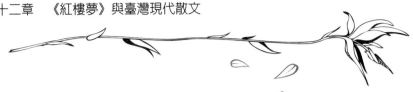

大陸學者任一鳴教臺灣的女性文學與進行大陸比較，指出臺灣女性文學趨向於：

> 展現普通人的高雅情趣，寫平平常常的日常生活：交友、栽花、逛市、旅遊、野餐……她們的作品都給人以閑適淡泊的享受，抒情意味濃厚……是成功者的感懷以及成功的回味與回眸；物質的豐裕和自我的解放，以及感情的得以渲瀉之後，使這一內涵的女性文學向靜態化、淡泊化發展，即冷靜地、客觀地表現生活，開掘人生的意義，讓人切切實實感到燈紅酒綠的表像下，有著人類更內在的東西：精神需要。（任一鳴，一九九七。）

相較之下，大陸的女性文學較常觸及生活的奮鬥與磨難，以及社會和人生的重大主題。臺灣戰後五十年來，由於社會的穩定與富裕，使得臺灣的女性文學趨向淡泊高雅的生活情趣發展，不僅與大陸的工農兵文學、傷痕文學大相逕庭，同時也是臺灣社會中的一股清流。其性質與《紅樓夢》中的閨閣生活接近，有著客觀冷靜同時又善解人意的感性，是物質基礎向上翻出一層精神生活的追求。這種文學環境所產生的紅樓書寫經驗，自然有別於紅學傳統索隱派微言大義式的競賽。她們對紅樓文本的解釋不是在文本的確定意義中去發現（這是索隱或考證的研究），而是將紅樓體驗作為生活過程的延伸，它的意義不在於對紅樓文本的挖掘，而是以讀者或紅迷的身分與《紅樓夢》文化進行互動，共同來完成其文本的意涵。

關心《紅樓夢》生活美學的現代作家，或將原著中的飲饌服飾加以歷史性的說明，成為《紅樓夢》與現代讀者之間的感官中介，俾使現代讀者理解清初貴族生活的況味。也有作家將《紅樓夢》中的社會規範、人情之常轉化為現代生活處世的智慧；然而「無事忙」的遊戲筆墨卻更令人耳目一新！《紅樓夢》亦名《風月寶鑑》，意在以「風月筆墨」為鑑，提醒世人韶華易逝、好景不常。現代作家超越了「風月寶鑑」的旨趣，向更廣闊的詮釋與解構權力挑戰，與一九八〇年代以來社會的解嚴與文學的商品化、多元化等現象相映成趣。歷來蘊含深刻的作品都將成為社會性的象徵符號，供賞玩者填充更廣泛的人生體驗與感懷。《紅樓夢》的開放性架構使我們的生活文學領域更加豐富與多元，而這些現代作品又成為讀者與古典文學